JN214909

綿抜豊昭［著］

Watanuki Toyoaki

近世武家社会と連歌

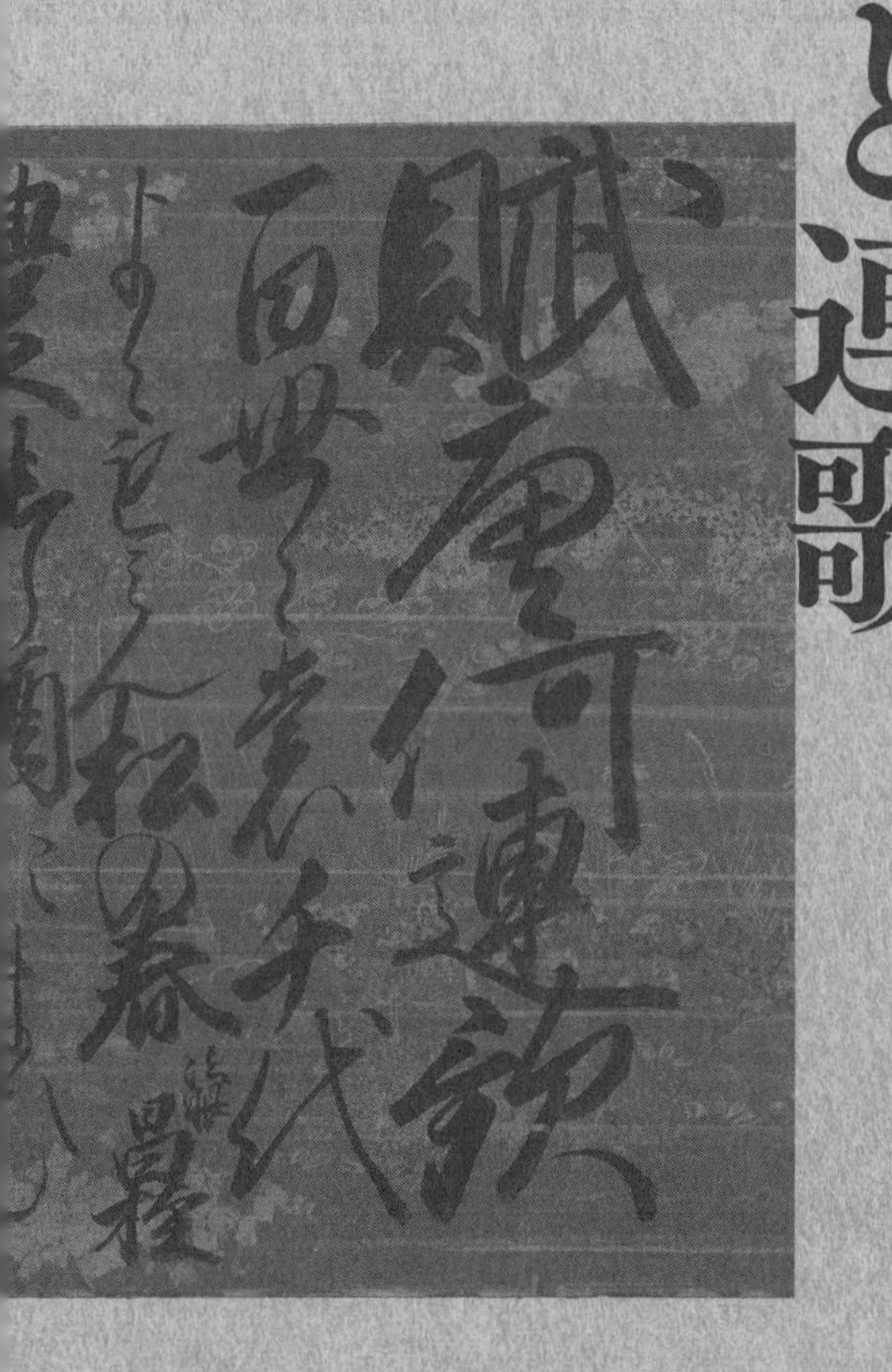

勉誠出版

序章　儀礼としての連歌

本書は、近世の武家が興行した連歌関連の文献資料を調査し、連歌の興行の有様や変遷等を考察し、連歌と信仰とのかかわりについて明らかにするものである。

本書の題に用いた「近世」と「連歌」について定義しておく。

「連歌史」の「近世」について、廣木一人が以下のごとく述べている（『連歌という文芸とその周辺――連歌・俳諧・和歌論――』二〇一八年、新典社。二九七頁）。

連歌史に関して旧教科書風に言えば、近世は連歌が終焉し、俳諧の勃興・盛行の時代とされてき、その近世が、安土桃山はともかく、江戸幕府樹立からと漠然と思われてきたことは否めない。

文芸の中には、社会的な文脈の支配を受けないものもあろうが、連歌はそうではない。中世に比較すれば社会的に安定した時代になり、連歌興行をする武士や寺社関係者が幕藩体制に組み込まれたことによって、〈作風〉はともかくとして、その目的等も含めて〈連歌興行の有り方〉に大きな変化が生じたことは疑いない。例えば「戦勝祈願」関連の連歌は、武力衝突が頻繁に行われていたからこそ興行された「中世」連歌であって、「近世」連歌ではない。本書は、江戸幕府が樹立した慶長八年(一六〇三)以前のことも関連して触れはするが、主に述べるところはそれ以後のことであるので、本書名で用いる「近世」は、江戸幕府樹立から始まるものとする。その終わりは大政奉還がなされた慶応三年(一八六七)とするが、関連して明治時代の連歌にも触れることがある。

また「連歌」と「俳諧」は二項対立的に、これまでの文学研究でしばしば用いられている。「雅」と「俗」という観点からみて、大方それで問題ないと考えられるが、少々付け加えていえば、「俳諧」を「俳諧之連歌」の略称として用いた場合は、連歌の一形態であることはいうまでもあるまい。すなわち単に「連歌」といっても「俳諧之連歌」を含む場合があり、その意味で使用されることもあった。建部綾足『折々草』の「連歌よむを聞て狸の笑ひしをいふ条」の「連歌」はその一例である。「俳諧之」が付されない連歌と、付される連歌があり、付されない連歌は「純正連歌」のように称されることもあるが(福井久蔵『連歌の史的研究』一九六九年、有精堂)、「俳諧之」が付されないからといって、常に俳諧的な句がまったく詠まれないわけではない。本書で用いる「連歌」は、「俳諧之連歌として興行されていない連歌」を意味する。また、単に「俳諧」といった場合は、「俳諧之連歌」のみではなく「雑俳」等も含めた広義の俳諧を意味する。

次に研究背景について述べる。

廣木の述べるごとく「近世は連歌が終焉し、俳諧の勃興・盛行の時代」といった内容の記述をみかけることがある。江戸時代を通観すれば、例えば俳書の刊行数などからして、連歌に比して俳諧が盛んに行われたことは疑いない。だが、「終焉」が、連歌がまったく興行されなくなったという意味ならば、それは誤りであり、連歌を嗜む人の数、いわば連歌人口や連歌興行数が極度に減少した、という意味としても、それは江戸時代と社会のあり方が大きく変わった明治時代以降のことで、江戸時代は月次連歌を興行する社寺などもあり、数的に終焉してはいない。例えば佐賀県の蛎久天満宮に所蔵される「連歌作品は、寛文元年より明治三十五年に至る連歌懐紙」である（重松裕己「蛎久天満宮の連歌」『佐賀大学文学論集 第四号』一九六二年）。島津忠夫は以下のごとく述べる（『島津忠夫著作集 第十五巻』二〇〇九年、和泉書院。六一頁）。

連歌は、江戸時代に入ってからも、盛んに行われ、一方で俳諧が隆盛するかたわら、連歌も依然として多くの人々の関心を集めていたのであるが、元禄の頃ともなれば、ようやく形式的になり、文学としての位置を俳諧に譲ることになってしまう。

内館牧子の小説名『終わった人』のように、「身の落ち着くこと、隠居して晩年を送ること」といった意、すなわち形式的になって「落ち着き」、文学史上「終わった文芸」という意であれば、確かに終焉といってよいかもしれない。ただし、それにしても、里村家の人々、天満宮の人々、時宗の人々が、時に戦略的にそれぞれと関係を保ちながらも、その勢力を維持、発展させようとする中で展開される連歌界の様相のもとになされる連歌は、文化的には「隠居した」「終わった」とはいいがたい。廣木はまた「江戸時代初頭の文学状況を見渡した時に、少なくとも寛永時代（一六二四〜四四）ぐらいまでは連歌の時代であったことはすぐに気づくことである」とし、さらに近世初頭の連歌状況について以下のごとく述べる（前掲書。二九九頁）。

戦国期の名残を留めた時代性を示していると認められ、その時代性は元和九年（一六二三）の徳川秀忠の死を経て、家光統治が完成する時代、寛永期（一六二四〜一六四四）の中頃まで続くと考えてよいのであろうが、「中世」連歌もその時代まではまだ当時の主たる文芸であったと認識するのが妥当なのだと思われる。

当時の連歌師の句集の詞書をみるに、十分首肯できる。

また、公的機関に所蔵される現存資料を見る限り、連歌が興行される場は時代が下るにしたがって儀式・行事などの場が主になっていったと思われるが、例えば元禄七年（一六九四）刊の噺本『遊小僧』（『噺本大系 第六巻』一九七六年、東京堂出版）に「毎日客をまふけ、連句の会、連歌・俳諧・歌の会、袖をつらねてまいりける」とあり、また江戸時代後期に成る往来物『文林節用筆海往来』（個人蔵）掲載の「追善を執行ふ状」に、「追善連歌執行申度候」という文言があったりもすることからわかるように、「連歌」という言葉は、実際に興行するか否かは別として、知識としては維持され、武士階層を除く人々の間でも死語になったわけではない。また例えば『増補江戸名所古跡神社仏閣独案内記』（台東区立図書館蔵）に「五でうてんじんいのそじん也御れんかしせ川せうとく」と記されるなど「連歌師」という職業

も認識されていた。また例えば文政五年（一八二二）刊『連歌茶談 後編』（個人蔵）に

周齊といふは双松の人にて明和年中与喜のやしろ月次連歌の宗匠たり。
延興といふは奈良の人にて寛政年中初瀬山連歌の師範たり。

とあるように、連歌宗匠・師範と称される人々も存在した。詳細なデータを入手することが不可能のため、人口に占める割合を中世と近世で比較することなどができず、連歌人口の増減について述べることはできないが、単に数だけに注目すれば、天保十五年（一八四四）頃に成る『幕末期連歌人名録』（石川八朗「翻刻・『(幕末期連歌人名録)』」『九州工業大学研究報告人文社会科学 三十号』一九八二年）には連歌愛好者などの名が六百四十人余り記されている。また天保九年（一八三八）に没した里村昌逸の門人は、没するほぼ三十年前の寛政九年（一七九七）頃までで百五十名余りもいる（石川八朗「翻刻・『洛陽花下里村昌逸法眼門人帳』付・玄碩門人帳」『今井源衛教授退官記念 文学論叢』一九八二年、九州大学文学部国語学国文学研究室）。

連歌興行は、期間に注目すれば確かに幕末まで、さらには明治時代まで続いている。その後、興行回数など著しく減少していくものの皆無になることはなく、第二次世界大戦中にも行われ、近年では島津忠夫、鶴崎裕雄らが実作に参加、指導するようになった結果増加し、例えば国民文化祭で「連歌」が詠まれ、二〇一一年には『平成の連歌 第二集』（今井祇園連歌の会）、二〇一七年には『島津忠夫先生追悼連歌集』（杭全神社）が刊行されるなど、現代も継続している。

すなわち教科書風にいうならば、「近世から近代までは、興行場所・興行数が著しく減少した時期も

あるが継続され、現代においても行われている」という言い回しが適当であろうか。

ところで、永正五年（一五〇八）頃成る、宗長著『連歌比況集』（岩波文庫『連歌論集下』一九五六年）に、和歌を詠むのは「城責め」、連歌を詠むのは「打ち出て合戦」としている。鶴崎裕雄はこれを

> （与えられた）題を熟考して、歌論書などを取り出して歌を考える。ところが連歌は前句があって、それに従って句を詠む。どんな前句が出るのか判らない。それは工夫を重ねて攻め込む城攻めではない。まさに出たとこ勝負の句作りである。

と解釈した（「家忠連歌の変遷――雨乞い連歌から京連歌へ――」『駒沢史学 第八十五号』二〇一六年三月）。近世連歌は、「出たとこ勝負の句作り」は俳諧に譲り、「紹巴はおなじ句を七たびまで付けられし。皆前句かはりたれば也」（「俳諧破邪顕正評判之返答」『古典俳文学大系4 談林俳諧集二』一九七二年、集英社）とあるごとく、城はかわれど同じ攻め、あるいはほぼ同じような攻めの「城攻め」が中心となっていく。

かつて池田重は近世連歌について「伝統を単に尊ぶ人々によって行はれ、儀式的に墨守されたにすぎない」とし、「徳川時代の柳営の連歌を儀式化しながら保った」と述べた（「連歌史の再建」『連歌俳諧研究第一巻第一号』一九五一年一一月）。

同じ頃、能勢朝次は「江戸時代の長連歌」について以下のごとく述べた（『連歌・俳諧俳句・川柳』一九五一年、至文堂。五六頁）。

> 江戸時代の連歌は、伝統的な文芸として、儀礼的に尊重されてゐただけで、作品の上にすぐれた作は見出し難い。その上、江戸時代には、俳諧が新しく流行し、貞徳風・談林風・芭蕉風と変遷しながら、都鄙に普く行はれたために、連歌は民衆からは全く離れた文芸となつてしまつた。貞徳も、西山宗因も、本来は連歌を宗とする人でありながら、俳諧の方面に流れたのも、俳諧の方が面白く感興深いものであつたためであると思ふ。従つて、江戸時代の連歌は、和歌に次ぐ高尚な文芸と考へられてはゐたが、全く形骸的なものとなつてしまつたと言ふべきであらう。

密田靖夫も、連歌よりも俳諧が面白いとし、明暦二年（一六五六）九月二十五日、前田利常の発句で興行された連歌について「能順の手直しはあろうが、如何にも殿様芸らしく上品な作品である。しかし俳諧連句と比較すると、べた付きの親句ばかりで似たような景色をぐるぐる繰り返し、変化に乏しくて面白みがない」と述べている（『芭蕉・北陸道を行く』一九九八年、北國新聞社出版局。三四七頁）。

ここでは論じないが「面白さ」の二大要素は「意外性」と「多様性」であると考えているので、面白さを基準に二分すれば、近世においては、面白くて感興深い俳諧と、そうでない連歌に分けることに異論はない。

しかし、何をもってすぐれた文芸作品とするかは、それを評価する者の文芸観や審美眼や感性などに拠るものであり、特に感性は人によって異なり、他人と共有することは困難なものである。すなわち、良し悪しの客観的評価はしがたいが、過去の作品と類似するか否かは認識しやすく、新しさが価値基準の一つとされることがあり、心敬、宗長、紹巴といった有名連歌師が連歌を「一貫の扇の古きより、百文の新しき扇の如くせよ」と語ったと伝わる（古典文庫『三根集下』一九七五年。八一頁）。しかしながら、近世連歌の多くは「百文の古き扇」というべきもので、例えば嘉永三年（一八五〇）の作品をまとめた『月次連歌手扣　二』（金沢市立近世史料館蔵）収録の連歌には「蘇民角太けはしき岨を打過て」といった句があり、このような句は「中世連歌」に見出しがたく、「連歌」としては近世的な新しさがあったにしても、では「俳諧」と大きく異なる新しさを創出したかといえば、それはなく、全体的には近世初頭までにみられる表現等を繰り返しており、定型的な作品が多くを占めるという点で、能勢が述べるごとく形骸的で「作品の上にすぐれた作は見出し難い」と考える。従って、文芸研究において、いわば革新性の乏しい作品が論じられないのは当然のこととも考える。好意的にいえば近世連歌は「完成」した文芸であるが、言い方をかえれば、それは「終わった文芸」である。

では、「面白く」なく「感興深く」なく、「変化に乏しい」近世連歌を研究する意義はいかなるところにあるか。

連歌には、身分等を配慮した上でなされる「一巡の順番」「句数の多寡」及び「花・月の詠者」等があり、さらには「惣代」という句の存在、点を付けるわけではないのに一巡以後作者名を「一、二…」と数字で表記したり、あるいは作者名を記さなかったりすることなどが多々ある。こうした「個人の作品としての完成度」以外の要素を多々含む近世連歌を、文芸作品としての良し悪しで論じるのはいかがなものかと考える。

かつて樋口功は連歌について「我が国民の特色の一たる宗教的天性と融合した処にも意義を認めねばならぬ」と述べた（『連俳史』一九二八年、麻田文明堂。五頁）。「国民の特色の一たる宗教的天性と融合した」

かはともかくとして、時に和歌を、時に連歌を、そして時に俳諧を、自分なりの方法で神仏に奉納し、その営為の中に祈りを込めるとともに、ある種の楽しみを見い出していた者がいたことは事実である。すなわち信仰と融合して儀礼となったところに近世連歌の文学上の意義があると考える。例えば、元禄十六年（一七〇三）八月十七日付、加賀藩士竹田忠張宛「能順書状」（國學院大學図書館蔵）に

十五夜ハ安房守殿御一家各御発句御座候。不残祝詞ニ而御座候キ。是ニ而発句之躰御推量可被成候。不及御覧事と存候。仍書付進上不申候。

＊安房守…加賀藩重臣本多政敏。

とある。小松天満宮の能順は、本多邸の月見会で詠じた発句は「祝詞」すなわち「儀礼の祝いの言葉」であり、御覧するまでもないので、書き付け進上しない、といっている。発句には、常套的で書き残すまでもないものと、書き残すに値するものとがあったのである。前者は「祝詞」として安定した表現・内容が長く続き、それはまた、能勢が述べる「儀礼的に尊重され」「高尚な文芸と考へられ」ていたものであり、信仰と融合した連歌と考えられる。

繰り返しになるが近世連歌は、信仰を背景に持つことがあり、時に集団的、形式的な詩である。その慣例主義的（もしくは非個性的）な表現・内容は、魅力的でなく、高く評価される文芸ではないかもしれないが、視点を変えて「集団的宗教詩」としてみれば、日本の文化史上無視できないものであり、その実態を明らかにすることは意義あることと考える。

以上の考えのもと、本書は、武士の中心をなした徳川家、有数の大藩であった伊達家と前田家で行われた儀礼としての連歌をおっていき、第一章から第三章まで信仰と結びついた武家の連歌とその周辺を述べ、第四章第一節でそれらのまとめを述べるとともに、第二節以降に、今後の研究課題を述べるものである。

なお本書において敬称は用いず、原則として資料等の引用は原文のままとするが、表記など現行のものにあらためたものがある。

目次

第一章　徳川家の連歌

一　柳営連歌

一　名称・運営の仕方

徳川幕府は、毎年正月に連歌を興行していた。[1] 発句には「松」を詠み込み、脇句は徳川家当主（将軍）が詠む百韻（途中から世吉）連歌である。新たな年の最初に行われることから「連歌始」と称される。これについてははやくに福井久蔵『連歌の史的研究』（一九六九年、有精堂）で述べられ、近年では入口敦志『武家権力と文学　柳営連歌、『帝鑑図説』』（二〇一三年、ぺりかん社）がそなわり、主な先行研究があげられている。

「連歌始」は朝廷の「和歌御会始」に対したものともされ、幕府の年頭儀礼ともいうべきものである。儀礼としての完成度は高く、近世連歌を代表するといっても過言ではあるまい。さらに同時代の人々の注目度も高かったようで、鹿倉秀典は「当時の随筆・雑記類には柳営連歌に関する記述がよく見受けられる」[2] とする。また柳営連歌会に一座できる者、またその会を傍観できる者は限られているにもかかわらず、幕末には俳諧季寄せの『掌中手提灯』（個人蔵）に採られ、「御連歌十一日」[3] とある。

『漢書』を出典とする、匈奴征討の陣を敷いた細柳の故事から、幕府や将軍のことを「柳営」とも称する。従って単に「柳営」といった場合、鎌倉幕府にも室町幕府にも用いられ、徳川幕府、徳川将軍に限定されるものではない。しかしながら、室町幕府、足利将軍が連歌を興行したことがあるにもかかわらず、単に「柳営連歌」といった場合、徳川幕府・徳川将軍の興行していた連歌、それも「連歌始」のものを意味することが多い。連歌に関する代表的辞典『俳文学大辞典　普及版』（二〇〇八年、角川学芸出版）には「徳川幕府恒例の正月連歌をいう。幕府年中行事の一つ。一月一一日、江戸城で興行した」とあり、『連歌辞典』（二〇一〇年、東京堂出版）には「徳川幕府の連歌始をいう。「御城連歌」とも」とある。

ただし、江戸時代に公式の名称はなかったようで、『松の春』（宮内庁書陵部蔵）には「柳営御連歌御会」「柳営之御会」とあり、幕臣であった岡本保孝は「営中御連歌」といい（「難波江」『日本随筆大成 第2期 第11巻』）、天明頃の越中の農民宮永正運は「御城御嘉例之連歌」「柳営御嘉例之連歌」といい（『越の下草』一九八〇年、富山県郷土史会）、天保頃の加賀の連歌師安田龍山は「柳営御規式連歌」といっている（金沢市立近世史料館蔵『連歌問答記』[4]）。

柳営連歌の運営については福井がすでに述べており（『連歌の史的研究』）、入口もそれを引用している（『武家権力と文学　柳営連歌、『帝鑑図説』』）。ここでは、まず二人が取り上げていない『連歌問答記』を以下にあげる（私に句読点を付し、ルビを省略す）。

柳営御規式　御連哥とて、毎年正月十一日御会ニて御規式有ル也。すなはち　天満宮御像江御手向のよし末ニ記す。此御規式御用の御連哥師宗匠ハ、京都在住里村家昌逸也、おなしく昌同、其外あまた御扶持して常ハ京都に有り。毎年右御規式御連哥御用に、十一月をさ〳〵京都を立出、十二月十六日までニハ是非江戸へ出府いたすべき御定めにて厳重のよし也。右御連哥の御発句ハ里村家相勤むる御定也。御脇句ハ毎年　公儀御句也。御第三ッよりは御連ッ中かはる〳〵相勤む。常御用御連哥師ハ江戸在住ニもこれ有り。則坂昌成おなしく昌功是也。尤宗匠家にて大家也。おなしく柳営御用にも出るよし也。其外此御連中社家多く、浅草の日輪寺、亀井戸等をさく相勤ると也。尤モ此規式毎年かけ給ふ御事なし。則当春の御規式御連哥左の通り。

（天保十一年柳営連歌、略す）

右柳営御規式のやうつらく承り侍りしに、御上壇には　御ッ刀御簾幷に御連哥の御間には　天満宮御像ッナシキ也、上ヘニ　広忠公　御夢想の御句幷鎌倉唱明寺とかの表八句別紙ニ記し押て有よしの御軸物也。三具足立物ハ五本松也。これハ御会後猿江寺江年々御納めのよし。其外　神前の御餝はいとかうくし。宗匠里村を初御連中御間につらなり御饗応おびたゝしきよし也。次ギの御間にハ御大老衆等それくの御役々列居ニて厳重と也。御連歌相済ム折から紅葉山とかへ　御参詣のよし也。此時御連哥をたからかによみ上るを　御聞有て御通り過候のよし承候。

右をふまえて、どのように柳営連歌が運営されたかを以下に簡略にまとめる。

連衆の主要な連歌師であった里村家の者は京都に屋敷を構えていた。例えば里村昌逸は、寛政二年（一七九〇）十二月に、京都一条通室町西入町地面三百坪を拝領している（国立国会図書館蔵『有米廼記』）。十一月に京都を出立し、十二月十六日までに出府した。連歌の発句は里村家の者が、脇句は将軍が詠むことになっているが、当日になされるわけではなく、自分の句はむろん、あらかじめ将軍の句を詠じておき、事前に月番老中に見せた。連歌の〈創作〉に重点が置かれていれば連歌が完成しなくてもよいが、〈儀礼〉としての連歌であるからにはその日に終えねばならず、必要な取りはからいであった。

連歌会は連歌の間で行われる。床の間に、連歌の神である天神の像[5]（宅間栄賀筆）の軸を掛け、蒔絵の机上に錫瓶子一対の神酒を添え、具足の式も兼ねるために、太刀や具足なども備えられた。天神像は「綱敷天神」である。[6]また後述する広忠の夢想句も置かれていた。当日は、卯の刻に始まり、すでに成された連歌が読み上げられ、それを将軍が聞き、連歌会そのものは終了する。

なお柳営連歌の原懐紙については所在不明である。ただし、それとおぼしきものを所蔵する。安永三年（一七七四）正月十一日のもので、黄土色の厚手の料紙に、金が散らしてあり、同じく絵が描かれている。最初は、梅と若松、そして菊である。梅は天神、若松は徳川家、菊は天皇家をあらわしたものか。水引で結ばれていた形跡を示す穴はあるが、三つ折りにされた折り目はない。連歌懐紙は巻子本に仕立てられるか、三つ折りにして保管されるが、この懐紙は、おそらくひろげられたまま保管されたのであろう。将軍家の年頭儀礼に用いられたものとしても違和感のない、豪奢な連歌懐紙である。今後、こうしたものが複数発見されることによって、実際に使用されていた懐紙がどのようなものか明らかになると思われるが、ここではその可能性のあるものを紹介することしかできない。

二　興行目的

福井久蔵は「徳川氏は制度典礼に室町幕府の跡を襲うたものが少なくない。その年中行事の一つとして歳の始めに江戸城で連歌の式を挙行したが、これも彼にならったものであろう」とする（『連歌の史的研究』二二五頁）。松平家で年頭に行われた、いわば「私的」連歌が、「公的」な幕府の年頭儀礼に位置づけられるにあたっては、室町幕府の前例があったほうが権威を得てよいことはいうまでもあるまい。福井はその点に着目したものと思われる。また柳営連歌がどのような目的のもとに興行されたかについては、鹿倉秀典が以下のごとく述べている（「江戸の連歌師――文化八年の柳営連歌から――」）。

> 「正月十一日柳営之御会」が、徳川家の安泰を祈願する連歌会であったとすれば、頗る祭祀的意味合いを帯びていたものと言えるだろう。その意味で、江戸の社寺の住職・神官たちの連衆出仕が行われたのだと思う。
>
> （中略）
>
> おそらくは徳川家を象徴する江戸という「都市」の安泰を祈念して巻かれたものであったのだろう。

柳営連歌の興行目的が「徳川家の安泰」を祈願したものという考えは、十分に首肯できるものである。福井久蔵は、「発起の目的から見たる連歌の種類」として、法楽、祈禱、追善、夢想、披露、祝賀の六種をあげた（『連歌の史的研究』二七四～二七八頁）。これに従って述べれば、天神像を掛けて興行される柳営連歌は、一つには「天神法楽連歌」であり、一つには天神への「祈禱連歌」であったと考えられる。

後に寛永四年（一六二七）までの柳営連歌の発句をあげるが、ここではそれに引き続く十年間の発句と発句作者を『松の春』に拠ってあげると以下のごとくである。（私に「松」と「春」を太字にする。また「長期」を表す言葉に傍線を付す）

寛永五年　**松**に見む八百万代の**春**の色　昌琢

寛永六年　かぎりなき月日やためし松の春　昌琢
寛永七年　若緑四方におほふや代々の春　昌琢
寛永八年　相生の松てふ松や千代の春　玄仲
寛永九年　咲そはん千年の松の花の春　玄仲
寛永十年　松をしれ世は今年より千々の春　昌琢
寛永十一年　春幾代常盤堅盤の松の色　玄仲
寛永十二年　千枝さす松の葉数や御代の春　昌琢
寛永十三年　陰高く千代を重ねん松の春　玄仲
寛永十四年　あひに逢ぬ千とせの松に千世の春　昌程

柳営連歌の発句には右のごとく「松」が詠み込まれる。(7) 寛永七年の発句には「松」という単語はないが、「若緑」がそれに相当する。「松」に関しては福井毅が「祝儀の義がある松を発句によみ込んでいて、柳営連歌の集を「松の春」と呼ぶ」とする(『日本古典文学大辞典 第六巻』(一九八五年、岩波書店)「柳営連歌」)。

春日山岩ねの松は君がため千歳のみかは万代も経ん　能因　(後拾遺集)

のごとく「松」は生命力があり、長く続くものとして祝儀のものと認識されていた。『二根集』に

祝言・賀の連歌・哥、うたがはぬ物也。宗牧
君が代は千世にやちよにさゞれ石の巌と成て苔のむすまで

とあるごとく、傍線部で示したように「八百万代」「代々」「千代」と、疑いたくなるほどの「限りなく長い月日」を意味する言葉も詠まれている。『二根集』には、また

賀の哥、大事也。千代・万代とばかり、無念なり。禁中にて、古来いか程の賀の哥なるべし。毎度、実澄よみ給ふ也。祝儀は、其句躰に有もの也。

とあるが、たとえ「無念」であろうと、「其句躰」に拠らず、限られた象徴的言葉に拠るところが柳営連歌の発句であり、「近世連歌」の一面をよくあらわしていると考える。

また「松の春」と題された柳営連歌集があるのは、発句に「松」だけでなく「春」も詠み込まれているからである。春は季節をあらわす言葉であるとともに、「陰」のものである秋に対して、「陽」のものとしてこれから盛りに成っていくことを示す言葉である。

徳川が松平氏であることを考え合わせると、鹿倉が述べるように、発句で詠み込まれる「松」は徳川氏を暗喩し、その家が栄え、千年続くことを願う、すなわち柳営連歌は、徳川の家（幕府）が永久に繁栄することを天神に祈念した祈禱連歌と考えることができよう。「祈禱」ということに関しては連衆にもうかがうことができる。すなわち、日輪寺其阿、(8)亀戸天神・関東一宮・芝神明社・芝烏森稲荷社の神主・宮司という宗教関係者が一座し

ている。さらにいえば、建前としては幕府の公式儀礼として、武家の繁栄等を願ったものと思われる。

なお、元禄二年（一六八九）の柳営連歌では、昌陸、昌億、昌純は一座していない。前年十月二十七日に父昌程が没して服穢だからである。こうしたことは他の連衆にもなされたと考えられ、それは将軍家の年頭儀礼だから当然であったと考えられる。

三　享受

柳営連歌は、江戸時代、様々な点で日本の中核であった幕府・将軍が興行していた連歌であるためか、文事に関わる者の中には、柳営連歌に興味を持つ者も多かったようである。鹿倉が述べるごとく、その一巡などが随筆類に書き留められたりすることも少なくなく、一巡のみを書写した掛け物なども現存する。

『巷街贅説 巻七』には、安政二年（一八五五）の柳営連歌の一巡を写した後に「歳毎の起筆として記す」とある。個人の営みに留まらず、連歌の嗜みのある者の間で、年頭の起筆として書写されることもあった可能性もある。では、なぜ柳営連歌の一巡を写すのか。それには、将軍家で行われる権威ある連歌を尊重して写すという意味と、それを写して学ぶという意味があったのではなかろうか。

文化年中、佐賀藩の歌人堤主礼紀房が著した、佐賀藩の文化小史『雨中の伽』（『随筆百花苑 第十五巻』一九八一年、中央公論社）の「連歌」の条で、千住寛任らが里村昌逸に入門し、宗匠を許され、帰郷後宗匠であったこと、峯六郎が阪昌成より宗匠式を得て今宗匠であることが記された後に、「附」として以下の記述がある。

一　公儀十一日御連歌とて、写江戸より毎年来るは、正月十一日御嘉例の御連歌也。京花の下里村氏も、正月十一日前ニ毎歳江戸に下る也。

一　公儀連歌師、里村昌逸法眼（京、百石廿人扶持）、板昌成法橋（江戸浅草）、瀬川昌徳（上野下十人扶持）、里村玄川（京）、同連衆、菅原信遵（亀戸天神別当）、富主膳良胤（関東一宮船橋大宮司）、日輪寺其阿（浅草）、西東若狭守清時（芝神明神主）、山田織部通経（芝烏森稲荷神主）、板昌永（橘町）、和田中務為信（小川丁三崎稲荷神社）、中左京秀実（城州山崎八幡社司）、執筆土井頼母寿輔（浅草）

「公儀十一日御連歌」「正月十一日御嘉例の御連歌」とは柳営連歌のことで、「公儀連歌師」「同連衆」とは、正月に江戸城で興行される柳営連歌に一座する連歌師及び連衆のことである。「写江戸より毎年来る」は、柳営連歌の写しが佐賀藩に送られてくると理解してよいならば、それが里村昌逸、阪昌成との師弟関係を証するものであったのだろう。木村善光『近江の連歌・俳諧』（一九九〇年、サンライズ印刷（株）出版部）に拠れば、明治十年（一八七七）に成された連歌まで伝わる滋賀県永原の菅原天満宮には、柳営連歌が一五巻伝わり（一〇五頁）、その「社歴調査」（菅原天満宮蔵）には「又例年初春幕府柳営ニモ千句張興ノ旨ヲ報ジ祈禱札等ヲ送リ幕府亦連歌百韻ヲ奉納セリ」とある（一〇七頁）。右の「連歌百韻」が柳営連歌のことと考えられる。木村は以下のごとく述べる（一一七～八頁）。

永原神社の十梅千句興行は、領主を奉った明らかに領内の平穏安泰祈願のためのものであり、領主からの連歌料金百疋は、その指導に当たった中央の柳営連歌師に送られており、そのみかえりとして、柳営連歌百韻の写しや千句三つ物が送られてきていた。いわば柳営連歌を模範とする姿勢と権威付けが、幕末の地方連歌興行にも影響している。

柳営連歌が「模範」となった一例になると思われる資料が、黒岩淳が紹介した『柳営御連歌抜粋』である（「近世の連歌瞥見（七）」『北九州国文 第四十二号』二〇一五年三月）。黒岩に拠れば「柳営連歌の句を、句材によって分類したものである」。また「編者は、分類することで、連歌創作に役立てようとしたのではないだろうか」とする。首肯されるところである。単に連歌の学習というのであれば、分類するのは例えば宗祇一座の連歌の句でもよい。柳営連歌が「模範」であったからこそ、その句が分類されたと考えられる。

また一方で、その作品は批評の対象とされ、低い評価が成されることもあった。例えば、連歌にも造詣の深かった加賀藩士今枝直方は、元禄八年（一六九五）の柳営連歌について、『甲戌旅日記』（『越中紀行文集』一九九四年、桂書房）で以下のごとく評している。

十一日御連歌

河水は千度もすまん松の春　昌陸
なびく柳や民の家々　御
相にたる門は霜に明初て　昌純
すけは鋤ぬる田ずら広しも　紹尹
帰るらし空に友よぶ雁の声　其阿

月は朝もまだのこる峯　紹兆
一通り秋の山への時雨して　任円
木々の紅葉やむらになるらん　昌伴
入方の光移らふ水上に　清長
いかふ吹てや涼し河風　昌信
茂り合竹の下道分ならし　昌益
見よ、見よ、年をつむにしたがひて、連歌の成くだるさまを。まことに此道の魔界か、いたまし。

どの点に着目して「成りくだるさま」と述べたかは不明だが、批判していることは疑いない。また『古今犬著聞集』（『仮名草子集成 第二十八巻』二〇〇〇年、東京堂出版）には天和二年（一八六二）の柳営連歌の発句について、具体的に以下のようにある。

連歌発句事
一天和二年壬戌正月十一日　御城の連歌発句に
万代や松に若松姫小松　昌陸
此発句、いづくに春季侍るや、若松を春に用ゆるか、若松春に成事いぶかし、若緑立松の花など社、春の物にはなれ。

柳営連歌に一座する者にとっては、柳営連歌は儀礼であるから、すぐれた連歌作品を創作することよりも無事に連歌会が運営されることに眼目があり、一方、連歌に造詣の深い者にとっては、作品の出来映えが第一の注目点であり、このような批判が成されるのも、柳営連歌ならではのことと思われる。無視されるのではなく、評価もしくは批判されることは、存在感のある連歌であったことを意味しよう。

四　起源

柳営連歌の起源を考えるにあたり、『松平氏由緒書』は看過できない資料である。鶴崎裕雄は「三河の国人連歌から天下の柳営連歌へ」（『地方史研究　第六六巻第三号』二〇一六年六月）で「『松平氏由緒書』には連歌が取り持つ縁で家康の先祖は松平氏の婿となった」と述べ、柳営連歌の起源に関する複数の伝承を取り上げている。その伝承には、天文十二年（一五四三）及び天正三年（一五七五）の夢想連歌とするものがある。儀式の類は、その起源に重要な意義を持たせるものが多く、そしてその起源は、例えば神仏にまつわるものといった「特別」なものが多い。古い例をあげれば、五節の舞姫は、天智天皇が天女を見たことに拠るとされる。「夢」は古来その吉凶が占われるなど特別なもので、連歌における夢想句は神からの「お告げ」といった捉えられ方もなされたことを考えると、夢想連歌を起源とすることで柳営連歌という儀式の「特別」さがあらわされているといえよう。家康も秀忠も、「夢想連歌」の興行には、それなりに意味を見い出していたようで、例えば『北野拾葉』（国文学研究資料館蔵）に

夢想之連歌

次ぞ君我名はたかき雲の上

松におさまるよもの春風　　　　　御代

（中略）

右御懐紙者　台徳院様未武蔵野守様ニ而被成御座候時分之御夢想也　亡父能舜ニ被仰付　開指上候

（後略）

と「台徳院殿（徳川秀忠）御連歌」が載る。(9)神からの告示とされる「夢」を、どのように解釈して、どのように対処するかといった「夢合わせ」は、吉夢を現実のものとし、悪夢を現実化させないための重要事であった。連歌も同様で、「夢想披（開）きの連歌」は重要なものであった。だからわざわざ北野天満宮の能舜に「夢想披きの連歌」をさせたのである。発句の「我名はたかき雲の上」は「夢想」すなわち「天神」の句で、「我」は天神を意味し、その次の位は「君」であるというのであろう。すなわち次の将軍は秀忠であることを暗示している。それに対して、「松」が天神を暗喩し、天神のおかげで世の中がおさまっている、とし、天神に感謝の意を示す脇句を付けているともとれるが、先に述べたごとく「松」は「松平」を暗喩していると思われる。「東照宮御実紀附録巻八」（『新訂増補国史大系 徳川実紀』一九七六年、吉川弘文館）に次の記事がある。

御家人米津清右衛門正勝が妻。夢中に一首の和歌をみて。さめて後人々に語りしは。

盛なる都の花のちりはてゝ東の松ぞ世をば継ける

これは其ころ豊臣殿下すでに薨去ありて。都方次第に衰替しゆくに。当家は関東におはして。日にそひ御威徳のそひまさらせ給ふにより。天意人望の合応する所より。かかる瑞徴もおはしませしならん。（天元実記）

右の「東の松」は「東国の松平」すなわち徳川家を意味している。また『北野拾葉』に

夢想
植おきし竹の一本かずそひて
茂れる松の夏ふかきいろ　　大御所

と「東照宮（徳川家康）御夢想連歌」が載る。[10] 発句の「竹」は徳川家康の幼名「竹千代」を暗喩していよう。発句の「植え置いた」の主語は天神。その竹が「数そひ」すなわち繁栄しているの意。脇句の「茂れる松」は天神の恵みの多さ、「深き色」は神の恵みの深さの意で、家の繁栄をもたらした神に感謝している意。さらに「竹」と「松」を対応させて、「松」を「松平」ともとり、松平（徳川）が繁栄している意も含まれていると考えられる。

さて、柳営連歌天文十二年起源の伝承は、徳川家康にまつわる話の中で語られる。諸書（山田桂翁『宝暦現来集』他）に記されるのが、家康の父広忠が興行した「夢想連歌」である。まずは『松の春』の冒頭を以下にあげる。

天文十一年壬寅十二月廿六日参／州岡崎にて／神君御誕生遊はされ御童名／仙千代君と申奉りし翌十二年癸卯／二月廿六日夜／広忠公御夢想

神〱のなかきうき世を守る哉
めくりは広き園の千代竹
此御発句御感得遊し三州大浜称名／寺の住職をめして岡崎御城にて／御夢想開御連歌あり第三句目
玉を敷砌の月は長閑にて　其阿
霞のひまに羽ふく友鶴　政家
雪はまた残る浦輪の明離れ　弘光
以下百韻満吟此御夢想の句に／よりて／神君御童名仙千代君を御改遊し／竹千代君と申奉るへきかのよし也／広忠公称名寺へ御談合にて御名／進せられしと云々此由緒にて／おこらせ給て重き御称号になら／せられ御代々御誕生の中にも格別／重んし奉る事なり
此称名寺は遊行派にて代々住侶／を其阿と唱ふ此由緒にて寛永／以来正月御吉例の御会に浅草／日輪寺住職其阿出る也

柳営連歌をまとめた書の巻頭におかれている点に着目すれば、右の話が「最初の連歌」の意味合いを帯びるのだろうが、少なくとも文中に「はじめ」といった文言はない。ところが、すでに福井毅、鹿倉秀典が引用しているごとく、[11]『甲子夜話 巻四十六』（東洋文庫『甲子夜話3』一九七七年、平凡社）には以下のごとくある。

連歌師坂昌成に逢たるとき、春毎柳営の御連歌あるは何の頃より始るやと問へば、こは三州の頃始めなるべしと云て、広忠卿の御事蹟を語き。其後或人に憑て或所の記録を見るに、云。

三州碧海郡大浜村時宗称名寺由緒書の中、
天文十二年二月廿六日夜、於三州岡崎城、広忠公有御夢想。因於称名寺御夢想披之御連歌御興行、即其時御連歌之懐紙之切れ今以彼寺に所持仕る。
天文十二年二月廿六日〔私云。六当作七〕夜、於称名寺披夢想之連歌
　神々のながきうき世を守かな
　　めぐりはひろき園の千代竹　　広忠公
玉をしく砌の月は長閑にて　　其阿
　かすみのひまにはぶく友鶴　　政家
雪はまだ残るうら輪の明離れ　　弘光
　作る田中の道あらはなり　　易屋
五月雨に晴間知らるゝ里づたひ　　相阿
同年十二月廿六日夜、権現様御誕生に付、右御夢想披御連哥之御吉左右被為思召、称名寺住持え、若君様御名可奉上之旨、依被仰付、右御脇句を御名に被遊、竹千代様と奉称可然歟と申上、因茲御幼名竹千代様と申上、則御名披之御祝儀に被召出、右御連哥会之御文台、御硯箱頂戴、今以所持仕る。
　御文台寸法　長一尺九寸　幅一尺七寸
　御硯箱寸法　長九寸五分　幅七寸
柳営連歌の連衆の一人である阪昌成は、その始めを「三州の頃始めなるべし」とし「広忠卿の御事蹟を語」っ

ている。これに対して疑問をもった松浦静山は、右の記述の後に、これとは関係ない二つの聞き書きを書き入れた後に以下のごとく記す。

大浜称名寺の伝記云。前年二月廿六日、家康公御誕生。童名称仙千代君。此御夢想依有之改名、奉称竹千代君云云。これに拠ときは、神祖の御誕生は天文十一年壬寅二月なり。且この壬寅のことは世普く知る所なれば、称名寺由緒書と云ものは非にして、此伝記と云ものに従ふべし。又神祖の御幼名も人知らざることにぞ。又御夢想の詠下に御と書したるは、総じて夢裡感得のことは皆菅神（連哥の道は菅相を師祖とすることなり）の神詠として、この神を崇て御と記するとぞ。連歌の式、この如しと云。

鹿倉は右をふまえて「静山は、阪昌成よりの伝聞と「称名寺由緒書」を牽き、時衆の寺と家康生誕にまつわる天文十二年の「廣忠卿御夢想之連歌」との関連を示唆する」とする（「江戸の連歌師――文化八年の柳営連歌から――」）。

さて、今一つの天正三年起源伝承をおおまかにまとめると、一月十七日、天野三郎兵衛康景の下女が夢で得た発句を、家康に見せたところ、二十日を占して、具足祝と合わせて連歌を興行し、長篠の合戦で勝利したため、この日に催すようになったとするものである。これは、諸書によって異なるところもあり、『半日閑話 巻五』では下女の夢想句ではなく、夢を買ったことになっている。『松の春』には、広忠夢想開連歌の話に続いて以下のごとく諸説をあげている。

神君御夢想度〳〵あらせられ其／度ことに御利運多き中にも天正／三年正月十七日天野康景か妾／十七文字

の句の夢想をみしを／上聞に達しけるにその夢を御もら／ひ遊し候とて右の夢想の句を御開／御連歌御興行
あり其夏五月廿一日／武田勝頼と御対陣ありし所大利を／得給ふ是長篠合戦なり
天正三年正月十七日夜天野／三郎兵衛康景か妾の夢に
盛なる都の花は散うせてあつま／の松そ世をは経にけるといふ歌をよ／むと云しよし十八日の朝申上し／
かは廿日御鎧の御祝の時連歌の人〳〵を召して一折命せられけり／是より今に到て正月ことに松の／発句
にて御連歌あり
三州録には慶長三年正月二日／江戸にて半沢清右衛門か妻
盛なる都の花は散うせてあつ／まの松そ世をはつきけるとあり／康景か妾は松の発句を夢みしと／あり以
上塩尻
爰にふしきなることあり
神君御家来天野三郎兵衛内の／召仕し女正月十七日の夜夢想を／見る
　　信玄か首をはことしとらふには
このよし三郎兵衛聞て／神君へ申上る聞召て扨々めて度／夢想也則具足の祝正月廿日なり／しかは此夢想を
開くへきよし／被仰付かんたの道場其外連歌の／達者あまた被参て百韻の連歌／ある是より御吉例なれはと
て正月／廿日の御連歌始しなり
右の夢想にて今年の合戦無為に討勝給ふ　以上松平記
藩翰譜十一天野伝云天正二年／正月十七日の夜康景か下部女の／夢に歌の上の句をみたり其を／明る十八日
の朝康景聞てめて度／夢なりとおもひたれ〔□〕／神君に申上候今月廿日は御佳例／として御家人等召集ら

れ御鎧／まつられし供御の物給ふ日なり／此日連歌の道堪能なる輩に仰て／百韻の連歌興行せられ候今／年の夏長篠合戦に御方大に／利ありしかは長く御佳例となりて／代々行はる
家光公四月二十日うせさせ給ひし／後は十一日にうつされて此事を／行はるゝ也
蓑笠之助のみたる夢想の句をも／神君御もらひ遊はして御開の／御連歌あり此天野康景か妾に似／たる事なり
天正十壬午蓑笠之助正尚正／月元日の夢想に
　つくそ君その名も高き松のうへ
二日
　あし高や不二の山にてかひくひて
右両夜夢想之段達　上聞／神君御求可被遊奉蒙　上意則／熨斗付御大小幷左文字御腰物／黄金貳枚拝領也然ル処同年三月／勝頼与御合戦御勝利ニ相成駿河／国御手ニ入右御祝儀京都ゟ里村／昌琢被為召あし高やの御発句にて／御連歌被遊御興行右之御吉例を以今正月に御連歌有之由申伝也
按に　昌琢は天正四年の出生にて寛永十三年六十一歳にて終而候しな／れは天正十年はわつか七歳なり／御連歌に召るへきにあらす

また大阪天満宮所蔵『雑記』（れ15・27・1）に以下のごとくある。

柳営連歌之事

天正三年正月二十日
東照君於遠州浜松城催連歌会　是年夏長篠之戦大捷由　是為佳例
○一説曰、徳川親氏（号徳／阿弥）始到参州松平郷時正月二十日也。且二十日為親氏忌日。親氏好連歌故松平家以此日為連歌始。

家康の先祖のこと、家康の幼名のこと、長篠の合戦に勝利したこと、いずれも、徳川家の歴史にとって重大事である。それに連歌が深く関わっていたとすることは、ことの真偽はともかくとして、柳営連歌興行に意味を持たせるものと考えられる。

五　連衆

柳営連歌の発句と連衆については、鶴崎裕雄が「柳営連歌　発句・連衆一覧」（『帝塚山学院短期大学研究年報　第四二号』一九九四年十二月）「江戸幕府柳営連歌の連衆」（『帝塚山学院短期大学研究年報　第四三号』一九九五年十二月）にまとめている。それを参照しながら以下述べる。

前掲『松の春』には寛永五年（一六二八）以前の連歌として以下のものがあげられている。

慶長六年（一六〇一）正月御会
かそへみんとめる舎や国の梅　紹巴

＊三句まで。脇、第三の作者不明。

慶長七年

おくに入は末猶ひろし宿の梅　紹巴

＊三句まで。脇昌叱、第三玄仍。発句は『大発句帳』にも収録。

慶長十六年正月二十日於御城御会

若緑雲ゐに立や庭の松　紹之

春の朝戸と明むかふ峯　御

＊二句まで。「台徳院御実紀巻十五」（慶長十六年一月二十日条）には以下のごとくある。

「江城にて具足の御祝あり。又連歌の筵を開かる。発句は紹之。若緑雲井にたつや庭の松。御句は。春の朝戸を明むかふ峰とつけ給ひ。つぎ〳〵百韻にみちて連衆みな饗せらる。（慶長見聞書）連歌の筵三州よりの佳例なり。然れどもその句のものに見えしは。このときをはじめとす」

＊「紹之」に「紹巴門人安房住」とあり。

＊『京都衆連歌等』（京都大学国文研究室穎原文庫蔵）に次の連歌が収められている。

貞享二年江戸城御会

当二月　姫君様紀州中将殿江／御入輿之筈也其趣見発句

山何

緑そふえには深しな松の春　昌陸

長閑に田鶴の妻と住庭　内大臣殿

（後略）

単に結婚を詠んだだけではなく、当然ながら祝賀の意を込め、繁栄を祈念したものであろう。このように、その年に祝賀的な事が予定されている場合、それを意識して発句を詠むものであったならば、慶長十六年は四月に後陽成天皇が退位、後水尾天皇が即位する。「若みどり」は後水尾天皇を、「雲ゐにたつ」は即位を意味し、祝賀と徳川家の繁栄を祈念しているのではないか。

元和六年（一六二〇）正月二十日

世にかさす天津みとりや松の春　紹之

＊三句まで。脇御、第三日野大納言資勝。

元和七年正月十一日

雲ゐにや咲出ん松の花の山　紹之

＊三句まで。脇御、第三唯心。「台徳院御実紀巻十五」（元和七年一月二十日条）に「具足御祝。連歌始例のごとし（続元和年録）」とある。

元和八年

松の葉や有数にへん代々の春　紹之

＊紹之の発句のみ。

元和九年

陰仰く松高殿や千々の春　紹之

＊三句まで。脇右大臣殿、第三久我大納言敦通。

元和十一年

栄あるやこの神松の若緑　　紹之歟
*発句のみ。
*「若みどり」は、前々年七月二十七日に将軍職を譲り受けた家光を意味するか。
寛永二年（一六二五）
梅か香や千代万代の松の風　　紹之歟
*三句まで。脇内大臣殿、第三玄仲。
寛永三年
松か枝に立増り行緑哉　　紹之
*三句まて。脇内大臣殿、第三玄仲。
寛永四年
春や種千代もといはゝ岩根松　　紹之
*三句まて。脇内大臣殿、第三玄仲。

また『松の春』にはとりあげられていないが、右の他に「東照宮御実紀巻八」（慶長九年一月二十日条）に以下のごとくある。

具足御祝例のごとし。連歌興行又同じ。
立こすや霞を松の若みどり（三益）

雨そゝぐ夜のあけぼのゝ春（右大将殿
月にふく風の高こちしづまりて（紹之）（慶長見聞書）
*前年、家康は征夷大将軍となっており、家康を意識して「立ちこす」（優れている）を用いたか。

また「連歌始」ではないが「台徳院御実紀巻五」（慶長十二年一月二十日条）に以下のごとくある。

この日連歌師里村玄仍某。大御所御祈禱のため連歌を献ず。（其発句源やけふわかゆてふはるの宿）

この日、江戸に大地震があった。連歌始の記述がなく、玄仍の祈禱連歌が載るということは、慶長十二年の連歌始が興行されていなかったことを示しているのかもしれない。

寛永五年（一六二八）以後、『松の春』はほぼ百韻を載せ、「柳営御連歌御会始」とあるが、寛永五年より前は、興行された旨が記されないか、記されたとしても「第三句」までしか伝えられていない。入口敦志は以下のごとく述べる（前掲『武家権力と文学　柳営連歌、『帝鑑図説』』四四頁）。

家康時代の柳営における連歌の詳細はわからない。将軍となった翌慶長九年（一六〇四）には家康が脇句を詠んでおり、柳営連歌の定型は踏んでいるが、その後慶長十二年（一六〇七）には秀忠が発句を詠むなど、この時代はまだはっきりとした定型ができていなかったと思われる。しかし記録のない年を含めて、正月二十日には佳例として連歌始が行われていたと考えるべきであろう。

入口が述べるように柳営連歌が興行されていたならば、慶長の終わりから元和の始めまでは、たまたま記録が残っていないということになる。佳例という理由で連歌始が興行されたのならば、他の正月に行われる佳例の実施状況をふまえて、何らかの事情で連歌始を含めた佳例等がなされなかった可能性も検討すべきと考えられるが、ここでは問題としない。ただし、「連歌集」と外題にあるが、内容は慶長六・七年の徳川家康周辺の記録である『諸大名連歌集』（天理図書館蔵）の「慶長六年」には

当年元日之発句
けふよりや猶豊年の初子の日　紹巴
春の野山をわけならす神　昌叱
鶯の声するかたにおきゐてゝ　玄仍

とあり、「慶長七年」には

元日之発句
奥に入はすへなをひろし宿の梅　紹巴
初ねとめよるその丶鶯　昌叱
春のよの暁ふかくをき出て　玄仍

とあり、「慶長八年」には以下のごとくある。

於京元日之発句
一夜明てあやしや分つ古年今年　昌叱
また行なからほのかすむみね　玄仍
かた〳〵に野中の若菜つみいてゝ　昌琢

この他慶長七年四月二日の条に

一卯月二日連歌之宗匠紹巴死去追善の連歌之発句
時鳥啼つるかたや名残哉　昌叱
なき跡や心をたねの忍草　兼如
□(難読)正月三日(二)中(甲)子連歌之発句
身のよはひかすへし年の初哉　玄仍
日影もかきり有春の空　紹巴
長閑なる今朝より四方の雪消て　昌琢

以上が『諸大名連歌集』に取り上げられた連歌記事のすべてである。注目したいのは元日の発句であることと、紹巴追善の連歌が載ることである。入口は「記録のない年を含めて、正月二十日には佳例として連歌始が行われていた」とするが、新たな資料が発見されるまで、慶長八年までは元日に連歌が興行された可能性、また「三つ物」であった可能性を視野に入れておくべきと考える。「三つ物」といった場合、「百韻の巻頭にあたる発句・脇句・第三」を意味する場合と「歳旦吟」を意味する場合がある。永田英里は「歳旦吟」について「元日に祝賀の意を込めて詠む連歌のこと。漢詩での例が早いようで、連歌では発句だけの場合もあるが、後代には三つ物が多くなる。紹巴が北野天満宮に奉納した例が早いか」とする(『連歌辞典』「歳旦吟」)。里村家が徳川家の連歌にかかわっていく過程で、歳旦吟が行われた可能性はあるのではなかろうか。

また注目したいのは寛永五年より後から百韻が残っていることである。鶴崎裕雄は「三河武士の各松平氏では正月に佳例の連歌が催され、柳営連歌は三河の国人衆の家々で行われていた正月行事の一つが幕府の柳営連歌へと発展したのではないだろうかと推測する」とした上で、

幕府の年中行事として柳営連歌が確立されると、連衆には三河武士の姿は見えない。(中略)連歌師や神官や住職が専門的に連衆を勤め、それも世襲化されるようになる。幕府の連歌は全く武士の手から離れた存在になってしまった。

とする(「三河の国人連歌から天下の柳営連歌へ」)。その転換期が寛永五年である。

寛政十二年(一八〇〇)、日輪寺其阿が幕府を提出した願書に「寛永五年、於柳営はじめて御連歌御会被為在之節、時宗之僧壱人、御連衆可被召加被仰出」とあり(東京都公文書館蔵『御府内備考続編 巻之百十四』)、寛永五年

を柳営連歌の初めとし、時宗僧も初めて召し出されたとする。それまでの佳例の連歌始は興行されていたのだが、いわば幕府の公式儀礼として位置付けられるようになったのが寛永五年であったということであろう。だからこそ、それ以前が三つ物であったのに対し、公的な記録として百韻が記録されたのではないか。また連衆も公的なものとして選ばれるようになり、日輪寺其阿はその一人であったということになろう。

また発句作者も新たになった。慶長十六年での連歌始では第三句を詠んだ紹之が、元和六年（一六二〇）から寛永四年（一六二七）まで、推定を含めて（元和十年、寛永二年）八回の発句を詠んでいる。紹之は、今日伝えられる情報が乏しいことから、さほど有名な連歌師ではなかったと思われる。それにも関わらず何故、紹之が発句を詠むようになったかは不明だが、紹巴からの推薦と関東出身といったものがあったか。また寛永五年にはじめて発句を詠じた里村南家当主昌琢は天正二年（一五七四）生まれかとされ、寛永八年にはじめて発句を詠じた里村北家当主玄仲は天正六年生まれとされる。紹之が発句を詠じた慶長十七年（一六一二）はまだ四十歳に達していない。徳川家の年頭に行われる連歌が、年頭の儀礼として意味を持つようになれば、その発句はそれにふさわしい者が担当すると考えられる。その「ふさわしさ」には、年齢も含まれていたのではあるまいか。憶測に憶測を重ねることになるが、すでに紹巴の時代に徳川家で年頭に興行される連歌の中心となる連歌師は里村家とほぼ決まっており、紹巴、昌叱が相次いで没してしまったため、紹之の生没年は不明なものの、それなりの年齢に達しており問題がなく、いわば里村家当主への繋ぎ役として、昌琢が五十歳を超えるまでは勤めたという可能性もあるのではなかろうか。

注

（1）島津忠夫は「連歌では「張行」の語を用いることが多い」（『島津忠夫著作集 第十三巻』二〇〇七年、和泉書院。四〇頁）とする。寛永二十年（一六四三）に刊行された『(諸礼式)』（個人蔵）には「月次之哥の会連歌誹諧或は詩聯句乱舞うたひ講十炷香弓兵法相撲碁将碁其外何にても頭人にあたりて師匠の隙をうかゝひにやらは、有増之会何比可致張行候哉御隙次第日限可相定委被示者可忝存候」と「張行」を用いている。しかし、寛文十余年（一六六六余）頃の作とされる『小笠原山城守長頼長歌』（古典文庫『中世近世道歌集』一九六二年）には「武家に生るゝ人のたしなみは（中略）哥や連歌や詩を作り乱舞も少し知りて吉」とあるごとく、武士を読者対象とする礼法書は「俳諧」を含まず、そうでない礼法書には含まれることが多い。とすると『(諸礼式)』は俳諧を含んでいるので、いわば一般向けである。武士を対象とした『書札蘊新集』（一六八九年序。石川県立歴史博物館蔵）に「張行とは弓馬兵法に限云。興行とは歌鞠連歌を云也」とあるごとく、近世の小笠原流礼法書には「張行」と「興行」の使い分けを記すものがある。「張行」を用いた連歌資料は近世にもあるが、本書は主に武士の連歌について述べるものであり、近世武家礼法の中心にあった小笠原流礼法に従って「興行」を用いることにする。

（2）「江戸の連歌師――文化八年の柳営連歌から――」『論集近世文学4　俳諧史の新しき地平』（一九九二年、勉誠社）。

（3）御城連歌の興行日は、慶長九年、同十六年、元和六年の三年間は二十日、元和七年は十一日である。寛永五年からは、毎年二十日であったが、『松の春』（宮内庁書陵部蔵）に「家光公四月廿日うせさせ給ひし後は十一日にうつされて此事を行はるゝ也」とあるごとく、二十日は家光の命日と同日なので、慶安五年（一六五二）以後は変更され十一日となる。十一日とした理由については「十一」が「士」に通ずるからとされる。六曜では一月十一日は吉日（大安）となる。

（4）『連歌問答記』は金沢市立近世史料館に三点所蔵される。本書では目録番号090.0.3のものを用いる。

（5）柳営連歌の執筆で、森鷗外がその事跡を追った寿阿弥は（『寿阿弥の手紙』）、弘化四年（一八四七）の柳営連歌の一巡の最後で以下のごとく「天満神」に「連なる歌」（連歌）を付けている。

花の匂ひ天満神に詣でして　昌功

連なる歌の道のながき日　寿阿

なお寿阿弥については、鹿倉秀典「劇神仙考」（『近世文芸 第四十五号』一九八六年十一月）、同「劇神仙追考」（『近世文学論叢』一九九二年、明治書院）がそなわる。柳営連歌の連衆について知るに欠かせない。

（6）綱敷天神に関連して述べると、『時衆の美術と文芸――遊行聖の世界――』（一九九五年、東京美術）には山梨県一蓮寺に所蔵される「束帯天神像」が掲載され、以下の解説が付される（一六六頁）。

怨霊の神としての怒りをたたえた典型的な束帯天神で、その座より縄座天神とも呼ばれる。中世以降に流行した天神講の本尊とされる。本図は右辺に一遍流の六字名号を記し、一蓮寺で興行された法楽歌会あるいは連歌の本尊とされた可能性が高い。

なお、筑波山神社には、貞享五年（一六八八）、徳川綱吉から知足院中禅寺十一世隆光が拝領した天神像が所蔵される。「持笏束帯姿の道真公で、いわゆる「怒り天神」の様相を示して」いる（茨城県立歴史館「平成24年度特別展　筑波山――神と仏の御座す山――」図録、八六頁）。知足院での連歌会では、これが用いられたか。

（7）柳営連歌の発句で「松」が詠み込まれることは、後に「十一日の昌陸が松　一時軒」（延宝七年三物・『近来俳諧風躰抄』「昌陸の松とはつきぬ御代の春　利重」（山本荷兮編『春の日』一六八六年）と句に詠まれるほど知られていた。昌陸は昌程の子で、慶安五年（一六五二）から柳営連歌の発句を詠んでおり、『春の日』が刊行されたた頃には、すでに三十年以上発句を詠じている。『春の日』はひろく読まれたこともあってか、「蓬莱や先昌陸が御代の松」（一茶『七番日記』一八一八年）といった詠句がなされている。「昌陸の松」の用例は他にもあるが、句作の拠り所となったのは、柳営連歌そのものよりも、『春の日』を介してではないかと思われる。

（8）日輪寺は、現在「平将門の首塚」の関連で知られるが、かつては連歌が連想される寺で、たとえば江戸後期に刊行された『滑稽発句類題集二編上巻』（個人蔵）に「連歌　御一順月に照りそふ日輪寺」とある。なお高野修は、柳営連歌が正月十一日に改められたため「時宗にとってはとくに大切であるお札切りと同一日時になったがために、遊行上人が参列することができず、日輪寺住職が参列することになったものと思われる」とする（「時衆文芸と遊行僧」橘俊道・圭室文雄編『庶民信仰の源流――時宗と遊行聖』一九八二年、名著出版。一三六頁）。

（9）棚町知弥「能順伝資料・その三（預坊時代・後）」（『有明工業高等専門学校紀要　第十二号』一九七六年一月）

はこの連歌についてふれる。

（10）注（9）に同じ。

（11）福井「近世連歌旧事考――丙寅連歌記――」、鹿倉「江戸の連歌師――文化八年の柳営連歌から――」（『皇學館大学紀要 第八輯』一九七〇年三月）。

二　筑波山の連歌

一　若菜連歌

宮本宣一『筑波歴史散歩』（一九六八年、宮本宣一遺稿刊行会）には筑波山の連歌岳が取り上げられている。出典は明らかではないが、次の記述がある（六九～七〇頁）。

ちょうど安永の頃、院代の上生庵亮盛が、山梨県酒折村の酒折の宮に行って、

　神代ふる酒折ぞ初しぐれ

と詠むと、宮司つづけて、

　つくばの茂葉ふみわけし路

と詠んだことが伝えられている。

後であげる日本武尊が筑波から酒折の宮に行った折の「にいはりつくば」の句をふまえた贈答と思われる。二条良基によって准勅撰連歌集『菟玖波集』などが編まれて以来、「筑波」という地と「連歌」という文芸は

結びつくようになり、それは江戸時代になっても引き継がれている。例えば延宝七年（一六七九）跋の岡西惟中『近来俳諧風躰抄』（古典文庫『談林俳論集二』一九六三年）には、連歌の初めとして、二条良基の『筑波問答』を引き、天の浮橋で伊弉諾尊が伊弉冉尊に「あなうれしむまし乙女にあひぬ」と詠みかけると、伊弉冉尊が「あなうれしむまし男にあひぬ」と応じたことと、

にいばりつくばをこへていくよかねつる　日本武尊
かがなべてよにはここのよひにはとをかを　火をともすわらは

の二つをあげる。現在では、伊弉諾尊と伊弉冉尊の降臨、天地開闢といえば、高千穂がよく知られていると思われるが、かつて筑波山神社には「天地開闢筑波山神社」の額が掛けられており、筑波の六所神社（一九〇八年廃寺）にまつられていたのが筑波男大神と筑波女大神で、これが伊弉諾尊と伊弉冉尊にあたる。

俳諧を嗜む人々には、筑波と連歌の関係が深いことが、いわば基礎知識として定着しており、例えば、延宝九年（一六八一）に刊行された『一夜庵建立縁起』（古典文庫『談林俳論集二』一九六三年）に「筑波根や連歌の里を尋ぬるに」とあるごとく、筑波は連歌を連想させるものであった。芭蕉が『鹿島紀行』で「和歌なくばあるべからず、句なくばすぐべからず。まことに愛すべき山のすがたなりけらし」と書きとめたのも実景にとどまらず、こうした文学的背景があったからであろう。

江戸時代、例えば太宰府天満宮の連歌など[1]、連歌は社寺関係者によって興行されることが多い。そうした社寺関係者興行による連歌に筑波山の「若菜連歌」（筑波山御会）がある。

「つくば」は徳川家と関係のある地であった。江戸城の北東、すなわち鬼門にあたる方角にあるからである。宝永二年（一七〇五）十月、徳川綱吉の命を受けた隆光が筑波山の本堂で祈禱を行い、その日記である『隆光僧正日記』に「筑波山ハ当城守鬼門、大切祈願所たる之間、随分御祈禱可仕之旨、御懇意上意也」とあることは、茨城県立歴史館『平成24年度特別展　筑波山――神と仏の御座す山――図録』がすでに指摘することである（九二頁）。また寛政七年（一七九五）十月十月に筑波山を訪れた佐渡の連歌師土屋永輔も男体権現の社で「陽神の向はせ給ふは未申のかたにして江城の鬼門を守らせ給ふとや」と記している（『連歌叢書』「筑波山奉納雅集 上」所載「菟玖波の枝折」）。なお佐渡は、江戸時代、相川に大願寺天満宮が創建されて、毎月九日を会日として天神奉納の月次連歌が興行された地で、土屋家は佐渡の連歌宗匠家である。[2]

慶長七年（一六〇二）、徳川家康は筑波山知足院中禅寺を徳川家の祈願所と定め「社納」として五百石を寄進し、慶長十五年、家康はあらためて「寺納」として知足院に寄進し、筑波山は江戸城鎮護の霊山となり発展していく。知足院は幕府の祈願所となる。家光は、寛永三年（一六二六）から筑波山諸堂社を造営し、寛永十年には知足院中禅寺の本堂などが落成している。なお木村善光『近江の連歌・俳諧』に拠れば（一〇七頁）、滋賀県の菅原天満宮に家康が八石余り寄進したのが慶長八年、三石加増し、祈禱千句料として反別上田八畝を連歌田として与えたのが慶長十二年と、時期的に近い。

幕末から明治にかけての戦災等によるためか、筑波山で興行された連歌の資料は少ない。その少ない資料の一つが、国会図書館に所蔵される『連歌叢書』である。文化から天保年間に活動した石井脩融[3]（一七六九〜一八四四。修融とも）によって編まれたもので、同書の奥付などに、自ら「花本染習園御直弟　筑波山連志」「花本染習園御直弟　筑波山連歌執筆」と記しており、里村玄碩（一七六二〜一八二二）の弟子である。石川八朗「翻刻・『洛陽花下里村昌逸法眼門人帳』付・玄碩門人帳」に拠れば、文化四年（一八〇七）四月に門人になっており、名前の上に「筑後」とあり、筑後出身で、玄碩の門人となり、その紹介で筑波の連歌に一座するようになったと考えられる。『連歌叢書』に収められた「筑波連歌集」については、『連歌叢書』とはないものの福井久蔵『連歌の史的研究』に以下のごとくある（六九〇頁）。

筑波山若菜御連歌集（写）五巻
筑波山にて例年正月七日に行なわるる連歌会の作、明和五年より天保六年まで六十七年間のを収めてある。一巻は安永五年まで、二巻は寛政五年まで、三巻は文化二年まで、四巻は己未だ見ず。五巻は天保六年までのを挙げてある。天保十三年菅原信親の序がある。

その後、『俳文学大辞典 普及版』に立項され、以下のごとくある。

連歌集。写二。石井修融編。上冊は内題「筑波山連歌集」。筑波神社諸院の会衆の行った文政九年（一八二六）一月八日の若菜連歌などを収める。下冊は文政五（一八二二）・八・一二三奥。明和四年（一七六七）六月二七日始会の連歌のうち、八会から一四会と別会そのほかの作品を蒐集し、当山連歌執筆の編者が集成したもの。国立国会図書館蔵『連歌叢書』所収。同叢書には寛政六年（一七九四）以降の『筑波山若菜御連歌』五冊も収録。

右には寛政六年（一七九四）とあるが明和五年（一七六八）からで、天保六年（一八三五）までの六十八巻が収められている。

福井の指摘した「天保十三年菅原信親の序」は以下のごとくある。

夫若菜御連歌の事は筑波の道の源／なりといへ共何れの頃より始りしにや古へは／其年〳〵に書捨て後世に残す事なし故／に其古きをしる者なし只宝暦の頃の／山主の御句に

枯木にも花咲春や摘若菜

右は光星僧正様の御句なる由或老人に聞／事を得たり其除は更にしる事なし爰に／石井修融先生なる者幼より此道に遊ひ／里村の門に入て名あり寛政の頃より今に／至て数十年当山の匠たり此翁古書の世／に伝らさるを深く歎て或は反古或は下張の／内より求得て冊に記して後世に残さんとす／依て古きを尋ね新敷を書継て漸く明和の／始より当年既に七十余巻をしる事を得たり／是皆石井翁の功なり予此翁の婆心を後／世に伝へんため其有増を巻端に記して／後学に与ふ後堂の者石氏か苦心を忘るゝ／事なく猶年々に書継事を得は幾百巻に及ん

天保十三年／寅春正月　菅原信親誌

右に拠って述べると、筑波山では「筑波の道の源」として若菜連歌を興行している。その起源は不明であるが、宝暦（一七五一～六四）頃には行われていた。また清書して残さず、書き捨てていた。

連歌とかかわりの深い「筑波」の山にあるということで、年頭に連歌を興行することになったものと考えられる。連歌始の日として、一月七日を選んだ理由はわからない。ただし、その起源は不明なものの、伊勢神宮では、一月六日に「若菜」を発句に詠み込む「若菜連歌」が興行されている。これについては『俳文学大辞典 普及版』に以下のごとくある。

伊勢神宮内宮神官の神事連歌。『荒木田集』に月次会が知られる大物忌父岩井田家が管掌し、岩井田初連歌とも称され、毎年一月六日に若菜題の発句で興行するのを恒例とした。後代の寛保元年（一七四一）の『内宮子良年中諸格雑事記』に至り規定が見えるが、その起源は、古来大物忌父の専管行事であった若菜御饌調進に関係すると見られる。文久四年（一八六四）に至っても一順の興行が知られる。

それにならったとか、「若菜」が神事等において重要な意味を持ったから、といった憶測はできようか。あらたな資料の出現を期したい。

筑波山若菜連歌の運営に関して述べる。まず文政九年と同十年の若菜連歌の一巡を以下にあげる。

文政九年戌正月七日

青何

いく千春恵める野辺の若菜哉　　権僧正令法

霞もふかき四方の半天　　尊盛

谷川の水の流れもぬるみ来て　　覚燈

小田には鶴のあさりするなり　実覚
見る月も竹葉の陰や出ぬらん　宏淳
軒端の風も漸寒き頃　慈性
朝夕に置そふ庭の露滋み　大秀
虫の音美しおのかさま〳〵　直重
浅みとり続きつゝかぬ片山に　雅辰
雲かくれにし岨のかけはし　良智
危くもたとる木曾路の遙けしな　喜之
其方に見ゆる岩の下庵　良山
冬されはたゝ炭焼や通ふらん　経徳
染し紅葉のちるは可惜し　修融
連ねぬる哥の席のさかつきに　惟親

文政十年亥正月七日

花何

よろつ代をいさ摘そめん野の若菜　権僧正秀陽
かすむ沢辺に出る亀の尾　栄範
白鶴は東風を翅に舞連て　覚燈
永きひかりに田つら返せり　実覚

春の夜の月や斜に照すらん　宏淳
暮を深めて向ふ山の端　慈性
涼しさを招く麓の松の声　大秀
茂り合たるさくら幾もと　慶賢
出し都そ雲に隔つる　雅辰
川添の道に暫しやいはふらん　直重
今宵しは草の枕をかり初に　良智
目さめかちなる夢の浮橋　喜之
束の間も中〳〵なりし我おもひ　良山
朽こそまされ涙せく袖　経徳
よむ文にいとゝ心やとゝむらん　修融
説をく法のおしへ冷し　惟親

興行日は六十八年間にわたり一月七日である。

発句には「若菜」が詠み込まれるが、それにかわり「深根芹」など「若菜」に類することばが詠み込まれたことが六十八年中に七会ある。詠み込む言葉に関しては、脇句、第三などに決まったものはないが、脇句には「霞」「霞む」、第三・四までに「鶴」が詠み込まれることが多い。

連衆については、石井脩融が蒐集した時点で、詠者名が不明であったためか、発句しか詠者名が記されていないものが少なくない。『連歌叢書』「筑波連歌集 上」には「筑波山御連衆目録」として以下のごとくある。

東光院尊盛　瀬尾津右衛門良智
不動院覚燈　杉田七郎兵衛惟親
三明院実覚　石井織吉脩融
龍泉院宏淳　小倉宗蟾経徳
金剛院慈性
大慈院大秀
南宗院良山

前掲「文政九年戌正月七日」「文政十年亥正月七日」の連衆は、右とほぼ同じである。中心になるのは院主たちで、一巡の順番は毎年同じで、院の格によって決まっていたのではないかと考えられる。発句は中禅寺の（権）僧正が詠み、句上のあるものから判断するに、一句だけである。他の連衆は、一座する連衆の数にもよるがほぼ均等で、九句か十句である。

いずれの徳川将軍のものだか不明なものの、筑波にあった六所神社の社殿内に伝わったとされる「征夷大将軍祈禱札」には「天下泰平」「武運長久」とある（『平成24年度特別展　筑波山――神と仏の御座す山――図録』三二頁）。これを参考にすれば、江戸城鬼門にあたる筑波山で、徳川家の祈願所中禅寺の僧正が発句を詠む若菜連歌は、年頭に当たり「江戸城鎮護」「徳川家安泰」といったことを祈念した連歌と考えられる。

月次連歌のことに関しては、安政二年（一八五五）に刊行された『筑波山名跡誌』（筑波大学附属図書館蔵）に以下のごとく記されている。(4)

本坊知足院　大書院玄関の脇に連歌の間あり。天正年間台命を蒙り、月次の連歌執行の所也。（中略）当寺連歌の間は宗祇法師此山に登りける時よりの名なりともいふ。（中略）国家安全の御祈禱長日の密供修行、月次連歌興行、衆徒丹精を抽ずる所也。

『筑波誌』にある「天正年中」は徳川家康が江戸城を築く時期からして誤りと考えられるが、前節で述べた柳営連歌の起源に関する伝承を参照したものかもしれぬ。また若菜連歌同様に書き捨てられていたためか、月次連歌の資料は知られない。「国家安全の御祈禱」とあるが、それは「徳川安泰の祈禱」でもあったと考えてよいだろう。また、知足院の玄関の脇に連歌の間があったとすれば、月次連歌だけでなく若菜連歌もここで興行されたと考えられる。

さて、僧正については『連歌叢書』に中禅寺二十六世懐玄以後の名が以下のごとく記されてある。

僧正様御代

懐玄　安永二ゟ天明五年迄十三年治世

観筭　天明五ゟ寛政元年迄五年治世

恵翁　寛政元ゟ同八年迄八年治世

儀貞　寛政八ゟ同十一月迄壱年治世
実栄　寛政八ゟ同九年迄弐ヶ年治世
実自　寛政八ゟ同九年四月迄
倍恕　寛政九ゟ同十二年十二月迄
元栄　寛政十二ゟ享和二年迄
盛尊　享和二ゟ同三年七月迄
高隆　享和三ゟ文化元年九月迄
賢慶　文化元ゟ万歳

慈徳院万蔵院（坂東市生子）に所蔵される「真言宗法脈幷中禅寺歴代位牌」に名が見られ、没年が記されるものも多い（『平成24年度特別展　筑波山――神と仏の御座す山――図録』七二頁）。

以下に「若菜連歌」を興行年月日順に、賦物、発句、連衆をあげる。『連歌叢書』に他の情報がある場合は「＊」を付して注記する。

1明和五年正月七日　花之何　幾春も栄ふる種や初若菜
僧正恵山、教映、真純、元応、隆春、霊瑞、祐寛、宏岳、尊観、広範、元水、弁栄、隆淳、元智
＊右の百韻は詠者を記さないものが「筑波連歌集下」の最後に収められ、点が付されている。最後に以下のごとくある。
附墨四十三句／内出群参／瀬川昌恭（花押写）

右此書は出村氏の宝蔵に五十年あまり／秘置しを今歳幸を得て乞求め猶筑／波山の深き茂りにもと花野の露に筆を／染
月の光りを灯として書写者ならし
文政五ッの年／午八月廿三日
花下染習園直弟／筑波山連歌執筆／石井脩融謹書

2明和六年正月七日　朝何　万代も猶摘はやせ初若菜
権僧正恵山、（以下無記）
3明和七年正月七日　何路　千代も摘齢ひを野辺の若菜哉
権僧正恵山、（以下無記）
4明和八年正月七日　下何　幾世摘君か恵みや深根芹
権僧正恵山、（以下無記）
5明和九年正月七日　青何　君かため幾代も摘ん初若菜
権僧正恵山、（以下無記）
6安永二年正月七日　何路　筑波根の裾野に摘や初若菜
権僧正有慶、（以下無記）
7安永三年正月七日　何草　神の庭に幾代も摘る若菜哉
権僧正懐玄、（以下無記）
8安永四年正月七日　何船　初若菜摘はやすなり四方の春
権僧正懐玄、（以下無記）

9安永五年正月七日　　青何　長閑さや齢ひを野辺の初若菜
権僧正懐玄、（以下無記）
＊1から9までをおさめた「若菜連歌集」は、1を除き発句作者しか記されていない。ただし巻末に以下の人名が記され、誰がどの句を詠んだかは不明なものの、連衆は次の者であったと考えられる。
巻中御代々性名
廿四代　恵山
教映、元応、霊瑞、宏兵（金剛院）、尊観、弁栄、真純（不動院）、隆春、祐覚、広範（花蔵院）、元水（来迎寺）、隆淳（円覚院）、元智（出村新六）
廿五代　有慶
廿六代　懐玄
伝心、祐宣（宜揚院）、憲海、光栄（大慈院）、照覚（釈迦院）、祐慶（宝憧院）、祐恵、智祐
10安永六年正月七日　御何　老もせぬ門の名にあふ若菜哉
僧正懐玄、伝心、広範、隆淳、照覚、祐宜、祐慶、憲海、祐恵、光栄、智宥、執筆
11安永七年正月七日　朝何　若菜摘帰さや六の花盛
懐玄、伝心、広範、隆淳、照覚、祐宜、祐慶、憲海、祐恵、光栄、元水
12安永八年正月七日　朝何　摘袖や浦風寒み磯若菜
懐玄、（以下無記）
13安永九年正月七日　初何　言の葉の悦ひつきせぬ若菜哉

僧正懐玄、通賢、隆淳、照覚、祐宜、祐慶、憲海、祐恵、光栄、寛了、鏤瑞、執筆

14安永十年正月七日　青何　わかへつゝ千代を御園の若な哉
僧正懐玄、見道、隆淳、照覚、祐宜、祐慶、憲海、祐恵、光栄、寛了、鏤瑞、執筆

15天明二年正月七日　唐何　神垣に摘や千代ふる初若菜
僧正懐玄、（以下無記）

16天明三年正月七日　朝何　今日といへは去年の古菜も若菜哉
懐玄、（以下無記）

17天明四年正月七日　初何　恵みもて千代ふる年の若菜哉
僧正懐玄、見道、隆淳、照覚、（以下無記）

18天明五年正月七日　御何　千代を摘君か恵みの若菜哉
権僧正懐玄、見道、隆淳、照覚、（以下無記）

19天明六年正月七日　花之何　見よや君千代ふる袖の摘若菜
僧正観筭、隆淳、照覚、祐慶、光栄、真言、信能、（以下無記）

20天明七年正月七日　花之何　富る此春や祝しの若菜哉
権僧正観筭、隆淳、照覚、祐慶、光栄、真言、信能、智海、了円、信秀、元知、執筆

21天明八年正月七日　初何　御代なれや春日豊に摘若菜
僧正観筭、隆淳、照覚、祐慶、光栄、真言、信能、智海、了円、信秀、元知、執筆

22天明九年正月七日　初何　七種や摘も尊し仏の座

権僧正観筭、（以下無記）
23寛政二年正月七日　青何　幾千代も此面彼面や初若菜
僧正恵翁、（以下無記）
24寛政三年正月七日　初何　二神の代々恵み来て摘若菜
権僧正恵翁、現阿、祐慶、光栄、信能、智海、戒如、元智、覚元、登朝、執筆
25寛政四年正月七日　花何　天地も恵むみそのや初若菜
権僧正恵翁、光栄、祐慶、信能、智海、證道、契玄、弘応、覚元、方勝、元智、登朝、執筆
26寛政五年正月七日　千何　君か代の世々を重る摘若菜
権僧正恵翁、光栄、祐慶、（以下無記）
27寛政六年正月七日　花之何　雪わけて摘や若菜に御代の春
僧正恵翁、光栄、（以下無記）
28寛政七年正月七日　花之何　袖たれてつめる御園の根芹哉
僧正恵翁、（以下無記）
29寛政八年正月七日　花之何　初春をいく代恵みの薺哉
僧正恵翁、（以下無記）
30寛政九年正月七日　御何　初春や神の恵みに摘若菜
僧正実自、（以下無記）
31寛政十年正月七日　青何　似けなくも花の手に摘若菜哉

僧正信応、（以下無記）
32寛政十一年正月七日　山何　雪ませに摘手も寒し初若菜
僧正信応、（以下無記）
33寛政十二年正月七日　初何　摘てしるこれ豊年の若菜哉
権僧正信応、光栄、隆政、行真、祐応、元栄、覚元、秀長、執筆
34寛政十三年正月七日　青何　摘はやす声ゆたかなり初若菜哉
権僧正元栄、光栄、隆政、行真、祐応、元栄、覚元、季永、執筆
35享和二年正月七日　初何　筑波根のすかたをみねの若菜哉
僧正元栄、光隆、隆政、行真、祐応、祐雅、暁空、祐善、其阿、執筆
36享和三年正月七日　山何　きへ残る雪間なからの若菜哉
＊「筑波山御会」とあり。
僧正盛尊、隆政、行真、祐応、祐雅、暁空、祐善、自厳、其阿、執筆
37享和四年正月七日　朝何　薄霞野辺に摘かふ若菜哉
僧正高隆、隆政（傍注・観応）、行真、祐応、祐雅（傍注・元栄）、祐善、浄覚、祐昌、勝休、執筆
38文化二年正月七日　青何　みとりさへ一つ色かは春の草
僧正賢慶、昇応、隆政、行真、祐応、元栄、宥善、浄覚、怪全、執筆
39文化三年正月七日　花之何　ふる雪を払ひてそ摘若菜哉
僧正賢慶、本開、隆政、行真、元栄、祐善、明源、諦道、朝成、執筆

＊「筑波山御会」とあり。

40文化四年正月七日　朝何　千代まてと契る野に摘若菜哉
僧正賢慶、本開、隆政、祐応、元栄、宥善、明源、諦道、良智、執筆

41文化五年正月七日　花之何　つみいるゝ袂にあまる若菜哉
僧正賢慶、本開、隆政、祐応、元栄、宥善、明源、諦道、定英、執筆

＊点あり。

42文化六年正月七日　何田　ころをしり野辺に若菜の青葉哉
僧正賢慶、本開、隆政、祐応、元栄、宥善、諦道、支官、執筆

43文化七年正月七日　唐何　霞しく春の野につむちよな草
僧正賢慶、隆政、祐応、元栄、宥善、諦道、盛弁、運寿、執筆

44文化八年正月七日　千何　年経とも老せぬ名なる若菜哉
僧正賢慶、本開、隆政、元栄、宥善、諦道、盛弁、覚信、隆詮、雅辰、執筆

45文化九年正月七日　青何　君か摘よわひや野辺の初若菜
権僧正代、恵鑁、宥善、諦道、盛弁、覚信、雅辰、執筆

＊点あり。

46文化十年正月七日　花何　若菜摘袖賑はしき春の園
僧正通弁、泰澄、恵璃、宥善、諦道、盛弁、宝伝、浄空、雅辰、執筆

47文化十一年正月七日　下何　つむ袖や君の恵みのふか根芹

僧正通弁、泰澄、宥善、盛弁、観隆、快応、雅辰、良智、修融、執筆

48文化十二年正月七日　初何　摘袖にをさまる御代の若菜かな
僧正通弁、泰澄、宥善、盛弁、観隆、快応、勝恵、雅辰、良智、修融、執筆

49文化十三年正月七日　御何　けふつむや猶豊年の初若菜
僧正通弁、泰澄、宥善、盛弁、観隆、快応、勝恵、伸敏、雅辰、良智、修融、執筆

50文化十四年正月七日　何路　谷も今朝うるほひ深き根芹かな
僧正通弁、通照、宥善、盛弁、観隆、快応、勝恵、伸敏、雅辰、良智、修融、執筆

51文化十五年正月七日　青何　摘袖のかへさ賑ふ若菜哉
僧正通弁、淳亮、盛弁、勝恵、快応、韻盛、慈性、通信、伸敏、雅辰、良智、修融、執筆

＊点あり。

52文政二年正月七日　御何　若菜摘例も代々の栄へ哉
権僧正代教任（注記・寅十二月九日祐澄僧正遷化ニ付　役者）、昌尊、盛弁、快応、勝恵、心映、俊尊、自性、伸敏、雅辰、良智、修融、執筆

53文政三年正月七日　朝何　下染は雪もみとりや初若菜
僧正令法、昌尊、盛弁、勝恵、鑁真、海典、真如、自性、伸敏、雅辰、良智、修融、執筆

＊点あり。

54文政四年正月七日　白何　摘初る若菜は雪の下葉かな
権僧正令法、頂光、鑁真、海典、盛弁、真如、乗隆、自性、伸敏、雅辰、良智、修融、執筆

55文政五年正月七日　何路　若菜つむ野辺は緑りのはしめ哉
権僧正令法、鍐真、海典、盛弁、真如、乗隆、自性、伸敏、雅辰、良智、修融、執筆
56文政六年正月七日　花何　七色のつかに若菜のかすもなし
権僧正令法、法成、海典、真如、乗隆、賢識、自性、伸敏、雅辰、良智、修融、執筆
57文政七年正月七日　何草　おたやかに幾代も摘む野の若菜
権僧正令法、法成、海典、賢識、覚燈、実覚、慈性、宏淳、伸敏、雅辰、良智、修融、執筆
＊「筑波山之御会」とあり。
58文政八年正月七日　何水　野の末も春をのひ行若菜かな
権僧正令法、尊盛、海典、覚燈、実覚、宏淳、隆雅、慈性、直重、雅辰、重経、経徳、修融、執筆
59文政九年正月七日　青何　いく千春恵める野辺の若菜哉
権僧正令法、尊盛、覚燈、実覚、宏淳、慈性、大秀、直重、雅辰、良智、喜之、良山、経徳、修融、惟親
60文政十年正月七日　花何　よろつ代をいさ摘そめん野の若菜
権僧正秀陽一、栄範七、覚燈七、実覚七、宏淳七、慈性七、大秀七、慶賢七、直重七、雅辰七、良智七、喜之七、良山七、経徳七、修融七、惟親一
＊句上あり。
61文政十一年正月七日　何木　天地の匂ひ増らん摘若菜
権僧正秀陽一、淳亮（句上になし）、覚燈八、実覚八、宏淳八、慈性八、大秀八、朝筭七、慶賢八、直重七、雅辰七、良智七、喜之七、修融七、惟親一

＊句上あり。

62文政十二年正月七日　青何　よろつ代や色もかわらぬ野の若菜

権僧正秀陽一、一如十、秀鑽十、慶賢十、秀阿十、慶伝十、直重十、雅辰十、良智十、喜之十、修融八、惟親一

＊句上あり。「直重」に「代」とあり、誰かの代わりをつとめたか。

63文政十三年正月七日　初何　豊さの袖や袂に摘若菜

権僧正秀陽一、一如九、秀鑽九、慶賢九、秀阿九、澄幢九、慶伝九、直重九、雅辰九、良智九、喜之九、修融八、惟親一

＊句上あり。「澄幢」に「初テ」「金」とあり、初めての一座で、「金」は金剛院の略か。

64天保二年正月七日　何路　よろつ代や摘とも尽きし野の若菜

権僧正秀陽一、尚住九、秀鑽八、慶賢八、秀阿八、澄幢八、慶伝八、存興八、直重八、良智八、喜之八、助知八、修融九、惟親一

＊句上あり、「代古渡右内」とあり、「古渡」が誰かの代わりをつとめたか。「尚住」に「初テ」とあり。

65天保三年正月七日　朝何　万代の数も摘はや初若菜

権僧正秀陽一、尚住十、秀鑽十、慶賢十、秀阿十、澄幢十、存興十、良智十、喜之九、助知九、修融十、惟親一

＊句上あり。

66天保四年正月七日　花之何　千代の春つめや尽せぬ初若菜

権僧正秀陽一、秀鑽十、慶賢十、秀阿十、明照十、恭隆十、良智十、喜之十、助知九、経徳九、修融十、信彊一

＊句上あり。「恭隆」に「代官」とあり、巻末に「代鈴木五郎兵衛」とあり。また「白直しハ江戸阪昌成ノ点ナリ」とあり。

67天保五年正月七日　御何　つみて見ん千代の種なる初若菜

権僧正栄性一、秀鑽十、慶賢十、秀阿十、明照十、都栄十、良智十、喜之十、助知九、経徳九、修融十、信彊一

＊句上あり。「権僧正栄性」に「初テ」、「秀鑽」に「院代」、「都栄」に「代」「吉太夫」とあり。「白直しハ昌成ノ点也」とあり。

68天保六年正月七日　何木　千代八千代つめと尽せぬ若菜哉

権僧正栄性一、栄善一、栄恵一、英真一、恵亮一、栄昌一、秀鑽十二、慶賢十二、宥清十二、明照十一、良智十一、景基十一、経徳十一、修融十三、信彊一

＊句上あり。「秀鑽」に「院代」とあり。「宥清」に「初テ」とあり。57から68までを収めた「若菜御連歌 四」には巻末に「近世東光院代控書」として以下の人名が記される。

宥岳　安永二年ゟ金剛院ゟ出　伝心　安永六年
広範　安永七年花蔵院　通賢　同九年ゟ
見道　同十年ゟ五年　中山智観寺　隆淳　天明六年ゟ五年　円覚院
現阿　寛政二戌ゟ二年　光栄　字元隆　寛政四ゟ十年　金剛院
隆政　享和二ゟ　不動院兼職　歓応　享和四年

昇応　文化二丑ゟ一年　流山光明院　　本開　字宝鏡　文化三寅ゟ四年　賢慶僧正弟子
　　　　　　　　　　　　　　　　　　又隆政又本開出
泰澄　文化十年ゟ舟橋ゟ出　　教任　少時間代
通照　文化十四　　淳亮　文化十五年　高嶋宝蔵寺
昌尊　文政二卯ゟ　高道祖常願寺　　頂光　字大円　文政四年ゟ　佐渡
鑁真　文政五年　大慈院ゟ兼　　法成　字為山　文政六年　江戸
尊盛　同八年ゟ　雨引山師範　　栄範　同十年ゟ
淳亮　同十一年　高嶋宝蔵寺　　一如　同十二年
尚住　慈　同十三年　　秀鑚　天保四年　宣揚院ゟ出
栄昌　天保四年ゟ栄性山主弟子

二　明和四年の千句連歌

正月七日に興行される若菜連歌は、一巡の順番が固定的であり、儀礼であったと考えられるが、それに対して、順番が固定していない連歌が『連歌叢書』に収められている。前掲『俳諧大辞典 普及版』に「明和四年（一七六七）六月二七日始会の連歌のうち、八会から一四会と別会そのほかの作品を蒐集し、当山連歌執筆の編者が集成したもの」とあったものである。『連歌叢書』「筑波連歌集 下」は、はじめに「目録」があり、丁をかえて一行目に内題が「筑波連歌集 巻下」とあり、二行目から以下のごとくある。

会衆

佐州先生　孝時　初会　大慈院　柳枝　二会　東光院　和水　三
不動院　五雲　四　慈眼院　柳絮　五　花蔵院　虚舟　六
宜揚院　如水　七　新　六　元智　八　三明院　雨玉　九会
来迎寺　和葉　十　宝幢院　谷水　十一　円覚院　車柳　十二
釈迦院　虚渓　十三　金剛院　金露　十四
玄東　浅井　甚兵衛　野水

明和四年亥六月廿七日始会　以上

明和四年（一七六七）六月から連歌会が行われ、その会ごとの主が誰であったかを示すものである。何故に「十四回」としたかについては不明だが、百韻連歌の懐紙は初折の表と名残の折の裏を除き、十四句を記す。連歌をする者にとって「十四」は特別な数であり、それと関連づけたと憶測する。「六月廿七日始会」とあるが、この後に記されるのは八月からで、一巡は以下のごとくある。

明和四年亥八月七日
八会
朝何
機織の声やよる〳〵糸薄　出村元智

月は舎れる暮毎の露　和水
山の端も霧晴渡る空にして　柳枝
桦の原は秋風そふく　雨玉
はら〳〵と落ぬるこそは木葉なれ　虚舟
群たつ千鳥鳴はさはかし　金露
入江まて高く入らし沖津波　如水
異浦〳〵もつなく釣船　和葉
ゥ暮の鐘ひゝきは高く聞へ来て　柳絮
宿をかるへき里は何方　虚渓
越残す山路は影も夏の月　谷水
晴間もあらぬ五月雨の雲　車柳
若竹の滋みは嘸な煙るらん　五雲
誰か住家をうつす此頃　孝時
三吉野の奥まて続く道有て　執筆

発句は、「よるよる」という言葉を用いているため、発句としての長高さがないという印象を受けるが、他は奇抜な言葉も付け方もしていない、標準的な連歌である。以後は興行月日と賦物と発句のみ以下にあげる。

八月十四日　九会　何鳥　夕霧は月の宮古の戸張（トハリ）かな　雨玉
八月十七日　十会　何草　手向るや祭るたま〳〵女郎花　来迎寺和葉
八月二十日　十一会　山何　鴬の声にや開く窓の梅　谷水
八月廿三日　十二会　白何　卯花の雪には出よ郭公　車柳
八月廿六日　十三会　何人　読歌や影も文月の蟬の声　虚渓
八月廿九日　十四会　御何　紐とくや鳥も囀る法の花　金露
九月十五日　別会　夕何　よしやふれあるしを月の雨舎　孝時（和水・元智との三吟）

六月二十七日が始めで、八月中に四回の連歌会がなされたとすると、七月中にも四回の連歌会がなされたと考えられる。集中して行われていることと、回数を考え合わせると、何か特別な興行目的があったと考えられるが不明である。ただし『連歌叢書』「筑波連歌集下」には次のものが収められている。

御本社奉納兼題　明和四年
社頭鴬　鴬やともに初音の詣社　和水
紅梅　紅ひの梅の時雨や春の雨　金露
帰鴈　故郷の誰に待れて帰る鴈　五雲
桜　八重桜爰も都か花盛　谷水
時鳥　待夜半の夢破れかし時鳥　雨玉

若竹　若竹の林はしめを砌りかな　虎渓
泉　くみよれは夏を余所なる泉哉　元智
散柳　ま清水にちらぬ陰見る柳かな　如水
月　見る時は月を心の晴間かな　車柳
虫　さま〳〵の虫の音や種歌合　和葉
紅葉　筑波山艳てり添ふ朝日かな　柳絮
千鳥　呼声に満をあるらし友衞　虚舟
雪　明仄と見るや岑より岑の雪　柳枝
神楽　千代八千代万代うたへ神神楽　孝時

右額になして大御堂に掛奉りし也

右の最後にある「大御堂」は筑波山中禅寺にあったものであろう。明和四年になされたこと、十四人の句が記されていることから考えて、先の「十四回」の連歌興行と、大御堂に掛けられた連歌発句の奉納額と何らかの関係があったと思われる。奉納の目的については明らかではないが、「十四」が連歌にまつわる数であるならば、連歌会の良好な運営、連歌上達といったことを願って奉納されたものではなかろうか。

三　文政九年の連歌

明和四年の連歌興行と同様に、集中的に連歌会が興行されたことが、少なくとももう一度、文政九年（一八二六）にあった。『連歌叢書』の①「筑波連歌集 上」と②「筑波山連集記」に重複して収録されている以下の連歌である。ただし①と②では、わずかばかり異なる箇所があり、注記すべきと思われるものは「＊」で付す。

1文政九年正月八日　唐何
千代までも祝ふや松の若緑
覚燈、経徳、実覚、惟親、良山、慈性、大秀、宏淳、直重、良智、雅辰、脩融
＊①に「初会」とあり。

2文政九年正月八日　何水
大御田を牛も返せる広野かな
実覚、脩融、良智、慈性、覚燈、惟親、大秀、宏淳、直重、経徳、良山

3文政九年正月八日　青何
小松原子日に駒の勇みかな
慈性、実覚、経徳、大秀、直重、惟親、良山、覚燈、宏淳、脩融、雅辰

4文政九年戊正月（日付ナシ）　何船
山里の春の色とや浅みとり

大秀、経徳、良智、慈性、惟親、直重、雅辰、宏淳、覚燈、良山、脩融

5文政九年正月八日　何色
若草の茂りを待や千々の春
脩融、経徳、惟親、雅親、良智、宏淳、実覚、大秀、覚燈、慈性、良山、執筆
*①に「東山会」とあり。

6文政九年正月十三日　唐何
筑波根や神代の松の若緑
良智、大秀、直重、慈性、実覚、雅辰、覚燈、良山、宏淳、経徳、良智（ママ）、惟親

7文政九年正月十八（ママ）日　何船
末広き野辺に勇むや春の駒
良山、経徳、慈性、実覚、良智、大秀、覚燈、宏淳、直重、惟親、脩融

8文政九年正月十三日　青何
若草に駒も勇むや松の陰
宏淳、実覚、慈性、良智、覚燈、大秀、良山、直重、惟親、経徳、脩融

9文政九年正月十八日　朝何
今日吹や千里も春の時津風
惟親、慈性、覚燈、実覚、良山、宏淳、大秀、直重、良智、脩融、経徳
*①では「十三日」とあり。

10文政九年正月（日付ナシ）　山何　（世吉）
寿くや末葉茂りを松の春
経徳、惟親、慈性、実覚、覚燈、大秀、良山、宏淳、良智、脩融
11文政九年正月廿五日　花之何　（世吉）
あら玉の春立けふや初霞
尊盛、脩融、覚燈、実覚、大秀、宏淳、直重、良智、良山、慈性、惟親

日付の記されていないもの、あるいは存疑なものもあるが、1から5の連歌が八日興行の百韻、6から9の連歌が十三日興行の百韻、10と11は世吉連歌なので、三つのまとまりにわけられる。百韻をまとめれば、二つに分けられ、さらに1に初会とあるので連続性があると考えれば、1から9が一つのまとまりと考えられる。であるとすると九百韻となり中途半端なので、10は同じまとまりなのかとも思われる。巻軸に注目すると以下のごとくある（私に傍線を付す）。

1咲揃ふ花の姿の夕栄に　覚
長閑き春を読歌の品　燈
2常盤なる木々にも交る花咲て　智
千代にもしなへ藤氏の末　秀
3栄へつる此筑波根や花の時　性

裾輪の田鶴の声のとかなり　覚

4 八重一重ひらき初ぬる花の春　覚

大内山の松のうらゝさ　融

5 いく春も開くは花の時津風　燈

うらゝかに聞うくひすの声　智

6 植置し花のかつらや匂ふらん　燈

千代にかゝれる松の藤波　性

7 心なそ都の花に通ふらん　融

連ね絶せぬ言のはる風　親

8 ふりにしも志賀唐崎の花の影　秀

幾春常によするさゝ波　融

9 催しを日々に羨む花の宴　秀

紅ひ深くちきる桃園　性

10 山々の花は早くも開けかし　融

藤款冬を手折かさゝん　山

11 鴬のねくらいつこに求むらん　融

ふし合なかく生し千代竹　親

右のごとく、1から10までは挙句前に「花」が詠み込まれ、11には詠み込まれていない。また11は発句が1から10までの連衆ではない尊盛であり、しかも興行日が二十五日であることから、天神奉納のためになされた連歌かと思われる。

1から10までの連歌がまとまりをなすとすると、挙句に「藤氏」「大内山」とあるので、あるいは宮中にまつわる祈禱目的があったかもしれないが不明である。

なお9の挙句は、日本では版本を通じて元禄時代から普及したと考えられる「三国志演義」の「桃園の誓い」を踏まえているとすれば、近世的な内容の連歌といえよう。文化七年（一八一〇）に再建された加賀の金沢城二之丸御殿入り口杉戸に「桃園結義図」が描かれるなど、流行り物であったと思われる。

また4の連歌には次の句がある。

日を永かれと読歌の品　　澄
分行ん筑波の道や遠からめ　　親
高く聞ふる名も水無の川　　融

「百人一首」収録歌を踏まえたものである。筑波の郷土史としては注目してもよいかと思われる。

四　発句歳旦

『連歌叢書』「筑波連歌集下」には「発句」も多少収められている。「発句歳旦」（十四句）「哀傷発句」（十句）「懐旧発句」（十句）「名月発句」（六句）「賀発句」（七句）とあり、この後に先にあげた明和四年「御本社奉納兼題」の発句があり、続いてゆく。右のうち「懐旧発句」は以下のごとくある。

懐旧発句

したはるゝ世をふる塚の柳かな　柳絮
過行し昔の秋や思ひ草　元智
思ひ出のつらさ身に入昔かな　和葉
なき影を思ふ年〳〵桜かな　雨玉
咲花をともに見し世の人もかな　谷水
思ふ世もはかなき桐の落葉哉　五雲
無影にいさや手向ん法の花　柳枝
いにしへを忍ふしるしの柳かな　（無記）
古塚を問へは露けき袂かな　和水
石文に落す涙や苔の露　虚舟

懐旧の発句は一周忌より五十年百年迄／も其世の年〳〵に遠くなるを歎き又亡／魂の為に追善の志をのへ又

手向をなし／年近きは近き様遠きは遠きよふに句仕／立それ〳〵に有へき也いつなりとも其正当の日の／季を以ていひ立る良なり能々懐旧の心を／味ひしるこそ肝要ならんかし

発句の後に、その詠み方が記されたのは「懐旧発句」だけである。この教えが誰からのものかは記されていない。注目されるのは、「発句歳旦」「哀傷発句」「懐旧発句」「名月発句」「賀発句」という分類である。儀礼的な連歌興行にあたり筑波山の連歌関係者が請われる発句、もしくは儀礼的な会で請われる発句の主たるところを示していると思われる。そうした状況をふまえて近世連歌をみた場合、やはり信仰との結びつきは強いといえよう。

五　『古今集相伝　連歌八體伝』の記事

最後に石井脩融が関係した『古今集相伝／連歌八體伝』（個人蔵）を紹介したい。

書誌について簡略に述べると、中本一冊、袋綴の写本で、全五十六丁、うち一丁は遊紙である。表紙中央に「古今集相伝／連歌八體伝」とある題簽が貼られてある。後表紙見返しに「筑波院士／杉田将監蔵」とある。「連歌八體伝」の後に

延宝九年四月廿五日　　宗祇在判
　　　　　　　　　　　己佐在判
　　　　　　　　　　　千賀野俊庵在判

文化十一戌十一月吉日相伝
花下御直弟　筑波山連哥志
石井織吉脩融写也
杉田安次郎信彊写也

とあり、石井織吉脩融が写したものを、杉田安次郎信彊が写したと考えられる。
注目される点が二つある。一つは「古今集相伝」のうちの「第二春日野の飛火」に以下のごとくあることである。（わたくしに句読点を付す）

抑若菜の事、天智天皇、吉野の奥に住給ひし時、仙人、菜を奉る。七種の若菜と申て目出度草也。正月七日、此若菜をきこしめし、不老不死の妙薬にて侍る也。此七種は即天の七星の性、下界に七種とあらわる也。人として七星の性を受すと云事なし。されは親に二の種をなむれは七魂をかたく養ひ命の形を養ふ也。

この後に、七種は芹、薺云々と説明が続く。この書を所持した石井脩融が、先に述べた筑波で興行される若菜連歌の説明を誰かに求められたとき、右を用いて、その意義を説くことがあったのではと想像される。(5)

今一つの注目される点は、「古今集相伝」に「小町伝説」について述べる箇所があり、現在の土浦市小野に小野小町の墓があるためか、水戸光圀がたびたび詮議したという記述は郷土史としては注目され、さらに以下の記述がある。（私に句読点を付す）

予水戸の達人と上州へ参りしに、小野高尾野と云村へ行くに、村老、物語せしは、昔、宗祇と云し連歌し此所を修行せしに、小野高尾野の間に石橋あり。渡らんとするに五躰すくみて前後を忘し。あな不思議哉と、所の者に問給へしに、所の者共の出須日云はやす。観音権現の僧こそ出来れり。穴貴と正真の観音也とて供敬礼拝せしかは、宗祇法師、不思議の思ひ、委しく尋しに、所の者の曰く、此ころ里人の夢に、衣冠正しき女性枕神に立給へて云く、我は小野小町か幽霊也。三日過て観音権現の法師来るへし。我彼僧に値遇して験を見せん。尊むべし、と村の輩不残三日続て夢想を蒙りし侭、如此拝し奉るとて、弥拝し奉る。宗祇、不思義に石橋を起させて能洗て見給ふに、小野小町の石塔也。左に記し伝る。表文字見へす。裏に小野国分が娘小野小町と有り。四角にして四方の文字の跡見ゆるなり。宗祇、弥不思義に思ひ、所の寺院に立寄して、委く尋給へは、住僧感歎し、ふしきなる哉、夢に見しに違すと語る。依而此石塔を建、跡弔ひ給へて祇師の哥連歌等有り。此事委く所の者共伝へり。

「小野」という名の地には小町伝説が伝わることがある。右もその一つで、現在、富岡市小野に伝わる小町伝説には、宗祇の登場するものはないようである。冒頭の「予」については不明だが、「千賀野俊庵」なる人物ではなかろうか。『筑波山名跡誌』では「観流庵」の説明に「昔宗祇法師暫く杖を止給へば、元は種玉庵と号」とあり、この後に『宗祇諸国物語』所載の話を引く。筑波という地は、連歌ゆかりの地として、「宗祇」の伝承が育まれやすい環境であったと考えられる。

注

（1）太宰府天満宮の連歌については川添昭二・棚町知弥・島津忠夫『太宰府天満宮連歌史Ⅰ～Ⅳ』（一九八七年、財団法人太宰府顕彰会）がそなわる。

（2）佐渡の連歌については大野温于『佐渡羽茂の連歌』（一九九四年、羽茂町教育委員会）がそなわる。

（3）脩融については秋山高志「在郷の文人たち（四）――筑波石井脩融――（『常総の歴史　第三十二号』二〇〇五年三月）がそなわる。

（4）岩上長作『筑波山』（一九〇四年、交通世界社）に以下のごとくある（一七頁）。

旧知足院には連歌間など云ふ特別の室ありて、天正年中徳川家より月次連歌執行の命を蒙り、志あるもの此処に会して、其吟腸を絞りぬ、後遂に毎歳百韻を綴りて将軍家に献納せりと云ふ。

また『筑波山』の七年後の明治四十四年（一九一一）に刊行された杉山友章『筑波誌』（筑波山神社）には、

前年筑波に於ては、連歌盛に行はれ知足院には玄関の脇に連歌の間といふあり、天正年中徳川家の命により、月次連歌を執行せりといふ。

とあり（二〇頁）、これらは『筑波山』を下敷きにしていると、桐原光明は指摘している（『筑波山名跡誌――安永期の貴重な地誌再現――』（一九九二年、筑波書林）。

（5）年頭儀礼・行事として連歌を興行する場合、儀礼・行事にふさわしい日として、その興行日を何日にするかは重要なことであったと考えられる。その場合の選択肢の一つとして、古来からある儀礼・行事の日に興行するということはあったであろう。尾張国熱田神宮には、連歌の初めにかかわり深い日本武尊を祀ることもあり、多くの連歌が奉納され、応永三十年（一四二三）から明治三十一年（一八九八）の間の、七十八種の連歌が所蔵される。内藤佐登子は、そのうちの佐久間氏の連歌について述べる（「熱田神宮奉納連歌と佐久間氏」『文学堂書店古書目録　第三十一号』二〇〇七年）。それに拠れば佐久間氏は「子の日」に連歌を興行している。天正三年（一五七五）から元和二年（一六一六）まで行われた。「上巳」や「端午」の節句などの系統といえよう。しかし「上巳」が三月三日、「端午」が五月五日と、日が固定されていく。年頭儀礼・行事としての連歌も式日であったほうが予定に組み込みやすかったと考えられる。その結果、祈禱等をするからには時期的に早いほうがよく、正月の初めの時期で選択した結果、かつては「人日」に行われ、一月七日に定着していった「若菜・七草」が選ばれ、伊勢神宮や中禅寺で若菜連歌が興行されたと推察する。

なお佐久間氏の連歌は、発句に「子の日」「初子」「(小)松」が詠み込まれ、発句は紹巴（没後は玄仍、昌琢）、脇句は佐久間氏、他は紹巴周辺の人々が詠む。内藤は「(佐久間)家勝、嘉昭の依頼により、京に於いて紹巴一門の人々にて興行されたものである」とする。そして、その連歌懐紙が熱田神宮に奉納される。信仰的要素の強い連歌といえよう。

第二章　伊達家の連歌

一　七種連歌の起源と終焉

一　七種連歌の起源

(一) 光向天満宮の連歌

海照寺（静岡県沼津市内浦三津）境内にある光向天満宮に奉納された連歌一巻がある。それについては牧島光春の論考「海照寺蔵光向天満宮奉納連歌について――その成立と背景――」（『沼津市史研究　第八号』一九九九年三月）がそなわる。それに拠ると「仙台の僧侶を中心として仙台藩士達によって作られ奉納されたものである」。仙台の僧侶とは、真福寺の其阿章及、仙台藩士とは、遠藤善信、遠藤行信、吉田直光、畑中盛雄、井上元継らである。真福寺は、仙台藩において着座格の時宗寺院で、『連歌叢書』「当代連歌集」（国会図書館蔵）には文化十三年（一八一六）に興行された次の両吟連歌を載せる。

文化十三子年三月廿九日

仙台広沢山真福寺張行

初何

陰問は言葉の花の盛り哉　弁中（太田浄光寺）
松もみとりの奥深き庭　忍我
（以下略）

遠藤善信、遠藤行信は親子で、遠藤家は仙台藩の年頭儀礼である七種連歌の運営に深くかかわるなどした、伊達家の重臣の家である。注目されるのは、その前書きの以下の箇所である（本文は牧島前掲稿による。また傍線を便宜上わたくしに付す）。

其むかし藤峯において、かの御社に連歌一巻奉納せばやと、かの和尚のかたらはれけるにうけがひながら、やがて上州の浜川といへる道場に住うつりて、かしこにて其催しもせばやと思ひけるに、かゝる方もてあそぶ人になければ、けふあすとためらふ程に、十年あまり六の春秋を過しぬ。はからずも去年の秋仙台のかたなる真福寺といへるに又移り住ぬ。こゝもとは道にすける人〳〵もあまた侍りて、月次やうのかたらひたび〳〵になりぬれば、さらばかゝるついでにもとて、明和七のとし秋の頃思ひたちけるに、さはることありて、同じき師走の八日にかれこれかたらひて、やつがれがもとにてかの御神に手向のことつかうまつりぬ。

傍線部にあるように、上州浜川の道場では連歌を嗜む人がおらず、仙台には好む人が多い、というのである。連歌は、独吟という形式で一人でもできなくはないが、あくまでもそれは例外で、本来複数の連衆で詠むものである。『奥羽永慶軍記』（序に拠れば元禄十一年（一六九八）に成る）に、最上義光が娘の誕生に際して山形で連歌を興行しようとしたが、連衆が揃わず中止になった話が載る。[1] 連衆が揃わないと、あらたまった連歌は興行できない。江戸時代も半ばである明和七年（一七七〇）頃、仙台では連衆を揃えることができたのである。牧島光春は「仙台ほど連歌の盛んな所は全国になかった」とする。[2] 全国一盛んな所というのは躊躇されるが、全国でも有数であったとはいえよう。それは年頭儀礼七種連歌が毎年興行され続けたことが主因であると考えられる。

（二）七種連歌の始まり

東北地方の大名伊達家は、一月七日に連歌会を興行していた。江戸時代に成った伊達家の公的な記録『伊達治家記録』（仙台市博物館蔵）によって、成立順に、天正五年（一五七七）、同九年、同十二年の一月七日の連歌の発句を記すと、以下の通りである。

天正五年　雪ノ花フル手ニタマルナツ菜哉　道祐（晴宗）
天正九年　摘年ノ岩ホニツキヌ薺哉　政宗
天正十一年　松ノ年ヱクノワカ菜ヤ深緑　政宗

右のごとく、発句に「薺」「若菜」など「春の七草」に関係することばを詠み込んだためか、『伊達治家記録』などには「七種御連歌」と記されており、「若菜連歌」と称されることもある。本書では、この連歌の呼称を便宜上「七種連歌」で統一する。『伊達治家記録』には「年々此日連歌ノ御会アリ。佳例トシ玉フ。何ノ時ヨリ始マル哉不知。古来ノ御連歌及ヒ此比ノ御連歌、此年ト天正九年・十二年三箇年ノ外ハ不伝」とあり、すでに江戸時代に天正五年より前のものは伊達家に伝っておらず、その後今日まで、天正五年より前に七種連歌が興行されたことを示す資料の存在は新たに報告なされていないようである。

さて、天正五年当時の伊達家当主は十六代輝宗である。何時、十五代晴宗から輝宗に家督が譲られたかについては明らかではない。その時期を『伊達正統世次考』は「自永禄七年甲子冬、至同八年乙丑首夏之間」とし、小林清治は「輝宗との和が成立してまもない永禄七年末から八年夏のころ、晴宗は輝宗に家督を譲り、信夫庄杉目城に隠退した。永禄八年晴宗は四七歳、輝宗は二二歳である」とする（『戦国大名伊達氏の研究』二〇〇八年、高志書院。一〇九頁）。

また垣内和孝は「永禄七年六月二七日に始まる一連の軍事行動は終始輝宗によって主導されており、晴宗の存在感はうかがえない。講話の起請文が輝宗と盛氏との間で交換されていることを併せ考えるならば、この時期の伊達氏が輝宗によって主導されていたことは疑いない」とする（『伊達政宗と南奥の戦国時代』二〇一七年、吉川弘文館。一六七頁）。

本書では晴宗から輝宗への家督相続を永禄七年（一五六四）とする。

永禄十年に、輝宗の長男が生まれている。後の政宗である。『伊達治家記録』に拠ると、輝宗が政宗に家督を譲ったのは天正十二年（一五八四）である。輝宗が永禄七年に晴宗より家督を譲られたとすると、輝宗は、十七年間当主であり、また現存最古の七種連歌が興行された天正五年までに、輝宗は十年余り当主であったことになる。

伊達家当主は文事を嗜む者が多い。歌道に関していえば、例えば大永四年（一五二四）三月二十四日、猪苗代兼純は三条西実隆に伊達家第十四代稙宗の詠草を見せ、白鳥一羽、黄金一両を贈っている（『実隆公記』）。稙宗の詠草に添削や点を請うたものと思われる。

また『大日本古文書　伊達家文書　家わけ之三　伊達家一』に所載の「連歌師千佐歌書抜書」[3]に以下のごとくある。

伊達左京兆年来兼純扶助有し上、風雅之道不怠、嗜御数寄誠に難有事也（中略）歌道一流純公より相伝

＊伊達左京兆…伊達稙宗　＊純公…猪苗代兼純

輝宗の祖父にあたる稙宗は、兼純より歌道伝授を受けたことも知られる。なお、後世の資料になるが『伊達家旧臣伝』にも兼純が稙宗の和歌の師範とある。

兼純は、准勅撰連歌集『新撰菟玖波集』の編者の一人であった連歌師猪苗代兼載の縁者であることを考えると、和歌のみを指導したとは考えがたく、連歌の指導もなされたと思われる。しかし、先に述べたごとく稙宗と晴宗が当主であったときに七種連歌を興行したという資料は知られていない。稙宗と晴宗の時代の七種連歌が伝わらないことに関して「稙宗や晴宗の時代から継続して七種連歌が興行されていたけれども、たまたまそれに関する資料が現存していないだけである」という見方ができよう。そうした考え方をしたものに『米沢市史 第一巻原始・古代・中世編』（一九九七年）があり、「「治家記録」によると正月の連歌会は佳例として毎年行っていたが、始まった年代は不明であるという。天文の乱が終息し、晴宗が米沢へ居城を移した天文十八年（一五四九）頃から恒例となったものであろうか」とする（七一四頁）。

しかし、輝宗より前の当主の資料がまったく伝わらないのならともかくとして、七種連歌以外の資料であれば伝わるものもあるということは、七種連歌が興行されていなかった可能性を示すものであろう。すなわち、輝宗

が当主であった時期の七種連歌が伝わったという事実は、輝宗の代に七種連歌を興行するようになった可能性があることを示すものと考えられないだろうか。

(三) 伊達輝宗にとっての連歌

伊達輝宗が、七種連歌をはじめたとするならば、まず問題となるのは、輝宗が連歌をどのようなものと考えていたかであろう。輝宗自身が連歌について述べた資料はないので、当時の連歌がどのようなものであったかをふまえて、輝宗が連歌をどのようなものと考えていたかを考察してみたい。

戦国武将が嗜んだ「連歌」には、「享受」という側面に注目すると、大きく二つに分類することができる。一つは、詠じている〈当事者〉が楽しむ連歌である。連歌は一座した者の共同製作である。必ずしも気の合った者同士ではなくても、数人が寄り集まって興じる連歌は、その場も含めて楽しかったと思われる。それが、揆を一にすることにもつながるのであろう。この点に関して、廣木一人は以下のごとく述べている(『連歌入門　ことばと心をつむぐ文芸』二〇一〇年、三弥井書店。一六〇頁)。

地方武士は公家の文化であった和歌や蹴鞠などにも関心を持ったが、足利尊氏以来、武家の文芸として重んじられてきた連歌はもっともかれらの嗜好にあったものであった。それは中世武士団の基盤であった寄合・一揆などという組織のあり方と、座を共にする連歌のあり方の一致によるところも大きかったと思われる。将軍家をはじめ、家子郎等の結束を確認する意味合いをもった連歌会も多くみられるのである。

また、連歌を詠むことには連帯意識を強める効用があると気づいた武将が、家来をまとめるのに利用したことは容易に想像されるところである。

さて、いま一つは詠じている者たちが信仰している〈神〉や〈仏〉が楽しむ連歌である。連歌は、法楽・追善・祈禱・祈願といった目的で成されることもあった。神仏に連歌をお読みいただき、楽しんでいただき、願いなどをかなえていただくものである。戦国武将が興行した、この種の連歌で特に注目されるのが戦勝祈願の連歌である。

多くの戦国武将にとって最重要事項の一つは、戦いに勝つことであったと考えられる。そのためにいろいろな段取りをする。その一つが神仏への戦勝祈願である。それにともなって彼らの寄進したものや、修理した建物・仏具・神具などは多く現存する。戦勝祈願連歌はその一つである。合戦の前に連歌を興行し、そこで詠まれた連歌を奉納して、戦勝を祈願する、といったものである。戦いに勝つために必要な宗教的行為の一つという見方もできよう。

戦国武将の連歌に関して、小和田哲男が「連歌がこの時代（引用者注・戦国時代）に大流行をしたのは、ただ合戦の戦勝祈願という側面があったからだけではない。もう一つの側面として娯楽的な側面も見おとすことはできない」と述べている（中公新書『戦国武将』一九八一年。一四二頁）。

「娯楽」の側面、「宗教」の側面、どちらの側面に比重を置くかはともかくとして、単なる娯楽、遊びにとどまらず、「戦勝」という実利をもたらすという、宗教的な一面もあったからこそ、連歌の流布は特定の地域にとどまらず、広範囲に及んだと考えられ、東北地方もその例外ではなかったものと思われる。

必ずしも娯楽性と宗教性のどちらかといった二者択一にする必要はないが、七種連歌に関していえば、輝宗は、後者すなわち宗教性に特に注目したものと考えられる。何故ならば、毎年一月七日に張行されるという式日連歌であり、後述するように、輝宗が家督を譲るにあたって政宗に書き与えた『正月仕置之事』（仙台市博物館蔵）に記載された年頭儀礼だからである。年頭に、その年の何らかを祈願するのが年頭儀礼である。そしてそれは、継続して行われるものである以上、戦勝祈願のような有事のものではなく、いわば普遍的な願いである。具体的には、七種連歌は、食すると生命力が増すとされる「春の七草」に関する語を詠み込むことによって、伊達家の存続と繁栄を、連歌の守護神である天神に祈念した連歌であると考えられる。「七草」については、連歌にも、はやく応永二十二年（一四二五）十一月二十五日興行「賦何船連歌」（『看聞日記紙背文書』）に

しづのめがつむや根芹を籠に入て　　前宰相
今日七草をいわふ初春　　長資朝臣

と詠まれており、謡曲「七草」に「一千年の齢を保つべきとなり」とあるごとく、春の七草を摘み、食することは、健康・長寿を得るためのものであった。七種連歌は、そうした七草を摘み、食することによって健康・長寿を得るといった信仰を、持ち込んだものと考えられる。七種連歌が興行される部屋の床の間には天神像が掛けられ、服穢の者以外はそれを拝むことから、連歌の神である天神に健康・長寿を願ったと考えられる。すなわち「祈禱連歌」である。

（四）興行目的

何故に、七種連歌という年頭儀礼を行わなければならなかったのか。それには当時の伊達氏内の争いが関与していると思われる。

伊達氏は、文明十五年（一四八三）に上洛し、足利義政、義尚親子、日野富子らにおびただしい贈り物をした十二代成宗の長男で十三代の尚宗のときから骨肉の争いが続く。尚宗は稙宗（十四代）と争い、稙宗は晴宗（十五代）と争い、晴宗は輝宗（十六代）と争い、親子の争いが恒常化している。特に稙宗と晴宗の争いは十年間に及び、「天文の乱」として知られる。晴宗と輝宗の争いも五年間続く。当然、内部の抗争は弱体化を招くことになる。

輝宗は、右のごとき親子の争いの歴史について、いかように考えていたのだろうか。それについて記した記録類は知られていないが、家の存続のために、身の保全のために、そのようなことを繰り返さぬように対処しようとしていたことは推測されるし、さらに跡継ぎの育成には細心の注意をはらっていただろうことも推測される。そうであるとすれば、その一つのあらわれが、長男政宗の誕生にまつわる話であろう。『伊達治家記録』に拠って、その話の大略を述べると、以下のごとくである。

伊達輝宗とその妻義姫が、米沢郊外にある亀岡文殊堂近くに住む長海上人に、男児誕生の祈禱を依頼する。長海上人は、湯殿山に参籠して祈禱を行い、湯殿山の湯に浸した幣束を持ち帰り、義姫の寝所の屋根に安置させる。その後、義姫の夢に老僧が出てきて、義姫に幣束を授け、「胎をかりる」といった。義姫は懐妊し男児を産む。梵天丸と名付けられた。

他の者でなく、長海上人に祈禱を依頼した理由は、「修験」として評判が高かったからであろう。湯殿山は出羽三山の一つとして知られ、修験の山である。梵天丸と名付けられたのは、修験が幣束のことを尊んで「梵天」というからである。この政宗誕生の話が事実とすれば、修験に対する信仰をよくあらわしている。これに関して小林清治は「政宗が、湯殿山祈願にもとづくこのような瑞夢によって誕生したことは、ほかならぬその梵天丸の幼名によって事実と認めてよいであろう。まさに彼は湯殿山の神霊の申し子にほかならなかったのである」とする（『戦国大名伊達氏の研究』一三三頁）。

あるいは政宗誕生にまつわる話が事実ではなく、実はある目的があって創られた話であったとしても、かかわりの深いということが、この地にあって有利に働くことを念頭においてのことであろう。

また政宗幼少期には、虎哉宗乙、相田康安から学ばせている。

そして、輝宗は四十一歳で政宗に家督を譲り隠居している。稙宗と晴宗の争いは稙宗の隠居によって終わりとなり、晴宗と輝宗の争いも晴宗の隠居によって終わりとなっている。相馬氏との争いなどがあり、楽隠居できる状況ではなかったにもかかわらず、はやい時期に隠居したのは、親子の争いの可能性をなきものとして、家の存続・発展をはかったものと考えられる。

そして輝宗が家督をはやい時期に譲るために準備したものの一つが、儀礼の整備ではなかったか。その隠居にあたって政宗に書き与えた『正月仕置之事』には、二日書きはじめ、四日茶の挽きはじめ、五日七種発句はじめ、七日連歌会、八日心経会、十四日乱舞はじめとあり、年頭儀礼が整えられている。

なお『正月仕置之事』で注目されるのは、書、茶、連歌、乱舞はあっても、和歌がないことである。和歌は別格であったのであろうが、年頭儀礼としては「連歌」であったのである。ここに輝宗の創意があろう。先に述べたように、「連歌」は、集団で願いを込めることができ、連帯感を強めることができる。和歌も、神に何かを祈願するために詠まれることはあったが、個人的な傾向が強いといえよう。

以上述べたことをまとめる。

尚宗・稙宗・晴宗・輝宗と、親子での争いが続いた伊達家は、以前に比較して輝宗の代にかなり弱体化していた。家の存続・繁栄をはかるための方法の一つとして、輝宗はすぐれた後継者を育成し、自らは隠居するということを考えた。「隠居」は、親子の争いを終結するときにとられた方法で、少なくとも稙宗・晴宗・輝宗のときにはうまくいった。「隠居」するためには、すぐれた後継者の育成と組織の整備が必要である。後継者の育成のために、すぐれた教師を幼い時から付けるとともに、地域社会で修験が重要な位置を占めることから、修験に深くかかわる誕生にまつわる話がまとめられる。また家臣との和を育成させ、家の存続・繁栄を祈念するものとして連歌に着目し、式日を一月七日として、縁起ものである七草を詠み込み、修験にかかわる者などが一座し、その宗教性を高める「七種御連歌」を年頭儀礼とした。もし七種連歌が輝宗の代に興行されるようになったのならば、こうした背景があったのではないかと考えられる。

(五)　遠藤基信

先にも述べたごとく、稙宗が当主の時代に、連歌師の猪苗代兼純が仕えており、そうした先祖を持つ輝宗が連歌に関してまるで無知であったとは考えがたい。が、年頭儀礼としての七種連歌を興行しようとするからには、場当たり的な思い付きではなく、儀礼としての連歌に注目する契機になったものがあったのではないかと思われる。政宗誕生と修験とのかかわりを考え合わせると、「修験」「連歌」の二つのキーワードから、遠藤基信の存在が注目される。基信の伝記については、明石治郎が以下のごとく簡潔にまとめている（「財団法人斎藤報恩会所蔵「遠藤山城文書」について」『仙台市博物館調査研究報告　第十三号』一九九二年）。

○陸奥国伊達郡八丁目西水原西光寺であった修験、金伝坊の子として生まれる。
○諸国を流浪した後、出羽国米沢に到り、伊達家の宿老中野宗時に仕える。
○連歌の才を見出され、輝宗の側近くに仕えることになる。
○元亀元年（一五七〇）四月に起こった旧主中野宗時とその子牧野久仲による謀反に際しては、巧妙な処置をとって、伊達家の内紛に発展するのを未然に防ぐ。

右の基信の略伝で注目したい点が二つある。一つは「修験」にかかわりがあったこと、今一つは「連歌の才」があったことである。

東北地方は、出羽三山をかかえ、修験とはかかわりの深い地域である。修験の中には、行動範囲が広い者、横のつながりを持つ者、情報を多く持つ者がおり、東北地方の為政者にとって修験は見過ごせない存在であるといってよいだろう。明石治郎は、聖護院門跡の坊官宛の書状が遠藤家に伝わったことに関して、基信と修験の関係に注目し、「（大津）昌清が基信を頼ったことについて、単に織田と伊達との誼という面だけではなく、聖護院門跡或いは本山派修験とのつながりをも考えてみる必要があるかもしれない」と述べている（「財団法人斎藤報恩会所蔵「遠藤山城文書」について」）。なお後に七種連歌の連衆となる良覚院は本山派の修験である。

また小林清治は「斎藤報恩会蔵「遠藤山城文書」所収の小早川隆景と大友宗麟の書状の宛所にみえる「岩坊」

がもし基信の前身であるとすれば、かれは聖護院門跡の坊官として西国でも相当の働きと足跡を残し、諸国の政情等にも精通したこととなる」と述べている(4)。

それを裏付ける資料があるわけではないが、修験の子であり、おそらくそのことがあって諸国を訪れることができ、諸国の情報を持っていたであろう基信に、輝宗が注目したであろうことは想像されるところである。

(六) 連歌の才

いま一つの輝宗の注目した基信の「連歌の才」とは、いかなるものであったかは不明であるが、基信が連歌を嗜む者であったことは、それを裏付ける文書がある。

一つは「遠藤山城文書」に収められた、天正十二年(一五八四)八月二十日付、遠藤基信宛、聖護院道澄書状である。それに「連歌新式之事承候、乍斟酌応命染愚筆候」とある。聖護院道澄が「連歌新式」の染筆を承知したということである。基信が依頼したものと思われる。道澄は近衛稙家の子で、当時を代表する歌人、連歌作者で、紹巴や細川幽斎などと同座した連歌が多い。天正六年(一五七八)五月には、豊臣秀吉が興行した、いわゆる「羽柴千句」の第一百韻発句を詠む存在である。その道澄が染筆した「連歌新式」であれば、所有者は限られよう。むろん依頼者の基信が第一候補にあげられる。さらには政宗がこの年に当主になったことと関連させて考えれば、基信に思惑があって、あるいは輝宗の意向が基信に伝えられるなどして政宗への贈り物になったとか、さらには政宗自身が基信に依頼したといったことも憶測され、とすれば政宗を「連歌新式」の所有者の候補の一人にあげられるかもしれない。

さて、いま一つも「遠藤山城文書」に収められたもので、年不詳八月十二日付、遠藤基信宛、飛鳥井雅敦書状である。それに「今度御独吟百韻被上候、委拝覧候、御発句殊勝候、寔毎句不足嗟歎候、紹巴合点之儀候間、不能巨細候」とある。基信の「独吟百韻」が飛鳥井雅敦のもとにおくられ、発句がすばらしいことを述べ、紹巴が合点していることを述べている。同書状には「黄金一両送給候、毎々御芳志之壇不知所謝候、次兎之皮廿枚是又甚悦之至候」とあり、黄金や贈り物をしてくれる遠藤家は、雅敦にとってまことにありがたい存在であり、特に理由もなく「収入源」を絶つような行為をするとは考えがたいので、発句がほんとうに「殊勝」であったかはわからないが、百韻を独吟できる力量があったことはうかがわれる。また紹巴は、当時の連歌界の最高峰にいた連歌師である。その紹巴に合点を依頼していることも注目してよいのではないか。

以上のように、諸国の事情に通じていた基信が、戦国武将の間で行われていた連歌の宗教制や集団性について輝宗に語り、かつて猪苗代兼純を召し抱えるなど連歌のかかわりある伝統をふまえ、連歌が年頭儀礼の一つとされたのではなかろうか。

注

（1）最上義光一座の連歌の翻刻・影印には『最上義光連歌集　第一～三集』（最上義光歴史館）がある。
（2）歴代仙台藩主の一座した七種連歌の翻刻が『仙台市史　資料編9』（二〇〇八年）に収録される。
（3）金子金治郎『連歌師と紀行』（一九九〇年、桜楓社）四三頁掲載「相馬藩衆臣家譜」に拠れば、猪苗代長珊の子。
（4）『戦国大名伊達氏の研究』一一四頁。なお、北条氏綱が出羽山伏を使者として起用したことが山田邦明『戦国のコミュニケーション』（二〇一一年、吉川弘文館）で取り上げられている。

二　七種連歌の終焉

（一）伊達慶邦一座の連歌

仙台藩最後の藩主をつとめた伊達慶邦は、文政八年（一八二五）に、仙台藩第十一代藩主伊達斉義の第二子として生まれた。幼名は穣三郎である。父斉義は、文政十年に没したが、穣三郎は若年であったため、この時点では藩主を継がず、一門から十二代藩主として伊達斉邦が迎えられた。天保八年（一八二七）に斉邦が穣三郎の姉と結婚し、穣三郎はその養嗣子となり、名を寿村と改めた。天保八年一月七日に行われた七種連歌の三ッ物（発句・脇句・第三句）と連衆と句数は以下の通りである（仙台市立博物館所蔵本に拠る。七種連歌の本文については以下同じ）。

天保八年

ゆたかなる年とて雪も摘菜かな　　斉邦朝臣
袖にみちたる野への梅か香　　法印観祐
鴬のこゑする方にさそはれて　　宗

斉邦朝臣十一　法印観祐九　宗一　元良十　法印覚運九　景規七　升元七　大僧都法印明真七
快庵七　謙道十二　通明五　隆従四　可博四　定知四　八幡別当観澄二　御執筆良長一

七種連歌は先にも述べたごとく祈禱連歌である。その運営の仕方については後に述べるが、願主である藩主が発句を詠む。また天神信仰に関連してか、脇句には天神にゆかりの深い「梅」が詠み込まれる。また「祈禱」ということに関連してか、仙台藩で寺格の高い龍宝寺の僧が詠むことになっている。第三句は「梅」の縁語である

「鴬」が詠み込まれる。詠者は次に藩主になる者であり、まだ確定していない場合は「宗」の一字名で詠まれる。この場合、本人が存在しないため「代詠」と考えられる。代詠者は、その年の七種連歌を担当した猪苗代家もしくは石井家の連歌師と考えられるが、代詠者の名が記録に残らず、確かなところは不明である。

天保八年一月七日の時点ではまだ穣三郎が斉邦の養嗣子になっていなかったので、「宗」の詠句となっている。天保八年中に養嗣子となり寿村と改名したため、翌天保九年、初めて七種連歌の連衆となる。現存する初めての詠句でもある。三ッ物と連衆は以下の通りである。

天保九年
長き根や芹にくらへん姫小松　斉邦朝臣
花を野沢にうつす梅か枝　法印観祐
鴬のはつ音に春の色見えて　寿村
斉邦朝臣二　法印観祐九　寿村一　元良一　覚直十　法印覚運九　景規八　升元八　大僧都法印明真八　謙道十二　快庵八　通明六　知良五　定知五　敬主五　八幡別当観澄二　御執筆良長一

寿村が初めて一座したことを意識して七種連歌が成されたと考えられるならば、注目すべきことが三点ある。第三句の「はつ音」は初めての一座を暗喩し、発句の「姫小松」は若い寿村を暗喩していよう。また脇句に「花」が詠み込まれることはこれ以前の年にはない。これは寿村の一座を祝してのことと思われる。

さて、参勤交代のため、藩主は原則隔年で仙台にいる。七種連歌の会は仙台城内の「連歌の間」で興行されたため、藩主が仙台にいるおりは十〜十二句、仙台に不在のおり、すなわち在府のおりは二句を詠むのが原則である。この年は在府していたため斉邦は二句を詠じている。一句は発句、いま一句は初折の裏二句めで、「花」の句を詠むのが原則である。発句は長句のため、二句めは短句にしたと考えられる。連衆の数が偶数か奇数かにもよるが、多くは二巡めの最初の句となる。この年も以下のように「花」の句を詠んでいる。

いかにして浦わの貝を拾はまし　　御執筆良長
けふもたつねし花の山ふみ　　斉邦朝臣

なお十数句詠むときは、原則初折の裏の十句めを詠じるが、他はどこで句を詠ずるか固定化していない。この場合「花」の句をどこで詠むかも固定していない。

寿村は、天保九年に将軍徳川家慶の偏諱を賜り、慶寿と名のる。天保十四年に斉邦が没するまでに一座した七種連歌は以下の通りである。特に注目される事項はない。

天保十年　さきくさのみつはよつはをつむ菜哉　　斉邦朝臣
うめにやなきにとめるこの殿　　法印観祐
ゆたかなる春鴬さへつりて　　慶寿
斉邦朝臣十二　法印観祐九　慶寿一　元良十一　法印覚運八　景規七　升元七　大僧都法印明真七　法眼了珪十二　快庵六　了珀六　知良四　良長四　敬主五　八幡別当観亮二　御執筆隆従一

天保十一年　つむ袂ゆたかにたゝん若菜哉　　斉邦朝臣

梅の色香にそむから衣　　法印観祐
文まなふ窓の鴬聞なれて　　慶寿朝臣
斉邦朝臣二　法印観祐十　慶寿朝臣一　元良十二　法印覚運九　升元七　英康八　法眼了珪十三
快庵六　諦真七　了珀六　知良五　良長五　敬主五　八幡別当義玄二　御執筆隆従一

天保十二年　あらひても雪の色なる根芹かな　　斉邦朝臣
かゝみくもらぬ梅のした水　　法印観祐
うくひすは朝日の庭にうつり来て　　慶寿朝臣
斉邦朝臣十二　法印観祐十　慶寿朝臣一　元良十一　法印覚運九　景行七　升元七　快庵六　謙
道十　二　諦真六　隆従五　敬主五　光則五　八幡別当観亮二　御執筆良能一

斉邦の死によって慶寿が藩主となる。「斉邦」の「邦」をとり、慶邦と改名する。藩主となったため、七種連歌では発句を詠むことになる。次期藩主が決まっていない天保十三年（一八三七）から文久三年（一八六三）までの連歌は以下の通りである。

天保十三年　千代の種まきかへてつむ若菜かな　　慶寿朝臣
松のときはにあえよ梅か枝　　法印観祐
うくひすの音もあらたまる春告て　　宗
慶寿朝臣二　法印観祐九　宗一　元良一　成行十一　法印覚運八　景行七　升元七　法橋謙道十

天保十四年　三　快庵七　諦真七　安尚六　敬主六　隆従六　勝明六　八幡別当観亮二　御執筆良能一

七種は国の春つむ始かな　慶寿朝臣
待えてめつる花は梅か枝　法印観祐
うくひすは音によろこひをあらはして　宗

慶寿朝臣十一　法印観祐八　宗一　元良一　充康十　法印覚運八　景行七　升元七　法橋謙道十二　快庵六　諦真六　広雄五　安尚五　光則五　明義五　八幡別当観亮二　御執筆良能一

天保十五年　ゆたかなる年のをなかき根芹哉　慶邦朝臣
梅は若木の時を得し色　法印観祐
うくひすの今を春へとさへつりて　宗

慶邦朝臣二　法印観祐九　宗一　元良十二　法印覚運九　景行七　升元七　快庵六　諦真六　了珀十　三　光則五　勝明五　成業五　元賢五　景安五　八幡別当観證二　御執筆明幾一

弘化二年　七種に八千代にちきる姫小松　慶邦朝臣
かさしの梅の香にあかぬ袖　法印観祐
うくひすのうたふ声々きゝなれて　宗

慶邦朝臣十一　法印観祐九　宗一　元良十　法印覚運八　定静七　升元七　喜庵六　諦真六　了珀十　二　光則四　勝明四　元賢四　景安四　将知四　八幡別当鑁亮二　御執筆明幾一

弘化三年　つむたもといはほをなつる薺かな　慶邦朝臣
梅の香あまる天の羽衣　法印観祐

黄鳥のこゑはしらふる笛に似て　　宗
慶邦朝臣二　法印観祐十　宗一　元良十一　法印覚運九　景明七　升元七　法橋謙道十二　快庵
七　諦真七　勝明六　元賢六　景安六　将知六　八幡別当鏤亮二　御執筆明幾一

弘化四年

さゝれ石の苔むす代まて摘菜哉　　慶邦朝臣
おひさき籠る松梅の陰　　法印覚運
うくひすの春告初る宿とひて　　宗
慶邦朝臣十一　法印覚運八　宗一　成行十　法印周岳八　景明七　升元七　法橋了珀十二　喜庵
六　諦真六　隆従五　勝明五　景安五　通貴五　八幡別当鏤亮二　御執筆将知一

弘化五年

春雨に身をうるほして摘菜哉　　慶邦朝臣
かさせはかをるうめの花笠　　法印覚運
うくひすの声きゝあかぬ野をわけて　　宗
慶邦朝臣二　法印覚運九　宗一　充康十二　法印周岳九　景明七　升元七　法橋了珀十三　喜庵
六　諦真六　勝明五　景安五　通貴五　有実五　俊秀五　八幡別当鏤亮二　御執筆明幾一

嘉永二年

つむ跡に雪間を残す若菜かな　　慶邦朝臣
かさすたもとにとまる梅か香　　法印覚運
初音まつ澗の鴬けさ出て　　宗
慶邦朝臣十一　法印覚運九　宗一　成行十　法印周岳八　景明七　升元七　法橋謙道十二　喜庵
七　諦真七　通貴六　有実六　泰恒六　八幡別当鏤亮二　御執筆影雄一

嘉永三年

芹こまつひく袖をひく霞かな　　慶邦朝臣
先とひよらむ梅にほふ陰　　法印覚運
よひかはす友鴬の音にめてゝ　　宗
慶邦朝臣二　法印覚運九　宗一　充康十一　法印周岳八　兼善八　升元七　大僧都法印諦真七
法橋謙道十二　即休七　将知六　通貴六　有実六　良則六　八幡別当祐鏡二　御執筆影雄一

嘉永四年

つむためしなかき代々ふるすゝ菜かな　　慶邦朝臣
とし〳〵梅のたち枝そふ陰　　法印周岳
窓ちかく来居るうくひす所得て　　宗
慶邦朝臣十一　法印周岳九　宗一　元良十　法印長雄八　兼善七　升元七　大僧都法印諦真七
法橋了珀十二　喜庵七　隆従六　勝明六　広衷六　八幡別当観堂二　御執筆将知一

嘉永五年

弓矢とる道に幸つむ若菜かな　　慶邦朝臣
ゆたけき国の春をしる梅　　法印周岳
うくひすのいつる山口雪きえて　　宗
慶邦朝臣二　法印周岳九　宗一　元良十一　法印長雄八　兼善八　升元八　大僧都法印諦真七
法橋了珀十二　喜庵七　通貴六　良則六　広衷六　胤宇六　八幡別当祐鏡二　御執筆影雄一

嘉永六年

国民とたもとゆたかにつむ菜かな　　慶邦朝臣
梅にほふ野のするゑ広き道　　法印周岳
うくひすは麓の里をけさとひて　　宗

嘉永七年

慶邦朝臣十一　法印周岳九　宗一　元良十　法印義周八　兼善七　升元七　大僧都諦真六　法橋
謙道十二　喜庵六　通貴四　良則四　広衷四　胤宇四　予立四　八幡別当祐鏡二　御執筆影雄一
国の春かさねて千代をつむ菜かな　慶邦朝臣
なれつゝとふは梅にほふかけ　法印周岳
うくひすの音によむ歌の友をえて　宗

安政二年

慶邦朝臣十一　法印周岳八　宗一　元良十　法印義周八　兼善七　升元七　大僧都諦真六　法眼
謙道十二　允信六　喜庵六　通貴五　良則五　広衷五　八幡別当観堂二　御執筆影雄一
人こゝろ和らく春を摘菜かな　慶邦朝臣
梅はめくみの露ふかき色　法印周岳
うくひすの声たのしけに里なれて　宗

安政三年

慶邦朝臣十　法印周岳八　宗一　允信九　法印義周八　兼善七　升元七　大僧都諦真六　法橋了
珀十一　喜庵六　将知四　通貴四　良則四　広衷四　致中四　為英四　八幡別当観堂二　御執筆
影雄一
摘こゝろ日に新なる若菜かな　慶邦朝臣
さきそふ色のふかき梅か枝　法印周岳
朝庭に谷の鴬うつり来て　宗
慶邦朝臣二　法印周岳八　宗一　允信九　法印義周八　兼善七　升元七　大僧都諦真七　法橋了
珀十　喜庵七　将知六　通貴六　良則六　致中六　為英六　八幡別当宥運二　御執筆影雄一

安政四年

うら〱とかすめる野へにつむ菜かな　慶邦朝臣
雪はきえても梅しろきやま　法印周岳
黄鳥やはるのあけほの急くらむ　宗
慶邦朝臣十一　法印周岳九　宗一　允信十　法印義周八　兼善七　升元七　大僧都諦真七　法橋
謙道十二　喜庵七　良則六　致中六　敬行六　八幡別当宥運二　御執筆影雄一

安政五年

神のしる御国ゆたかにつむ菜かな　慶邦朝臣
あま照らす日に匂ふ梅か香　法印周岳
うくひすの羽ふく朝庭露ちりて　宗
慶邦朝臣二　法印周岳十　宗一　允信十二　法印義周九　兼善八　升元八　大僧都諦真八　法眼
謙道十四　喜庵七　良則六　致中六　敬行六　八幡別当宥運二　御執筆影雄一

安政六年

摘芹は動かぬ代々の根さしかな　慶邦朝臣
岩に松おひうめ匂ふ春　法印周岳
山ちかき庭を鴬まつとひて　宗
慶邦朝臣十一　法印周岳九　宗一　允信十　法印義周八　基光七　頼圭七　大僧都諦真七　法橋
了珀十二　即休七　順之六　良則六　致中六　八幡別当周恵二　御執筆影雄一

安政七年

加はれる春のめくみを摘菜かな　慶邦朝臣
千里もふかき香にめつる梅　法印永憲
鴬は山にのこらすとくいてゝ　宗

慶邦朝臣二　法印永憲九　宗一　允信十一　法印義玄八　其光八　敬元八　大僧都諦真七　法橋了珀十二　喜庵七　順之六　良則六　影雄六　致中六　八幡別当周恵二　御執筆好道一

万延二年
ゆたかなる年を重ねてつむ菜かな　慶邦朝臣
雪にまかへとしるき梅か香　法印永憲
うくひすは霞む麓に先いてゝ　宗
慶邦朝臣十一　法印永憲九　宗一　成行十　法印義玄八　兼之七　敬元七　大僧都諦真七　法眼謙道十二　喜庵七　順之六　致中六　隆業六　八幡別当周瑞二　御執筆好道一

文久二年
去年わけし野路をもとめてつむ菜かな　慶邦朝臣
めかれぬいろの梅やいく春　法印永憲
うくひすの音は琴笛に似通ひて　宗
慶邦朝臣十一　法印永憲九　宗一　允信十　法印義玄八　兼之七　敬元七　大僧都諦真七　法眼謙道十二　喜庵七　順之六　致中六　好道六　八幡別当周瑞二　御執筆隆業一

文久三年
神こゝろすゝしろつまむ国の春　慶邦朝臣
梅はちさとにかをる花風　法印永憲
うくひすのこゑほの〳〵と夜はあけて　宗
慶邦朝臣十一　法印永憲九　宗一　充康十　法印義玄八　基光七　敬元七　大僧都諦真六　法眼謙道十二　喜庵六　致中五　隆業五　保休五　友規五　八幡別当周瑞二　御執筆好道一

天保十三年から文久三年までの七種連歌でまず注目されるのは天保十三年である。天保十三年の発句にある「まきかへて」、および第三句の「あらたまる」は、新しい藩主になったことを暗喩していよう。「まきかへて」は他の年の発句に用いられたことのない用語である。儀礼としての連歌では、前例がないと批判される可能性もあるので、当時の連歌師がこのような新しい表現を用いることはないと思われる。とすれば慶邦自らの詠であり、それは藩政の「刷新」をも意味しているのかもしれない。

翌天保十四年の「国」は、藩主としてはじめて国入りしてのものであることを暗喩していよう。初めて国入りして最初の七種連歌の発句で「国」を詠み込むことは他の藩主の時にも見られる。

嘉永五年（一八五二）の発句に「弓矢とる道」とあるのは特に注目される。七種連歌は、年頭儀礼として行われ、藩主の代替わり、藩主の嗣子の初めての一座などの時に、少々発句の文言が異なることがあるが、「弓矢とる道」と明確に武士を詠み込んだ七種連歌の発句は例がない。これは外国船が日本近海にまで来るようになったことを背景に、慶邦が、嘉永三年十一月に群臣に文武に励み兵馬を厳かにし、防禦に注意するように諭したことと関連があると思われる。なおこの発句が詠まれたのには、長谷次直の存在があったのではないかと考えている。

『楽山公御随筆』（『仙台叢書』一九三六年）に以下のようにある。

一、吾家十六代輝宗様諡を性山公と申さる、天正十年の正月七日御家例に依て連歌の会を遊ばさる。

　　せり合に若菜摘み取る旦哉　　性山様

　　今日さきがけと進む梅が枝　　基信

式を終らせられて相馬塩松征伐の軍議をこらさせ給ひ兵を進めて大捷を得られたりとなん、是も連歌の吉兆なりと語りき。

右には、誰が楽山公すなわち伊達慶邦に「語りき」と記されていないが、「次直予に語りき」とあるものが多いことから、この話も長谷次直（一八五七年没、七十五歳）からなされたと考えられる。この話を聞いた慶邦が「連歌の吉兆」（戦勝祈願）を意識したとしたならば、嘉永五年の発句はその影響と考えてよいのではないか。

また安政五年の発句にある「神のしる御国」は、脇句の「あま照らす」から考えて「皇国」と考えられる。天保十四年の発句など単に「国」とあって「領国」を意味することはあるが、「皇国」の意味では他の七種連歌の発句では例がない。これは特異である。これは「幕末の仙台藩では藩主の命によって本朝の「神代の道」を説く「神学講釈」を行っており（中略）「皇国」の思想は普遍的な知識になっていた」（『仙台市史　通史編5近世3』二〇〇四年三月。四八〇頁）ことのあらわれであろう。

嘉永五年と安政五年の発句は、他に例がないことから連歌師等による代詠とは考えがたい。天保十三年の発句も考えあわせると、少なくとも慶邦が藩主になってからは、定型的な発句も含めて慶邦自身が自ら詠じていたのではないかと思われる。

さて、安政五年頃に、七種連歌の形式をふまえた俳諧の連歌がなされている（宮城県図書館所蔵『文韶叢書』）。以下のその一巡をあげる。

当世連歌

つみちらし跡いかにせん根芹かな　（名・無記）

春風を待つ庭の梅かえ　角
成実もさそや地下にてなけくらん　安
西も東も風の青柳　水
見龍の孫の蚯蚓も歌に出す　芸
また古巣なる谷の鴬　筑

国防を含め、対処しなければならないことは諸事あるが、膨大な借金のもとそれらが十分に処理できず、途方に暮れる仙台藩の置かれた状況を発句は詠じ、その状況ゆえに春風を待ち（脇句）、また墓下で伊達成実がその状況を嘆くのである（第三句）。少々後のことになるが慶応二年（一八六六）の伊達慶邦の後継者茂村の元日詠は以下の通りである（『文韜叢書』）。

天か下おさまる御代の道しあれはめてたき春にむかへあはなん　茂村君

実際は伊達慶邦にとってよいように天下はおさまらず、春風を待ってもめでたい春を迎えることはなかった。こうした状況ゆえに嘉永五年や安政五年のような発句も詠まれたと考えられる。ただしそれが毎年のことではなく、他は定型的なものが連綿と詠み続けられている。嘉永五年、安政五年の両年は藩主が在府中で、ともに二句しか詠じない年である。連歌会への一座は考えずに発句を詠じたために、たまたまこのような発句になったように思われる。とすればそれほど慶邦にとってこの問題が大きなものであったことがうかがわれる。

なお文久二年閏八月にはいわゆる「文久の変法」がなされ、参勤交代が行われなくなる。そうしたなか、万延二年以後慶応四年まで、慶邦は十一句を読み続け、二句しか詠まないことがない。

文久三年（一八六三）十月、慶邦は田村通顕を嗣子とし、通顕は伊達庸村と改名、さらに同年十二月、徳川家茂の偏諱を賜り、茂村と名のった。しかし、茂村は、慶応三年（一八六七）六月十六日、江戸の浜屋敷で没、享年十八であった。文久四年から慶応四年までの七種連歌は以下の通りである。(1)

文久四年

千とせ添へ若菜二葉の松の色　　慶邦朝臣
はる日にいよゝ匂ふ梅か枝　　法印永憲
うくひすの初音雪間にけさたてゝ　　茂村朝臣
慶邦朝臣十一　法印永憲九　茂村朝臣一　充康十　法印義玄八　兼之七　敬元七　大僧都諦真七
法眼謙道十二　喜庵七　致中六　隆業六　友規六　八幡別当周瑞二　御執筆保休一

元治二年

諸ともに国の春摘む若菜かな　　慶邦朝臣
松のあたりにたち並ふ梅　　法印永憲
鴬のこゑおもしけく囀て　　茂村朝臣
慶邦朝臣十一　永憲八　茂村朝臣十　充康九　法印義玄八　兼之六　敬元六　諦真六　喜庵六
隆従　七　致中五　保休五　昌言五　良直五　周瑞二　隆業一

慶応二年

千世八千世よはひ重ねて摘菜かな　　慶邦朝臣
梅さく陰につゝく松竹　　法印永憲

あちこちに啼鶯の友よひて　　茂村朝臣
慶邦朝臣十一　永憲八　茂村朝臣十　基光九　周運八　広致六　敬元六　諦真六　喜庵六　隆従七　致中五　隆業五　友規五　成俊五　周瑞二　良直一

慶応三年

小松さへおふる野に摘む若菜かな　　慶邦朝臣
千世の春知る花は梅か枝　　法印永憲
鶯のこゑきく窓を今朝明て　　茂村朝臣
慶邦朝臣十一　永憲九　茂村朝臣一　篤行十　周運八　兼之八　敬元八　諦真八　喜庵八　隆従八　友規六　良直六　成俊六　永雅二　保休一

慶応四年

摘袖も千世わかかへる若菜かな　　慶邦朝臣
雪の内より春をしる梅　　法印永憲
鶯は谷の古すを今朝出て　　宗
慶邦朝臣十二　法印永憲十　宗一　充康十一　周運九　兼之八　敬元六　大僧都法印諦真八　喜庵八　隆従八　致中七　良直七　八幡別当覚典二　御執筆隆業一

この時期で注目されることとは、文久四年の七種連歌が連歌師の一座した最後のものであることである。それまで「連歌の家」の猪苗代謙道もしくは石井了珀が一座し、嗣子などの代詠をするなどして、一巻をまとめあげていたと考えられる。一座しなくなった理由については不明だが、文久四年は仙台藩が幕府より長州征伐が命じられ、また雨洪水による五十七万二千石余りの損害を幕府に告げた年である。社会・経済状況が極度に悪化したことが影響し、翌年から連歌師が一座しなくなったのではなかろうか。

また茂村が初めて一座したことが文久四年の七種連歌に反映されているならば、発句の「若菜二葉」、第三句の「初音」に、それが暗喩されていると思われる。また元治二年（一八六五）の発句の「もろともに」も慶邦と茂村二人といったことが暗喩されていると思われる。なお、この年の連歌の名残の折の裏にある

おふしたてたるなてし子それ　　茂村朝臣
いやましに氏の栄やさかゆらむ　　慶邦朝臣

の句は、親子関係がうかがわれる句といえようか。

（二）文久四年の七種連歌

文久四年（一八六四）に関しては、簡略ながら七種連歌等の次第が残されている。富山市立図書館山田文庫に所蔵される『文久四甲子年正月七日御座之間御連歌幷御式』がそれである。(2) 山田文庫の主なものは、国語学者として名高い山田孝雄の旧蔵本である。山田孝雄の父方雄は富山藩士で、その縁で富山市立図書館に蔵書がおさめられた。父が富山藩の連歌会で連衆になるなど連歌とかかわりが深く、山田孝雄も連歌をなした。その著『連歌概説』は、連歌研究者にはよく知られた研究書である。

山田孝雄は仙台在住のおりに連歌関係書を書写もしくは入手しており、山田文庫には仙台藩伊達家関連の連歌資料が複数所蔵されている。『文久四甲子年正月七日御座之間御連歌幷御式』はそのうちの一点と考えられる。

簡略ながら書誌について述べると、料紙は楮紙、仮表紙（二五・七×一六・六糎）、袋綴、写本一冊である。書写者は不明である。以下、七種連歌の箇所の翻刻をあげる。異体字などは現在通行のものにあらため、難読は□で示す。

一御直々御連歌之間江／御出
天神像江　御焼香
　済而
御着座御連歌有之
　御連衆
　　龍宝寺
　　後藤孫兵衛
　　定禅寺
　　　名代宝光院
　　高泉孫三郎名代
　　（一行あき）
　　茂庭大隅名代
　　　白土柔蔵
　　良覚院名代
　　　信竟院

猪苗代謙道
高屋喜庵
八幡別当
被召加人数
御執筆」
済而
御意有之被為　入
一一宮御名代帰／御目見ニ付御衣裳以後□御目見／相済候迄忌服幷穢之輩／御目通□不罷出
一天神像□　御焼香ニ付／御拝之御座敷江斗忌服幷穢之／輩不罷出
一御座之間揃五半時

文久四年の七種連歌については、すでに三ッ物をあげたが、あらためて一巡を記すと以下のようにある。なお『文久四甲子年正月七日御座之間御連歌幷御式』に記された連衆を（　）で付記する。

賦何水連歌
千とせ添へ若菜二葉の松の色　慶邦朝臣
はる日にいよ〳〵匂ふ梅か香　法印永憲（龍宝寺）
うくひすの初音雪間にけさたてゝ　茂村朝臣

やまこそ里の隣なりけれ　充康（後藤孫兵衛）
はる〳〵と門田の道やつゝくらむ　法印義玄（定禅寺名代宝光院）
雲に見おくるあき風のすゑ　兼之（高泉孫三郎名代）
月よまてあかぬ名こりはあり明に　敬元（茂庭大隅名代白土柔蔵）
きゝよる虫のこゑは夜かれす　大僧都諦真（良覚院名代信竟院）
波の上になれてかる藻のうき枕　法眼謙道（猪苗代）
とまらむ浦やおきつ舩　喜庵（高屋）
浜つらはあめになるみのくれそめて　致中
音はをやまぬ松風のさと　隆業
世をすてゝしつけさたのむこゝろさし　友規
なといつまてか残る身のうさ　八幡別当周瑞（八幡別当）
なつかしき香はなほ袖にあせもせて　御執筆保休（御執筆）

右の連衆の内、『文久四甲子年正月七日御座之間御連歌幷御式』に記されていないのは、「慶邦朝臣」「茂村朝臣」「致中」「隆業」「友規」の五人である。このうち「慶邦朝臣」「茂村朝臣」は仙台藩主とその嗣子なので記されなかったと考えられる。残りの三人が「被召加人数」であろう。

（三）まとめ

文久四年を最後に連歌師が七種連歌に一座することはない。連歌師が一座していない連歌で、たとえば式目上難点があるかといえば特にないと思われる。正月の年頭行事として、定型化していたため、連歌会は連歌師がいなくても運営できたのであろう。連歌は儀礼に取り入れられることによって、創作から定型へと変質し、それが江戸時代を通じて行われた一つの理由であった。儀礼を行う武士がいなくなれば、連歌も行われなくなるのは当然である。「創作文芸」であれば、社会体制が変化しても、直接存続には関係しないが、体制に組み込まれた儀礼は、体制の変化によってその儀礼が行われなくなれば存続できない。

定型化したものが連綿と行われたことは、文化史的には注目してよいのではないか。俳句の季語が、日本人の季節感の形成・共通化に多大な影響を与えているように、連歌は伝統的な自然観と感受性を武士の身に付けさせたと考えられる。継続することによって伝統的なものが保持されたことは評価されるべきであろう。

また、そうした中でも、慶邦が詠じた嘉永五年の発句では「弓矢とる道」とあり、国入りしてはじめての発句では「国」だが、安政四年十月、駐日米国総領事ハリスが、将軍徳川家定に謁見して、国書を奉じた翌年の安政五年の発句では「神のしる御国」とあり、特異な句がある。「尊皇攘夷」を年頭儀礼の連歌にうかがうことができることは注目に価するのではないか。藩主が「国」といった場合、領国の意であることが一般的であった中、こうした「国」が詠まれたことは注目してよいかと思われる。

注

（1）慶応四年、戊辰戦争のおりに仙台藩は敗戦、降伏した伊達慶邦は謹慎閉門、家督は宗基に相続される。慶邦は明治七年（一八七四）に没した。享年五十歳である。明治二年、三年の七種連歌会については不明、時代状況を考えれば興行されなかったか。仙台市博物館には明治四年のものが伝わり、発句は宗基が詠じている。伊達家が催した七種連歌はこれが最後か。三ッ物と連衆は以下の通りである。

摘はやせことしを千世の初わか菜　　宗基朝臣
梅の秀枝の春を知る色　　長一
鴬も霞の籬とひ訓て　　宗
宗基朝臣　長一　宗　良知　為英　盛明　為知　時里　信好　誠知　将舒　専愛　御執筆隆従

（2）書名について、『山田文庫目録』（二〇〇七年、富山市立図書館）には「文久四甲子年正月七日（御座之間御連歌幷／御連歌）御式」とある。書名として内題をとるとすれば、巻頭に「正月七日御式規次第」とあるので、これになろう。外題をふまえて書名をとるとなると、表紙左側に墨書きで

文久四甲子年正月七日　御座之間幷／御連歌　御式式

とある。『山田文庫目録』では、外題をふまえて書名をとり、最後の「式式」を誤りと考えて「式」としたものと思われる。当該書の内容は、一月七日に執り行われる「御休所」での七草粥、「御座之間」での儀式、「連歌之間」の連歌会についてである。巻末に「御座之間揃五半時」とあるので、『山田文庫目録』のごとく、「御座之間御連歌」と読むことは可能であろう。しかし、「御座之間」において行われる「御連歌」と「御式」について書かれているわけではない。連歌会は「連歌の間」で行われ、「御座の間」では行われない。「幷」が分かち書の箇所に小さく書かれていることから、「御座之間御式」と「御連歌御式」との並列を示し、冒頭で七種粥の御式もあることから、「御式式」で複数の「御式」を示しているのではなかろうか。とすれば目録上の書名も「文久四甲子年正月七日御座之間幷御連歌御式式」とすべきかと考える。

二　七種連歌会の運営

一　七種連歌会運営関連資料

七種連歌会の運営について記した資料は、まず京都大学附属図書館谷村文庫に所蔵される『昔ノ式七種御連歌式』があげられる。これは江戸時代の七種連歌会の運営に深くかかわった猪苗代家の旧蔵本である。成立年次は不明だが、その中の「御会忌詞事」に「御当代　村之字可忌之　綱之字不苦」とある。七種連歌会は年頭儀礼である。食すると健康によく、長寿を保つとされた若菜や七草および七草の内の一つを発句に詠み込むことによって、伊達家の存続、繁栄を願う、祈禱連歌の一つである。当然、縁起の悪いことば避けられた。御当代、すなわち藩主の名前も詠み込むことを避けた。「村」は忌むが「綱」がよいとなれば、藩主はおのずと綱村になる。すなわち「昔ノ式七種御連歌式」は伊達綱村が藩主だったころの式を記したものと考えられる。とすれば伊達綱宗が綱村と名を改めた延宝五年（一六七七）から、隠居する元禄十六年（一七〇三）の間のものと考えられる。これについては拙著『近世前期猪苗代家の研究』（一九九八年、新典社）で紹介した。

次に成立が古いのは『於御座之間御七種御発句式』（個人蔵）である。簡略に書誌を述べると、仮表紙（縦二四・三×横一五・五㎝）、袋綴、全二十二丁（後に遊紙二丁）。

表紙中央に以下のようにある。

（貼紙）
仙台伊達藩
於御座之間御七種御発句式
御目付方

「仙台伊達藩」の箇所は貼紙で、外題は打ち付け書きされている。ただし後で述べるごとく、本書の内容は「護摩御祈禱」「御謡初」などについても記されており、仙台藩で行われる年頭儀礼等が記されており、七種連歌会に限る内容ではない。本文の最初にある「於御座之間御七種御発句被相渡候式」を省略して、本書の外題としたものと考えられる。

見返しには「新役衆星勤江不構被相勤訳ニ／前々ゟ相済居候事」とあり、新たに七種連歌会の担当となった「星」に、構えずに行えるように、前例を記したものを与えるということかと考えられる。星某が何時から新役を勤めることになったか不明だが、本文中に寛保二年（一七四二）の例があるので、それ以後のことである。また七種連歌会の前例に猪苗代兼恵の名が見られる。兼恵は寛延三年（一七五〇）六月二十三日に没しているので、それ以前の可能性が高いと思われる。本書の成立も、寛保二年から寛延三年六月の間になされたと考えられよう。

本書でとりあげられたものを時系列に記すと以下の通りである。

・七日　　七種連歌

・十一日　　　謡初
・十八日　　　懺法
・廿二日〜廿八日　護摩祈禱

次に成立が古いのは『宝暦十年七種御連歌次第』（個人蔵）である。[1] 簡略に書誌を述べると、仮表紙（縦三〇×横一九・五㎝）に「宝暦十年／七種連歌御次第」（墨書）とある。料紙は楮紙、袋綴、墨付十丁（裏表紙欠）である。外題に従えば宝暦十年（一七六〇）のおりのものである。

次に成立が古いのは富山市立図書館山田文庫所蔵『七種御次第』である。簡略に書誌について述べると、横本（縦一三・七×横一九・五㎝）一冊、袋綴、十四丁。表紙左肩に「七種御次第」と墨書された題簽が貼られている。これは巻頭に「七種御次第」とあることに拠ったものと思われる。

奥書に「伊達家士某書留」とあること、本文に「龍宝寺」など仙台の寺院名がみられることから推して仙台藩伊達家の七種連歌会の次第と考えられる。正式には「七種〈御連歌〉御次第」とあるべきところであるが、何故「御連歌」が省略されて「七種御次第」となったかについてを明らかにする資料はない。書写される過程で「御連歌」が書き落とされた可能性と、「七種」といえば「七種御連歌」のことであるという共通認識があり簡略化された可能性を指摘できる。巻末に

右小倉博氏蔵伊達家士／某書留之内連歌ニ関スル分／書写之畢
昭和三年十月八日　山田孝雄

とあることから、昭和三年に山田孝雄が書写したものであることが知られる。奥書にある「小倉博」は、宮城県地方で教育者および郷土史研究者として事蹟を残した小倉博であろう。孝雄は、昭和二年（一九二七）、東北帝国大学教授に任じられていることから、その在職中に小倉博の所蔵資料を調査する機会を得たものと考えられる。孝雄は国語学者としてよく知られているが、父の方雄は富山藩の連歌にかかわった藩士であったため、孝雄自身も連歌にも関心があった。(2) 孝雄の著書『連歌概説』（一九三七年、岩波書店）の「序」には

本書に説ける所はもと大正十五年度より昭和二年度に亘りての東北帝国大学にての連歌史講義の予備として講述したるものに基づき、更に、その後再び同大学の卒業生及び在学生の為に講述したる際の草案を修治したるものなり。

とある。『七種御次第』は、右の延長線上にある孝雄の連歌研究のための資料として書写されたと考えられる。内容は順に、一月七日、一月五日、一月二日、十二月日の次第と、最後に明和四年（一七六七）九月付の記事が載る。

次に成立が古いのは『御連歌方手扣』（個人蔵）である。簡略に書誌を述べると、料紙は楮紙、袋綴、墨付三丁である。仮表紙（縦一三・三×横一七・九cm）左肩に「御連歌方手扣」とあり、その右に「御在江戸／御在国共ニ」とある。表紙右に「天保七年正月御連歌之節御執筆手扣写置候間追々被相勤候衆為見合之御連歌方御次第袋へ相入置候事古内源右衛門」とあり、天保七年（一八三六）のおりのものと知られる。表紙の「御在国ニ」とは、藩主が江戸か仙台かのどちらにいるかを示している。「古内源右衛門」は仙台藩士であり、「連歌方」すなわち七種

連歌会の担当者のために残された記録であることがわかる。

最も新しいのが『文久四甲子年正月七日御座之間御連歌幷御式』（富山市立図書館山田文庫蔵）である。

江戸時代の七種連歌会の運営に関する資料として、右の『昔ノ式七種御連歌式』『於御座之間御七種御発句式』『宝暦十年七種御連歌次第』『七種御次第』『御連歌方手扣』『文久四甲子年正月七日御座之間御連歌幷御式』の六点が管見に入る。以下、『七種御次第』を中心に、他の五点の資料を参考にして、七種連歌会の運営の仕方について述べる。

二　十二月内会

七種連歌には、前年の十二月に行われる「内会」と、一月五日に行われる「内会」との二つがある。

十二月の内会は、藩主が詠む七種連歌の発句が連衆に渡される日である。内会の日の通知は御小性頭がした。それ以前に藩主や担当の藩士や連歌師と打ち合わせが行われたと考えられる。『七種御次第』に「十二月日不定」とあり、決まっていなかったとあるが、『伊達治家記録』などからすると、下旬に行われるものであり、だいたい二十七日に行われている。京都府立山城郷土資料館（ふるさとミュージアム山城）に、仙台藩に仕え、七種連歌に一座した猪苗代家の文書が寄託されている（以下、便宜上「猪苗代家文書」と称する）。その中に、藩主が猪苗代家に渡したと考えられる七種連歌の発句懐紙がある。七種連歌会の連歌に関しては、猪苗代家と石井家が担当し、ほぼ二年ずつ勤務して交替したため、当然ながら藩主より頂戴する発句懐紙は、七種連歌会に一座する年のものである。石井家に伝わった文書については、現在、その所在が不明で、京都府立山城郷土資料館に所蔵されるものが現在知られる唯一の藩主の発句懐紙である。以下、それを藩主別にみていく。

四代藩主伊達綱村（治世一六六〇〜一七〇三）

1　心
此春や君か千とせの初若菜
此春は千代の初の根芹哉

2　綱村
千世もつめ春たつ野への／初若菜
春たつやけふつみそむる／千世なつな

3　栗
つめやたゝ百年千とせ／せりなつな

4　綱村
今年また豊としを／つむ若菜哉

1の「心」、3の「栗」は綱村の一字名である。1と2は二句ずつ記されているが、1の「此春や」の句は延宝七年（一六七九）、2の「千世も」の句は元禄十四年（一七〇一年）の七草連歌の発句である。

五代藩主伊達吉村（治世一七〇三〜一七四三）

1　七種発句　吉村

七種に摘てかさねむやちよ哉

2　吉村

道は世にたえぬ雪まや摘／若菜

*包紙「御発句」

3　七種　吉村

つみそへむ年のはしるき／若菜哉

4　七種発句　吉村

打むれて野へに日を摘／わかなかな

5　七種発句　吉村

つむとしをかさねむ宿の若菜かな

*包紙「七種発句」

6　発句　吉村

摘野へもまたわかなくの／雪間哉

7　発句　吉村

もゝとせのなかは摘しる／わかな哉

六代藩主伊達宗村（治世一七四三〜一七五六）

1　七種　　宗村
ことしより位幾春／つむわかな
*包紙「発句」

七代藩主伊達重村（治世一七五六〜一七九〇）
1　七種　　重村
沢のものとは思はぬ今日の／根芹哉
*包紙「発句」
2　七種　　重村
ひきいれて袖にはへあれ／若根芹
*包紙「発句」
3　七種　　重村
七くさや六くさにそへし／歌の種
*包紙「発句」、貼紙「重村朝臣　発」

八代藩主伊達斉村（治世一七九〇〜一七九六）
1　七種　　斉村
幾千代も嬉しきことを／つむ菜哉
2　七種　　斉村
万代もなつさはれぬる／なつな哉

＊包紙貼紙「斉村朝臣　発句」

九代藩主伊達政千代丸（周宗）（治世一七九六～一八一二）

1　七種　　政千代丸
千々の春万代をつむ／若菜かな

2　七種　　政千代丸
つむ年のかねてそ見ゆる／千代菜草

3　七種　　政千代丸
千々の春の下草につむ／若菜かな

4　七種　　政千代丸
岩の上の松にたとへよ／初若菜

5　七種　　政千代丸
ねもころにつむ年々の／根芹かな

七種連歌は、歴代藩主が一座した原懐紙がほぼ現存するが、政千代丸のものは欠けている。4は寛政十年（一七九八）の七種連歌の発句で、『仙台市史　資料編9』（二〇〇八年）に百韻の翻刻が載る。

十代藩主伊達斉宗（治世一八一二～一九）

1　　斉宗

摘てこそ国の春しる／若菜かな

右は文化十年（一八一三）の七種連歌の発句で、『仙台市史　資料編9』に百韻の翻刻が載る。

十三代藩主伊達慶邦（治世一八四一～六八）

1　七種　　慶邦

つむたもと／岩ほをなつる／薺かな

2　七種　　慶邦

神のしる／御国ゆたかに／つむな哉

3　七種　　慶邦

千とせ添へ／わかな二葉の／松の色

以上のように「猪苗代家文書」には綱村以前の藩主の七種連歌の発句はない。

発句懐紙に二句の発句が記されたものが現存するのは綱村だけである。二句もしくは数句を詠じ、七種連歌の発句として二句を懐紙に書いて渡し、そのどちらかが担当の連歌師に選択されたということであろう。歴代藩主の中でも、月次連歌会を興行するなど、連歌に嗜みのある綱村だからこそ可能だったと考えられる。いつから複数句を詠み、またいつから一句しか連歌師に渡さなくなったかは不明である。

吉村の代になると、発句懐紙に「発句」「七種」「七種発句」と題が付されるようになる。これは以後も継承されていく。また懐紙の書き方として、それまで改行する箇所が、下五の前で、発句は二行であったが、慶邦からは各句で改行して三行となっている。

内会当日、連衆は染小袖、麻上下を来て「御座之間の下の御閾の内」に集合する。特に記されていないが、連衆の僧侶や連歌宗匠ら士分ではないものは、武家礼装の「上下」（かみしも）ではなく法体であったと考えられる。

その後、連歌宗匠一同は藩主の御前に罷り出るが、特に名は呼ばれない。すぐに会釈をして、御前へ罷り出て、藩主の発句が渡され、一同が拝見して退出する。

発句は、形式的には藩主が詠むことになっているが、実際は必ずしも藩主が詠むとは限らない。藩主が、発句を詠むことができないほど幼少である、といった場合は代作と考えられるが、代作か否かの判断は困難である。代作者は、原則連歌宗匠の猪苗代家か石井家の者であったと考えられる。

翌年一月二日朝、御一順箱を渡す役の者が御執筆の私宅に参り、書院において御一順箱を直ちに渡す。「御一順」とは連衆のはじめの一巡の句のことで、一巡の句を記した懐紙を入れる専用の箱があったことがわかるが、箱そのものについては、寸法等具体的なところはわからない。この御一順箱は、元日の晩までに連歌宗匠から御執筆に届ける役の者に渡されておいたものである。

御執筆は、この御一順箱を三方組付にして受け取り、退出する。

別座敷で雑煮・酒・吸物が出る。御一順箱を届けた者に対する饗応であろう。

その後、直に御一順箱を御執筆が「両寺」に持参する。両寺とは七種連歌会に一座する龍宝寺と定禅寺である。この両寺は必ず一座することになっており、住職が不都合があって一座できない場合も名代が一座する。「御一順箱」が二つあったとはないので、たとえば龍宝寺、定禅寺の順番にまわってみせたものと思われる。発句はすでに前年末に示されているので、それに句を付けて記す、もしくは何らかの事情で龍宝寺、定禅寺の句を連歌宗匠が代作していた場合、形式的に付けたことにするものであったと考えられる。

三　一月内会

五日には後の「内会」が行われる。『七種御次第』に「右ハ文化十年御代替初而御入部候而御在国之例」とあり、文化十年（一八一三）、伊達斉宗が藩主となってはじめて仙台で行われた後の「内会」の次第であることが知られる。五日に内会が行われることは、初代藩主政宗の父輝宗が書き残した「正月仕置之事」にあり、「発句はじめ」と記されている。しかし先に述べたように前年末に発句は示されており、江戸時代になって二つに分かれた内会については具体的にどのような次第であったかを記したものは管見に入らず、貴重なものである。

さて、連衆は朝五ッ半時に集合して、御出なされるまで御広間の間に案内される。そこでは煙草盆や火鉢などが出される。次に連衆が揃ったら御家老が先立ちを勤めて御書院に行くとあるから、御広間の間は連衆が揃うまでの、いわば「控え室」であったといえよう。煙草盆が出されたことから、喫煙が許されていたことが知られる。当時の仙台での旧暦一月五日朝五ッ半の気温が平均何度であったかを記す資料がないので、現代の状況から推測するしかないが、山の上にあり、しかも空間的に広い部屋は「かなり寒かった」のではないかと考えられる。したがって火鉢は必需品であったと考えられる。

御書院で連衆が着座すると、直ちに揃った旨を申し上げる。御先立と表御用人の刀を御小性が御会釈の間の縁通にある刀掛に掛ける。刀の管理について記される点に近世武家の連歌会の特色を見ることができよう。

藩主が着座なされ、御会釈がなされる。このとき煙草盆と火鉢が出される。煙草盆は、この後に御執筆が文台に寄ったときに引き下げられるので、藩主は喫煙するならばこの間にしたと考えられる。煙草盆等を出す事が、前例にならったものなのか、実際に藩主の斉宗が喫煙したかは不明である。

なおこの時点で連衆の刀は廊下の内の刀掛けに掛けられ、名札を付け、御小姓がそこに付いて座っている。名札は取り違えを防ぐためであり、御小姓が付くのは刀の受け渡しだけでなく、非常時も考えてのことだろう。

藩主は着座した後、連衆などを見合わせ、連歌宗匠に会釈する。いわば「開会の挨拶」といえよう。このおり執筆は文台に寄る。先に述べたように、煙草盆などが下げられる。

さて連歌が始る。連歌のどこまで、つまり一巡までか、できあがったところまでかは不明だが、読み上げる。連歌が始まると御親類様方が御書院御下の間の御襖の際へ御出なされる。

連歌の読み上げが済むと、それを御床へ出して置き、重硯を連衆方に御親類様の内の誰かが出す。また煙草盆と火鉢が出される。『七種御次第』には、この後、食事のメニュー等が記される。

食事のメニューは以下のとおりである。

御粥

御香物（梅漬／ごま塩）

御汁（牛房さいの目／大根　同／漬独活／蕨）

御盃（御膳打付）

まずは御酒を飲んで、次に御粥が御椀に盛られて出される。御粥が済むと、御酒一献、肴は麩を似たものである。九寸の重箱に入っている。この後は

御菓子
薄茶・煎茶
猪口（山椒）
御雑煮（牛蒡／蕨／大根／焼き豆腐／漬独活）
御肴（黒煮／牛蒡）
　ろくてう

とある。御菓子は縁高に盛られて出される。御菓子は、饅頭、さん木餅、昆布、ゼンマイ、ぼうろ、萱の実、串柿である。はじめに薄茶、次に煎茶が出される。

ただし例年は御粥などはなく、御菓子は、薄雪、ゼンマイ、さん木餅、串柿、昆布、萱の実である。品数が多いのは、国入りしたときのはじめての会であるためと考えられる。また例年は薄茶はなく、煎茶のみである。

猪口は土器である。御肴は九寸の重箱で出される。「ろくてう」は「六条豆腐」のことか。『料理物語』にも載るよく知られた食品であり、薄く切った豆腐に塩をまぶして干したものとされる。「九寸紙敷」とある。

これらが済むと、龍宝寺と定禅寺別当が退出する。藩主は、御書院御下の間まで御送りする。御親類様方は御玄関まで御送りなされる。

ここで掛物の神像がとりかえられる。特に記されていないが天神像であろう。どのような目的をもって取り替えられるかは不明である。御文台・御重硯を床にあげるとあり、それはあらたな神像に捧げるためか。「御句案中」、茂庭周防様、高泉木工様御両家の内、連歌宗匠、快庵、奥へ御通り、御親類様の内の誰かが御案内とある。奥方などに挨拶をするということか。また名代のときには奥に通わないとある。快庵は医師で、連歌師と医師ゆえに奥に入ることが許されたか。

それらが済むと御膳である。食事メニューはまず以下のようにある。

御鱠（鰈／栗／生姜／ほおずき）
御汁（白味噌／ひしくい／銀杏大根／めうと焼／豆腐／牛房／五分菜）
御香物（瓜／茄子／大根）
御膳
第二膳
御角（すまし／鴨／山芋／菜）
御二汁（鱈／菊／胡椒／柚）
大猪口（水あい／海月／人参／より鰹）
御皿（鮭子籠／せやきて／酒かけ）

ここで注記があり、代替わりでないときは、御角、大猪口の二品とある。「鱈」と「鮭」は植物を原料とする食品に比較すれば高価であったからと考えられる。また「鱈」の白、「鮭」の赤に祝儀の意を込めたかと思われる。
続いて「御肴」である。

猪口（かせ）
御皿（数ノ子／九寸にて）
きん子（御重箱／色付）
御吸物（蜜柑／むきて／芹）
御皿（〆貝／九寸ニて）＊この品は御代初の節だけである、と注記あり。
御茶請（色付山芋／御重箱／楊枝さして）
御手水有り
御濃茶　御薄茶
御干菓子（ぜんまい／さん木餅）
御吸物（かろか／山芋／柚）　御盆打付けにて。
御燗酒一通り
塗御三方（御土器）
御組付（梅作物／沢がに）
御長柄

次に御地謡衆が御下の間前の御縁通り三方へ相詰め、御取り交わしの間、小謡を謡い、済むと御土器、御銚子等順々に引くとある。

藩主が御座の間へお入りになられる。次に「御先立表御用人御刀御小性」とあるだけだが、先に刀をあずけているので、返却されたということか。

次に御勝手詰御親類様の内の誰かが御出なされ、高泉木工様、茂庭周防様の内、御子様方へ御盃を遣わされる。御土器、御銚子を最初のように受け渡しし、それが済むと引く。

御家老、御用人、御医者へ御盃を下され、御閾の外三畳目へ罷り出て返盃し、それが済むと、藩主は出られ、御礼を仰せ述べる。

御連衆、御供揃って立ち、御先立は前のごとくし、御親類様方は連衆を、御玄関まで御送りする。

御親類様方、御書院へ御着座し、御内会が御滞りなく済んだことを仰せ上げる。この後に以下の食事のメニューが載る。

御吸物（鰍／芋／柚）
御肴　数の子
生子（重箱）
まんこ（重箱）
御三方　御組付　御銚子

この食事が済むとお入りになる。

御出入の御諸士へも同じものが出される。

御手前、御下中へは
　御鱠
　御汁（串貝／豆腐／こまく）
　焼物（見合）
　御飯

当時は身分社会であり、役付によりて御菜数に増減がある。

四　七日当日

以下、主に『七種御次第』によって述べ、他の資料によって補う。

七日、仙台城に登るのは「暁七ッ半時」である。また、その約一時間後の「明六時」に「伺公の間」に揃う。「伺公の間」は「連歌の間」に隣接している。

また着ていくものは「染小袖　麻上下」とあるが、これは士分のもので、先に述べたように僧侶や連歌師は法体であったと考えられる。

「御在国　御在江戸共ニ同前也」とあることから、当時、一月七日に藩主が仙台城にいても江戸の藩邸にいても集合時間等は同じであったことがわかる。

刀は「伺公の間」の横の廊下にある刀掛けに掛る。連歌会に一座している間はそこに掛けておく。

御連歌の間下の間へ罷り通ると、火鉢、たばこ盆が出される。

御連衆が全員揃うと龍宝寺をはじめに御連衆は御連歌の間に出る。龍宝寺は固定化された連衆の筆頭で、最も上座に座る。住職が欠席の場合は名代が一座する。手水を致し、天神像へ焼香し拝む。天神は連歌の神で、七種連歌会に限らず連歌会で床の間に掛けられることが多い。「昔ノ式七種御連歌式」には「古法眼筆」とあるので、このころは狩野元信筆のものを掛けていたようである。なお服穢の者は拝まない。

藩主が在国で一座するとき、連衆は閾（しきい）の外に座り、連歌が済んでから内に入る。藩主が江戸にいて不在のときは、家老が出仕後に内に入り、一部が閾の内に座る。

連歌之間は、西側に床があり、天神が掛けられる。北側に仕切りをはさんで廊下があり、同様に東側に仕切りをはさんで伺候之間がある。連歌之間には、藩主を除き、通常、連衆が八人入り、南側に、上座順に、龍宝寺、定禅寺、本宮、高屋、北側に、上座順に、遠藤、茂庭、宗匠、良覚院が座る。

それが済むと御床際南の方龍宝寺、北の方執事、それより列次第、左右へ着座する。ただし連歌宗匠は何時も北側へ列席する。また御床より三畳目ほどが御執筆ならびに家老の者の席である。

次に「頂戴物之次第」がある。○が付されたものは、天保七年（一八三六）、倹約のため省略されたものである。

薄茶。茶碗、剥ぎ折敷に載せて引く。湯桶で出す。

御酒一献。酒は温酒で、銚子で出す。銀錫で「鴨嘴」にて出すとするものもある。
○薄茶。黒塗りの湯桶。
七種粥。塗木具に包み箸を置き、向土器に、つぶ山椒と焼塩。
御引替。粥のこ汁。白粥、赤塗り膳で出し、小土器にごま塩、猪口、香の物。
○御引盃。「九寸」二つに載せ、二人で両側に引く。膳の脇に置く。
○御酒一献。肴なし
白粥。おかわり有り。御鉢で。
御汁。別の椀でおかわり有り。
○御酒一献。温酒。肴なし。
御湯。
○御菓子。銘々に出て、造花があり。縁高台なしで出る。御菓子は、煎餅、饅頭、昆布、串柿、羊羹、榧の実、爆米。

以上は飲食に関するものだが、次の備品関連のものも出される。
造花については、松を遠藤文七郎、白梅龍宝寺、若松執事衆、紅梅宗匠、他は沢瀉、木賊、水仙等。

1丸火鉢（瓦火鉢）を六つ。山折敷に載せて出す。木製の火箸を使用。
2煙管、煙草を載せた塗り剝ぎ折敷を六つ。

右の二つは御掃除坊主が出す。

また、頭巾を龍宝寺には御目付が、定禅寺には御勘定奉行が出す。防寒のためであろう。頭巾のやりとりは塗り剝ぎ折敷に載せたままなされる。頭巾は毎年下されるが、どのようなものであったかは不明である。ただし両寺の寺格は高く安価なものではなかったと思われる。

御奉行衆がご出席する。御奉行衆が出てきた後、再び次の飲食がなされる。

御雑煮。向土器に、粒山椒。

引盃。

御酒一献。御肴は海苔（焼き海苔）。

御酒一献。御肴は田楽。

御酒一献。御肴は酒麩。

この日は内会のときの「粥」とは異なり「七種粥」である。内会のときもそうであったが、道具類も決まっている。儀礼として完成されていたといえよう。

藩主が御在江戸の節は、この後に御雑煮まで出し、それ以後御連歌がある。藩主が御在国の節はこの間休息している。

右の朝食が済むと連歌会がはじまる。「揃」と仰せ出だされるときは皆出席する、とあり、はじめの挨拶は出席するが、何らかの事情で途中退出することが可能であったことをうかがわせる。

藩主が御在国の節は中御閾の外から御連衆列席、腰の物は下の御屛風の陰へ取り置く。

さて「揃」と仰せ出だされると、御連衆は御閾の外へ罷り出る。

藩主がお入りになり、御焼香され、北の方へ着座なされる。御執筆、罷り出て、御閾の内へ入る。

まずあらためて天神像を拝してから着座する。次に執筆が出る。

なお藩主が在国の時は、御奉行衆、御宿老衆は伺公の間の東の方御襖際へ罷り出る。江戸に居るときは御奉行衆だけが出仕し、連歌が済んでから、御詰所へ通られ、御目付詰所へ罷かり出る。御連歌方が揃い、会をはじめてよろしいと相違し、御先立致され、伺公の間の入口の所へひかえる。御奉行衆は伺公の間の南御障子の方から詰なされ、連歌がはじまる。

藩主が在国の時は藩主自ら、江戸に居るときは執事衆が発句を出す。すでに前年中にできているので、発句が書かれたものを、藩主が在国のときは誰かを介して、執事衆のときは直接宗匠か執筆に渡し、それが読み上げられたのではないかと思われる。また藩主が江戸、藩主の嗣子が在国の時は、藩主のかわりに嗣子が出す。

連歌が終わると、執筆が文台を持って退く。そして藩主は御左右に目出度よしの御意を述べ、部屋を出る。

五　連歌会終了後

連歌が済むと御執筆は退出し、目出度よしを御左右の連衆に示し入られる。

はじめのごとく、龍宝寺、定禅寺などは御閾の内へ入り、並の御連衆は御閾の外にいる。連歌が済むと再び飲食である。ここでは一座した寺院関係者のもてなしが中心のようで、執事衆と龍宝寺等の三献などがなされる。

出される料理も、吸物の「赤はた」は「赤羽太」で魚類と考えられるが、その他は植物を素材といる精進料理である。

食事等が終わり、寺院関係者を見送った後、執筆が床の間の天神像をしまう。連衆は上の間に入り、最後の酒宴となる。寺院関係者が退出したためか、ここでは魚貝類も出される。御目付、御勘定奉行も相伴する。

終わると執事衆がまず退出し、御目付、御勘定奉行が見送り、連衆も退出する。藩主が在国のときは、すべて終わったことを御小姓頭をもって報告、在府の時は、月番御奉行衆に報告される。次に以下の食事メニューが記される。

御雑煮出　　御酒一献
御肴のり　　御酒一献
御肴でんかく　御酒
御肴麩煮て
御料理一汁五菜
御酒　　御肴（竹ノ子／酢漬）
御酒　　御肴（豆腐煮／重箱にて）
御酒　　御肴（九寸／柚餅子）
御茶漬　色付山いも、楊枝へさし出す

手水なし　御茶独服
火鉢等はじめの通り出す
後段
煮温麵　赤はた御吸物
御酒　御肴酢御房
御酒　御肴煮〆麩
御酒　御肴焼六てう
御土器、御三宝、御肴
御三方、御酌、御加
勘解由、中座し御土器を給い、三献が行われる。

右が済んで順々に引く。まず龍宝寺、定禅寺が退去し、御闘之外中ほどまで送る。次に別当坊、良覚院が退去するが、送りはない。

右以後、誰も御闘の内へ入り、御吸物、御肴二種出る。

御目付、御勘定奉行、御闘の外で相伴する。

おわると勘解由は一礼して退出する。御目付、御勘定奉行、御縁通りまで送る。

右は、御在国の節は月番へ届ける。

一月十一日、七種御連歌の御懐紙を連歌宗匠が持参し、儀式としての七種連歌会は終わったことになる。文化十年における原懐紙が仙台市博物館に所蔵されている。はじめに松竹梅が、次に七草と思われるものが描かれている。松竹梅は吉祥文様で、七草は七種連歌にちなむものであろう。つまりこの七種連歌の清書のために用意されたものと考えられる。

注

（1）「七種連歌会の運営」（『市史せんだいVol.18』平成二十年九月）に紹介した。

（2）滝浦真人は、山田孝雄について「独学の士である山田自身が、大変な勉強を重ねた連歌師だったのだと考えてはどうだろう」とする（『山田孝雄――共同体の国学の夢』二〇〇九年、講談社。一四九頁）。山田孝雄を連歌師として評価する研究は、これまでなされてこなかったといってよいだろう。孝雄は富山藩にかぎらず、仙台藩の連歌師の資料も収集していたようである。連歌師として孝雄を理解するという点でも、この『七種御次第』は意味を持つと思われる。

【翻刻】

『於御座之間御七種御発句式』

於御座之間御七種御発句被相渡候式

宗匠文七郎一同ニ下之御敷居之内江出座宗匠江

御会尺有之去候宗匠ハ

御前江伺候文七郎ハ中之御敷居外江罷出宗匠江
御発句被相渡其節又会尺有之文七郎も御
敷居之内江入御発句宗匠と一同ニ拝見
御意有之退出
一廿八日御煤払之節肥前殿宅ニ而御連歌御内会
有之此節御連衆ハ文七郎宗匠外壱両人斗　仰付
次第罷出巻懐紙文台なし御発句共ニ去之御執
筆吟此節御連歌三之裏済ム畢而御座敷退
一正月元日御発句御一順箱江入宗匠ゟ文七郎方江
遣同二日五時御執筆文七郎宅江罷出御発句直々
相渡盃取遣済テ御発句龍宝寺江御執筆
持参夫ゟ宗匠江持参又以定禅寺江持参宗匠江
帰り右之段文七郎方江御執筆罷出相達
一五日御内会御祝儀御連衆不残出座御執筆文
台持出上面被着座
御発句御第三之御句文七郎出之表八句記之
但初折之裏ゟ兼而出来之分ハ前日より記置
御連衆句出候事も一順斗ニ而其余ハ直々

御執筆吟之候事
右御懐紙七種ニ於　御城相用之右御懐紙
十一日御執筆文七郎宅江持参相納之
一出家衆帰寺前ニ菓子雑煮等出之畢而出家衆
被罷帰以後御連衆江料理出土器に而御連衆江
取遣有り此節小謡有り畢而御連衆帰宅
御七種
明六時揃　天神江御連衆拝済而着座
但御在江戸ニハ御閾之内　御在国之節ハ御閾之外ニ着座御連歌済而
被為　入以後御閾之内江入南側龍宝寺ゟ
喜庵迄北側文七郎ゟ良覚院迄残ハ御閾之外ニ着座
但御在江戸之節ハ御家老出仕以後御連歌之間江
被罷出
一御連衆列座則　へき茶碗引之　御酒一献
薄茶一へん器大湯とふニ而出ル　次七種粥　次引替粥のこ汁
次引御盃御酒一献御肴無シ　次白湯　次御酒一献御肴無シ　此節箸紙江包ム
次湯　次御菓子銘々出ル造リ花有リ　次瓦火鉢木火箸出ル六ッ
次へききせるたはこ出ル六つ　次頭巾両寺江被下之御目付

御勘定奉行出之　次御雑煮出ル〈御在国ニハ御連歌相済之以後ニ出ル〉御酒一献
肴のり　御酒一献　肴てんかく　御酒一献　肴酒ふ
右畢而御連歌始
御一順銘々出ス外続上御在国之節ハ出仕済テ
直々御連歌之間江被為　入則御執筆罷出
御連歌始ル御発句御直ニ被為出
　但御在江戸之節ハ文七郎出之　御在江戸之節ハ出仕以後御連歌
　　　　　　　　　　　　　　　相始此節御家老御連歌之間
　　　　　　　　　　　　　　　下ノ間相詰御連歌相済候以後退出
　　　　　　　　　　　　　　　此節私共先立いたし候事
御第三之御句文七郎出之
　御連歌相済執筆御文台持退ク御左右江目出度由　御意有之被為入
　　但御鬮之内江入御句出之又外江出自分之句ヲ出ス
御曹司様御在国ニハ御発句御第三共ニ御直々被相出
右御連歌畢而御料理出ル二汁三菜　次御酒一献
肴竹乃子梅漬　御酒一献　肴たうふ煮重箱物
御酒一献　御肴九寸ゆへし　次御茶請山いも煮〆手水なし
御茶独服　火鉢たはこ盆出ル

次後段　入めん梅つけこせうのこ　次赤はた御吸物　次御酒一献
肴酢牛房　御酒一献　肴煮〆ふ　御酒一献
肴焼こてう　御吸物結長侭置　御土器三方
御肴三方　御酌加出ル
一御土器文七郎始之二献之時龍宝寺中座シ御肴ヲ
進メ其上龍宝寺御銚子ヲ取此時定禅寺出御
加ヲ取テ三度加之文七郎江斟ム文七郎三献過テ
龍宝寺江成三献之時文七郎肴之上銚子ヲ取テ
龍宝寺江斟ム龍宝寺三献過テ文七郎江返ル
二献過テ又定禅寺出て肴在り其上定禅寺
銚子ヲ取龍宝寺加ヲ取テ三度加之文七郎江斟ム
文七郎三献過テ定禅寺江遣二献之時文七郎肴
有テ銚子ヲ取加之三献過て文七郎江返ル則別当
出テ給之又文七郎肴ヲ遣三献過テ文七郎江返ル
従是銚子加御給仕勤之右之土器宗匠給之肴
無納之外残テ二之土器壱ツハ本宮隼人壱ツハ茂庭
筑後始之段々両側ニ末座迄遣之末座ゟ此土器
銚子ノ方ハ龍宝寺加之方ハ定禅寺江遣之両寺

請之而其土器文七郎納之畢而両寺退出幷
良覚院退出両寺江ハ御閾之外中頃迄文七郎
送之文七郎帰座以後良覚院文七郎方江為礼
退出以後御吸物出御目付壱人御勘定奉行両人相伴
一御料理相済候以後　天神御掛物相仕廻候事
　但三人共ニ南側御閾之外ニ着座
次ニ御連衆上之間江入り　鱈御吸物出ル　次引盃出ル
御酒一献　肴鯎すし　御酒一献　肴〆貝　御酒一献
右畢而文七郎御連衆江一礼退出御目付御勘定奉行
送之
　但御在江戸之節ハ時斗之間迄　御在国之節ハ御連歌
　之間御縁通迄　畢而御連衆何茂退出
一御在国ニハ御連歌相済候段御小性頭を以申上
御在江戸之節ハ月番御奉行江罷越相達之
　但御在江戸之節ハ御大所木火之元見届退出其段共ニ
御自審御奉行衆へ相達候事
（中略）
十一日御懐紙指上候御次第

御懐紙包のし台江載猪苗代兼恵　御前江
持参上之御閾之外際御右之方ニ伺公文七郎
御左之方御閾際ニ扣　御前ニ而御懐紙
御頂戴御一覧目出度由両人ニ
御意有之兼恵直々持退

第三章　前田家の連歌

一　加賀藩と富山藩の連歌

一　加賀藩の連歌

（一）利家の連歌

加賀藩主前田家は、初代利長以後十三代慶寧まで続くが、加賀藩で継続的に連歌が興行される体制が整ったのは、二代利常・三代光高の時期と考えられる。そこで、光高までの前田家と連歌のかかわりをみることにする。

まず初代藩主前田利長の父前田利家（一五九九年没、六十二歳）について述べておきたい。

利家の連歌に関しては、『連歌問答記』[1]に「御先祖様　大納言様（注・利家）は、いかばかりにや御連歌はいまだ伝へ侍らず」とある。『連歌問答記』を著した安田政代は利家一座の連歌資料を入手できなかったようだが、文禄三年（一五九四）三月四日に興行された「何衣百韻」に利家は一座しており、四句を詠じている。「何衣百韻」は、豊臣秀吉によって、その母大政所の三回忌法要が行われた際に青巌寺で興行された連歌で、細川幽斎、徳川家康、蒲生氏郷、伊達政宗といった名だたる武将が一座することで知られる。[2]「何衣百韻」について田中隆裕は「一座二句物の桜（無言鈔）を唯一利家が詠んでいることに彼に対する秀吉の信任の絶大さをここにもみてとることができる」とする。[3]これは、前句「枝かはす柳の木末茂り添」に付けた「桜は風に散りはつる陰」を指す。「桜」の詠者が、一座した連衆においてどの程度重きが置かれるかについては検証がなされるべきと思われるが、句そのものは、風に吹かれる「柳」と「桜」の対、「茂り添」と「散りはつる」の対をなし、自作であれば、それなりの連歌の力量があったと考えてよい。

注目したいのは、詠句の力量よりも、秀吉の興行する連歌に一座したということである。本書の主題と外れるため、秀吉の興行した連歌についてここでは論じないが、それは社交的、政治的といった意味合いを持つものが多い。「何衣百韻」についても勢田勝郭は「三回忌の場を利用して、徳川家康以下の有力武将・貴族の眼前で、おひろひが自らの後継者であることを宣言すると同時に、豊臣家の再結束を図ろうという秀吉の意図のもとに計画されたものであった」とする（「文禄三年三月四日「何衣」百韻と豊臣家の内紛」『奈良工業高等専門学校 研究紀要 第五十三号』二〇一七年）。これに従えば、秀吉は、連歌の力量というよりは、利家を政治的に重視したので、連衆に選んだということになろう。また金子拓が「連歌は亭主と客の二人を軸にして展開する。客が発句を詠み、そのなかで招かれたことへの礼を込めつつ相手を褒める。これに亭主は答礼として脇句をつける。日本の中世という時代は、茶の湯や連歌など、もてなし上手・もてなされ上手を育てる文化が花開いた」と述べるごとく（『戦国おもてなし時代　信長・秀吉の接待術』二〇一七年、淡交社。六七頁）、連歌が「もてなし」に利用でき、さらには右の「何衣百韻」のような宗教的儀式等に利用できるという一面を、利家は秀吉のもとで学び、それが後の加賀藩の連歌につながっていく一要因になった可能性は指摘してもよいだろう。

なお利家の文事の資料はとぼしいが、その妻芳春院は連歌を嗜んだようで、『連歌問答記』には「芳春院様には御連哥殊に勝れさせ給ひたび〳〵のよし、今に御懐紙写しも伝へ侍りぬ」とある。しかし、一座した連歌で、現在知られるものは『連歌問答記』に記された一巻のみである。(4)

また『脇田如鉄家記』（金沢市立近世史料館蔵）に拠れば、文禄の役の折、朝鮮より連れてこられた七歳の子が芳春院のもとで育てられ、後に脇田重之の姪を嫁に迎え、脇田直賢（如鉄）を名乗り、利長の近習となる。連歌達者な加賀藩士の一人といえよう。直賢は、慶長十九年（一六一四）五月二十日に利長が逝去した時、悲しみの余りに「四方はみな袖のあまりの五月哉」と詠じる。句を詠むことで悲しみを表出するという行為の背景には、芳春院のもとで育てられて、その文化的教育（影響）を受けたことがあったと思われる。その一方で、利家と芳春院の間に生まれた利長の一座した連歌資料は管見に入るものとしては後述する玉泉院の連歌に見られる一句のみである。資料がないので憶測にとどまるが、連歌を興行させる立場の者と連歌を詠み奉る立場の者の差があったのではないかと思われる。

利常が利長の後を継ぐ前年、すなわち関ヶ原合戦から五年後の慶長十年（一六〇五）九月、北村宗甫と鷹栖明宗が、加賀の白山比咩神社（以下「白山社」と称す）に両吟・夢想千句連歌を奉納している。鶴崎裕雄は「この千句が契機となったのであろう。翌年慶長十一年十月から十二年十一月にかけて加賀藩士総出ともいうべき万句連歌が張行された」とする（「秀吉・家康政権下の寄合の文芸」帝塚山学院大学文学部日本文学会『日本文学研究　第四十一号』二〇一〇年二月）。この「万句連歌」は「白山万句」と称され、全巻は残存しないものの、百韻八十四巻が伝わっており、白山社に所蔵される(5)。現存しない十六巻について鶴崎は「前田利長や利常ら藩主一族の名が見えない。不足する一六巻はひょっとすると藩主一族の奉納であって、別に、例えば城中などに、保存されるうちに忘れられたのかも知れず、今後に発見の可能性もあろう」とする。藩主一族の一座した懐紙が別置されることは大いにあり得ることであり、鶴崎の述べるところは首肯されるところである。

「白山万句」が興行された背景について、石田文一が以下のごとく述べる（「戦国期の伊勢氏と加賀国――所領経営と文芸活動をめぐって――」『加能史料研究 第二十二号』二〇一〇年三月）。

貞仍による「白山法楽」の勧進、万句張行という文芸イベントはこれ（注・白山万句）に先行するものと位置づけられ、近世初頭の再興もあるいはこうした戦国期における記憶が、加賀国太守たる前田氏をして万句連歌を張行せしめたものではないだろうか。

万句連歌の奉納先が、寺社ならばいずれでもよいわけではないので、「戦国期における記憶」かはともかく、その前例があったことは看過できまい。

また、鶴崎は「白山万句」について以下のごとく述べる（「夢想和歌・連歌――学際的研究を目指して――」関西大学国文学会『国文学　第一〇一号』二〇一七年三月）。

慶長一一年といえば関ヶ原合戦と大坂の陣の中間の時期である。徳川方か豊臣方か、結末を知っている現代の我々と違って、当時の人々は暗中模索、未来に不安を抱きながら両陣営の間をさまよったことであろう。私（鶴崎）は全藩あげて白山社奉納の万句連歌の興行は、家中の統一、前田藩の団結に役立ったのではないかと考えている。

鶴崎の述べるところに従えば、利長は、前田家当主という立場で、連歌を、白山信仰のもとで政治的に利用しているといえよう。

なお宗甫・明宗両吟夢想千句には、前田家の者は一座していないが、前書には「前田利家から、白山社を再興せよ、との使者があった」といった夢想を得たことにより連歌が興行されたとあり、前田家が関係している。さらにそれを契機に興行されたかと考えられる「白山万句」も前田家が関係している。年代に注目すれば、前田家の近世連歌は、白山社への奉納からはじまるといってよいだろう。後述するように、小松天満宮や玉泉寺天神堂で月次連歌が興行され、加賀藩では、連歌は天神信仰とともにあったと考えられるが、白山社は、『聞くほどの事覚書』（金沢市立近世史料館蔵）に、

松雲院様御官位御昇進之節
御能
　開口
それ諸侯に三ッの宝有リ土地人民／政事とこそ受続し代々ハ久堅の／天満神の末として万代を猶松梅に／折しも菊の千と世まて越シの白根の本ト／かたく恵ミもふかき国とかや
　　　　田中左源太作

とあるごとく、天神と共に信仰されていた。
寛文八年（一六六八）九月、加賀藩夜話衆で連歌好士の板津検校正的は、白山社に
花の名をきくは白山の神代哉　　＊きく…「聞く」「菊」を掛ける。白山社の祭神は菊理媛尊。

を発句とする「独吟百韻連歌」[6]を奉納する。その前書の中に以下のごとくある。

白山大権現の広前に、おろかなる懐ひの百句を述て、御法楽にそなへたてまつる。其いのるよごとは、加越能三国の太守正四位下左近衛中将菅原綱利公武運長久、国家繁栄にして、諸願成就の冥助にまもらしめ給へ。

また『続漸得雑記』（金沢市立近世史料館蔵）には次の記事を載せる。

於白山社頭　　孝治

神の代のはしめを爰に白山の社に来つゝたのむゆくするゑ
此社社かたへはかたふきなとしたるに造立の心さし有よし神主申伝るに
そのかみの名をあらはして今も又宮作りせん二柱の神
発句／しら山は幾世いつりのはつみ雪
月林と云所にて／冬は月の林にさはるかけもなし
枯野のなてしこを見て／なてしこのわきておかしき冬野哉

白山社を訪れた「孝治」は、赤座孝治（一六六〇年没、享年不明）と思われる。利長、利常に仕え、「家老」職につく。永原家の養子となり、永原姓となる。後述する小松天満宮での前田利常の奉納連歌に一座しており、また前田光高（一六六〇年没、享年三十歳）の追善連歌も詠じている。[7]加賀藩中で連歌達者の一人といえよう。

先に述べたごとく、加賀藩での連歌は、天神信仰と関わりが深く、白山社を中心として展開しなかったが、そうはいうものの厚い信仰があり、右以外にも奉納連歌がなされた可能性はありうると思われる。

なお後述の小松天満宮六代宮司能正は、白山長吏から迎えた養子であり、白山社と小松天満宮に関係があったことは記しておきたい。後述するが、天保十年（一八三九）一月二十五日に興行された「月次連歌」では白山長吏やその子が一座している。

（二）利長・利常の連歌

利家の後を継いだ利長について、『連歌問答記』には「御二代　大納言様（利長）にも御会あらせ則懐紙写しも伝へ侍りぬ」とする。安田政代『連歌の略記』（金沢市立近世史料館蔵）には次の連歌を載せる。

玉泉院様御連哥
瀧の糸に綾おる風のほたる哉　　玉泉院
袂涼しき釣簾の外の山　　敏子
麗はしく若なに竹の露ちりて　　利長卿
さゝれましりの真沙（ママ・「砂」）地の末　　直家

玉泉院（永姫）は、織田信長の娘で、利長の室となる。敏子は玉泉院付きの女房か。直家は不明である。何年の興行かは不明だが、発句に「ほたる」が詠まれているので、玉泉院と利長が一緒にいた夏の興行ということになる。

『連歌問答記』は次の元和七年（一六二一）十一月二十六日興行の連歌をあげる。

御二代　大納言様御連哥　百韻

元和七年十一月廿六ノ日御会

賦何人

春近き栄えや梅の花の宿　大納言利長卿

冬もみとりにたつ軒の松　御三代利常様也　利光卿

鶴のすむみきりのうちは長閑にて　御姫様　亀鶴

永き日かりや真砂地の末　御四代光高様也　犬千代

出るより月に霞や馴ぬらん　淡路守様　千勝

沢辺につゝく水静也　飛騨守様　宮松

むら蘆の所〱におひそひて　末ノ御姫様　御万

蛍のかけや暮急くらん　同　御ふう

此間畧ス

巻軸

けふこそと御幸は花の柳にふれ　北野能伯

君ゆたかなる時にあふ春　能吉

利長は、慶長十九年五月二十日に没しているので、右の連歌は、興行年月日もしくは発句作者が誤っていることになる。『連歌問答記』の著者安田政代も『連歌の略記』に右の連歌を再録し、「元和」を見せ消しにして「慶長」としている。

しかし年代は正しく、発句作者を誤ったのではなかろうか。なぜなら右の連歌が興行された七ヶ月後に次の連歌が興行されている。(8)

元和八年六月十六日

賦何路連歌

涼しさの心の松や千世の陰　御上
みとりそひ行門のわか竹　利光
さかへすむ宿はいらかのかさなりて　亀鶴
つくるやひろきみきりなるらん　犬千代
友鶴のなれよる池の水きよみ　千勝
岩ほつたひのひかりしつけし　宮松
月もたゝ色にやなひくを田の原　御万
さかりしらるゝはなの萩か枝　御ふう
すゑも猶はれ行霧のまかきにて　惣代
こてふ吹たつのへのあさ風　能舜

（中略）

世をめつる松はみとりの花の春　　久悦
藤さく色そみる心ちよき　　能舜

御上一句　利光一句　亀鶴一句　犬千代一句　千勝一句　宮松一句　御万一句　御ふう一句　惣代一句　能舜十一　久悦十　宗因八　能作八　能柏七　久世七　舜政七　能益六　能範六　能賀六　能茂六　能吉一

右の連歌に関して『石川県史　第参編』（一九四〇年）に「発句に御上とあるは将軍秀忠にして、この連歌を興行したる六月十七日は、秀忠の女にして後水尾天皇の女御たりし和子が深曾木の祝を挙げたる翌日なるが故に、亦之を賀するの意に出でたるやも知るべからず」とある（三五七頁）。また田中隆裕は以下のごとく述べる。(9)

発句作者に「御上」とあるのは天徳院ではなかろうか。脇句「利光」は利常の初名。以下子供たちで「亀鶴」は長女の姫の名、「犬千代」は嫡男三世光高、「千勝」は次男利次、「宮松」は三男利治である（「御万・御ふう」は側室であろうか）。これらの一巡を京都へつかわして百韻にさせたものであろう。連衆に「久悦」というのがいるが、これが八幡侍のまま利常が扶持し、法体姿で心易く召仕い、京都間を往復していた側近の中村久越の同音による替名ではなかろうか。この久蔵を北野天満宮へ遣わして百韻にしたてさせたと考えられる。深曾木の祝の日と同日なのはけっして偶然ではなかろう。発句「涼しさのこゝろの松や千代の陰」の祝言といい、作者が和子の姉天徳院であることがなによりの証であろう。姉が妹の幸福を祈る、ひいては前田一門が前途を祝福した祈禱連歌ではないかと思うのである。

まず連衆について述べると、元和七年興行「賦何人連歌」の発句作者も原懐紙には元和八年興行「賦何路連歌」と同様に「御上」とあり、それを「利長」と誤ったものと推察する。

では「御上」は誰かといえば、利光（利常）に先んじて発句を詠む存在で、「御姫様」が「亀鶴」である人物であるから、元和八年興行「賦何路連歌」について田中が述べたのと同じく、利光の正室珠姫（徳川秀忠女、天徳院）であろう。その他の連衆についても、大方、田中の述べるのと同じで、付け加えるとしたら長女亀鶴姫は後に津山藩主森忠広の室となり、犬千代（光高）は後の加賀藩主、千勝（利次）は後の富山藩主、宮松（利治）は後の大聖寺藩主である。ただし田中が「側室であろうか」とした「御万」は三女満姫で後に広島藩主浅野光晟の室、「御ふう」は四女富姫（ふうひめ）で後に八条宮智忠親王[10]の妃であろう。富姫は元和七年一月二日の生まれで、その句は代作と考えられる。

また元和七年興行「賦何人連歌」は途中が省略されるが、『連歌問答記』における引用の仕方から考えて、藩主一族の句を省略するとは考えがたく、藩主一族の句は一巡に一句ずつであり、元和八年興行「賦何路連歌」と連衆の能伯が重複することから、「賦何人連歌」も「賦何路連歌」と同様な連歌であり、田中の述べるごとく北野天満宮で仕立てられたものと考えられる。とすれば「賦何人連歌」も「御ふう」の次の句は「惣代」で、次は能舜であったかと思われ、惣代の前までが願主で、能舜が主となって巻いた祈禱連歌ということになる。

田中は、「賦何路連歌」を、姉の天徳院が、妹の和宮（東福門院）の深曾木祝の日に、妹の幸福を祈り、前田一門が前途を祝福したとする。しかし、発句が天徳院であるから、天徳院のみが祈願した連歌とは必ずしも考えなくてよいのではないか。十句めが能舜で九句めが「惣代」ということは、発句から八句めまでが願主で、身分の順番になっていると考える。将軍家の娘であるから利光よりも「上」の存在として扱われ、発句を詠んだとも考えられる。また元和八年三月三日に生まれ、三月十一日に亡くなった夏姫、その出産にあたり煩い、同年七月三日に亡くなる天徳院のことを関連づけて考えると、元和七年十一月興行の連歌は安産祈願であり、発句は前田家の子が生まれ、栄えることを詠んでおり、元和八年六月興行の連歌は平癒祈願であり、発句は心中が涼しくなる（煩わしさがなくなる）ことを詠んでいると考えられる。

なお「賦何路連歌」にみられる能舜の子である能順が、後に小松天満宮の初代別当と招かれるのには、こうした連歌興行での功績が能舜にあったかもしれないことは視野に入れておくべきであろう。

利常には、右のごとき信仰の連歌は伝わるが、代作の可能性があり、後で述べるごとく玉泉寺や小松天満宮に御連歌料等を寄付したという、いわば行政上で連歌とかかわりが深かった点が注目される。これは利長の代の白山万句の系譜と捉えてよいかと思われる。

(三)　光高の連歌

利常の子である光高について『連歌問答記』は「光高様ニハ殊ニ此道勝れさせ給ひ御催しもたひ〳〵にして深く好ませ給ひけるとなん伝へ承る」とする。この後に「御四代光高御夢想之御連歌」をあげる。一巡は以下のごとくである。

寛永二十年十月廿七日御夢想也
信州於柏原
夢想之連歌

開くより梅は千里のにほひ哉　光高卿
声心よき宿の鶯　利常卿
春になり庭のあしたの雪晴て　犬千代
日かり長閑かに照す池水　昌程
岩かねの浪も霞める夜半の月　昌佐
舟つなきをく流れ遙けし　相也
雨に猶かけ茂るらしむら柳　孝治
早苗そよめく小田の夕露　重成
ゥ人通ふ里の中道幽かにて　広直
鳴立雁の遠さかる声　定延
真砂地は霧降なから明離れ　執筆
秋来て涼し浜伝ひせん

『可観小説』にも記され、光高の子綱紀誕生の夢想連歌として知られる。『加賀松雲公』所載「霊椿遺芳」にも同連歌が載り、(11)興行年月日は寛永二十一年（一六四四）三月十七日となっている。夢想を得たのが寛永二十年十月二十七日で、翌年の三月十七日に夢想開きの連歌を興行したということになろう。三月十七日となったのには、その日に特別な意味があったとか、光高他重要な連衆の日程調整の結果だとか、連歌が完成したのが三月で、会として披露するのがこの日になったとかが考えられるが不明である。もし実際に興行されたのならば、寛永二十一年の御城連歌の連衆として江戸にいた昌程が一座しているので、興行場所は江戸の加賀藩邸であろう。

さて、夢想句の「梅」は前田家の家紋にもなっており、それが開くとは綱紀の誕生を意味し、さらに「千里のにほひ」で優秀さをあらわし、誕生祝いの句としてまことによくできている。それを受けて「声心よき」「春になる」「光のどか」も安産を連想させる。巻軸は

程を経む行ゑもいさや旅の道　　昌佐
あまたに馬をかひやすめ置　　広直

であり、興行場所は江戸だが、夢想句を得たのは参勤の途次（『連歌問答記』は「信州於柏原」とするが、「武蔵熊谷」とされる）であったことをふまえて詠んでいる。よく練られた連歌といえよう。利常、犬千代（綱紀）は一巡の一句のみ、光高は十二句を詠んでいる。『可観小説』に犬千代のみ「代作」とあるが、句数から考えて、利常も代作であろう。光高は自作と考えられる。後述の「天神八百年御忌」の連歌に関して、能順の発句集『聯玉集』（小松天満宮蔵）に「従綱紀公御手向の万句巻頭御作代」とあるように、連歌師は興行主の発句などの代作をすることがあった。

また『政隣記』（金沢市立近世史料館蔵）には、正保二年（一六四五）一月二十三日、後の前田綱紀の髪置の式で脇田直賢が白髪を差し上げた折に詠んだ御祝儀の発句に光高が脇句を付けた記事が載る。以下のごとく第三句まで載る。

戴くや千年初の春の雪　　直賢
みとりも春になひく呉竹　　光高公
長閑なる池の岩ほに鶴の居て　　同

また石川県立歴史博物館には

元日　年〳〵にあらたまる梅の色香哉　光高

とある短冊が所蔵され、その箱書に「元日之御発句御執筆拝領」とある。元日に連歌の発句を試筆し、家臣におくられたことが知られる。現存する作品は少ないが、『連歌問答記』が記すように、連歌を「深く好」んでいたかと思われる。

なお田中隆裕は先の夢想連歌に関して次のごとく述べる。(12)

その作品中にも彼らしい力強い句ぶりがある。

歌のむしろのかずにつらなる　　広直
さかづきはずんながれても幾廻り　　高
親の年忌をいはふはらから　　昌程

「ずんながれは」は『源氏物語』にある語であるが、調べが耳障りと思われるのにかまわない大名風。昌程の付句はぎょっとさせる。たぶん前句の付けを意識しすぎたもので、全体の句柄にデリカシーのなさを露呈させても気がつかない、言語感覚の鈍な当代柳営連歌師の句作力の実態の一例といえよう。

『加賀松雲公』収録の本文に拠れば、このように考えられるかもしれない。しかし『連歌問答記』の本文には

盃はするゑ流れても幾廻り　　御
親のとしみを祝ふはらから　　程

とある。「ずん」では耳障りかもしれないが「するゑ（末）」ならば問題あるまい。また「年忌」を「年回」の意とれば「ぎょっと」するかもしれないが、忌み明けをする意の「落忌（としみ）」とすれば、「言語感覚の鈍な」とするほどの付け方でもあるまい。

かつて若林喜三郎は『前田綱紀』（一九六一年、吉川弘文館）で次の話を紹介している（七頁）。

光高は、三十一歳の若さで急死した。その向い邸に住んでいた福井藩主松平忠昌は、なかなかの酒豪で、それを医者にいさめられたところ、

むこふなる加賀の筑前下戸なれば三十一で病死をぞする

と狂歌一首をもってむくいたというが、光高のひととなりと、当時一般の大名気質をものがたっていておも

しろい。

若林は、右の狂歌から読み取れる「光高のひととなり」を説明していないので、それを試みると、「三十一」は「三十一文字」すなわち「和歌」を意味しており、さらに「若」をも意味し、光高が享年三十歳であったことを踏まえている。下戸の光高は雅な和歌にふけって若死にしたが、自分はそうでなく酒飲みだから大丈夫です、と答えたのである。なお、光高には、今の富山県氷見市で詠んだ

田子の海浦山かけて詠れば大和にはあらじ氷見のから島

といった詠歌も残っており、『陽広公道百首』といった道歌も伝わり、「和歌の道尚ひいてさせ給ひ」（三壺聞書）とされるので、和歌は無論、「文武兼ねそなはらせたまひて」（三壺聞書）ともされるので、光高は文事に造詣があったと考えてよいであろう。田中隆裕は「四代藩主陽広院光高は三代までとは違い、格段な好学藩主である。「数多書物を昼夜懈怠なく読」み「江戸表にも指を折し学者と取沙汰」されるほどであった（微妙公御夜話異本）」とする。[13] 先の狂歌の「三十一」は、和歌に限定されるものでなく、「文武」の「文」を象徴するものであったとも考えられる。

最後に『連歌の略記』にあげられる、次の天徳院の連歌に関してを述べておきたい。

天徳院様御連哥

慶長十八年
月雪に夜ルもいとなき詠め哉　天徳院殿
冬を忘るヽ釣簾の外の山　寛子
薄霞春よりさきに酌初て　達子
下略

興行の月日は特定できないが、ただ「雪」とのみあるので「冬」に行われたものである。慶長十八年の十月から十二月のうちの雪の降り積もった夜の日に興行された連歌となる。祈禱連歌といったものではなく、雪が降り積もった夜に月を観賞して詠んだものと思われる。「いとなき詠め」とあることから、かなりすばらしい情景で、側に居る女中たちと即興で連歌をしたというところであろうか。とすれば代作ではなく自詠であろう。「夜」を「縒る」、「いと」を「糸」ととれば、この二語は縁語となり、即興の連歌での、この技巧は、天徳院の連歌技量がなかなかのものであったことをうかがわせる。また、和歌ではなく、連歌というところから、天徳院とその近くにいる女中達との親しい関係性がうかがわれる。こうした連歌は座興ともいうべきもので、書き留めるものではないので、現存することは稀である。したがって継続的にこうした座興ともいうべき連歌が前田家で行われていたかは不明だが、小松天満宮に「御広式ニおゐて興行／御連歌之写」と題された冊子が所蔵されている。賦物が記されない百韻連歌で、巻末に以下のごとく記されている。

右者嘉永五年壬子春之ころニ／御殿中ニおゐて／殿様（傍注・中納言様之御事也）御発句次ニ御簾子方々御連歌

之／写也

　金沢御殿御近辺詰／沖野長蔵所持之懐紙

安政三年丙辰九月／梅林院写置也

嘉永五年（一八五二）に藩主であったのは十三代斉泰、安政三年（一八五六）に小松天満宮の宮司にあったのは七代梅林院順承である。表八句は以下の通りである。

長閑さや神垣匂ふ梅の花	御
宮居尊き鴬の声	松印様
いと清く春のあした（旦）の月晴て	梅印様
霞初るも明らけき道	菊印様
棹さして出る船人いさむらん	□（俵カ）印様
蘆のまに〳〵風渡るなり	竹印様
涼みよりしはし休ふ夕日影	佐山
半はゝ雲にうつむ夏山	石野

「御」は斉泰、他は金沢の御殿に居る「御簾子」すなわち側室と女房たちで、名に「様」が付いているのが側室であろう。管見に入る連歌作品で、ほぼ女性が占める百韻連歌はこれのみである。加賀藩で、このような連歌

が、どの程度の頻度で、どのように行われたかは不明だが、右の連歌に関しては全体に俳諧味のない、雅な連歌と思われ、一座した者たちは、和歌は無論だが、若干だったにしても連歌について学習していたと思われる。とすれば、今後、このような連歌作品が発見され、祈禱連歌といった公的なものとは異なる、前田家の私的な連歌の解明がなされることを期待したい。

(四)　玉泉寺の連歌

「中世連歌」は、四条道場・七条道場に関わる連歌師、すなわち時宗と関わりが深かった。さらに徳川家も時宗と関わりが深く、『連歌辞典』（二〇一〇年、東京堂出版）「徳川家の連歌」の項でも「徳川家創成の伝承では、徳阿弥と名乗った親氏が流浪の果てに、三河国の豪族、松平・酒井家の縁を結ぶことで世に出るが、それには大浜称名寺での連歌が関係したとする」と指摘している。第一章でも述べたごとく、徳川幕府の御城連歌の連衆に時宗僧がいる。こうしたことと何らかの関係があるか否かについては不明だが、加賀藩前田家における月次連歌も時宗と関わりが深い。天保年間に成る安田政代『連歌家之抄』（金沢市立近世史料館蔵）に以下のごとくある。

○玉泉寺　御宮御祈禱御連哥
寛永五年遊行三十五代上人巡行之時ニ／天満宮かたはらニ御かり屋江　仰付則越年也当地発駕之／時分　利常様思召を以出家一人残シ被置候哉　御内意被遊／則南水ト申僧残シ被置候右ニ付初而　御目見被　仰付候其節／已来玉泉寺ト披露可仕由被　仰出　天満宮為御祈禱御／連哥料　御寄附也同六年三月ヨリ御月次御会始ル／正保四年ニ玉泉寺御建立　玉泉院様廿五年御法事被　仰付候／其節奉行　前田三左衛門殿　前田出雲

殿ニて／利常様此時小松ニあらせ小松ヨリ御参詣被遊候事／寺料ハ承応三年十二月三日　御寄附也
○玉泉寺祖南水其阿上人―二洞雲院其阿上人南桂―三桂光院其阿覚応―四洞雲院其阿廓栄―五興徳院但応其阿―六説三桂光院其阿―七一老桂光院其阿―八快秀桂光院其阿―九守興興徳院其阿―十白往洞雲院其阿―十一昌随桂光院其阿―十二了海興徳院其阿―十三知天桂光院其阿―十四白秀中興 桂光院其阿 助請ト号―十五徳悶桂光院其阿 止静ト号―十六戒順桂光院其阿 一翁ト号ス―十七一穏

寛永六年（一六二九）に三十五代遊行上人法爾（一六三〇年没、七八歳）が訪れたことを契機として、利常が天神への御祈禱のため御連歌料を寄附し、寛永六年三月から月次連歌会が始まったというのである。天神への祈禱のために月次連歌が興行されたということは明らかに儀礼であり、前田家の連歌において注目すべきことである。

寛文七年（一六六七）に書かれた玉泉寺二代其阿南桂による天満宮棟札の「裏書」が日置謙『加能外史』（一九四六年、金沢文化協会）にあげられている（三一二頁）。その中に「行神事法楽之月次連歌。菅廟称日域詩歌之神。故毎月連歌以祈国祚定当時」とある。すなわち神事法楽として月次連歌が興行されていた。またその七年後の延宝二年（一六七四）に成る「由来書」も『加能外史』に掲載され、その中には「寛永六年二月より御祈禱料被遣、神事法楽之月次連歌御定被成候。唯今において無慢怠、毎日之御祈禱・月次連歌相勤申候」とある（同書二〇九頁）。「御祈禱料被遣」とあることや「毎日之御祈禱・月次連歌相勤申候」とあることから、それは藩命を受けてのことであろう。『連歌家之抄』には三月からとあるが、それより一ヶ月前の寛永六年（一六六六）二月より、加賀藩の神事として法楽の月次連歌が興行されていたことになる。なお『続漸得雑記』には以下のごとくある。

陽広公玉泉寺天神御勧請百韻御連哥
猶匂へ神ます庭の梅の花　　光高公
松みとりにたつ玉垣のうち　　白桂
鶯の上毛の霜と雪とけて　　昌桂

脇句の「白桂」は「南桂」の誤りか。発句の「梅」は前田家を意味し、その繁栄を願ったものである。梅の花とあるので、三月よりは二月の可能性が高い。
また『連歌家之抄』には以下のごとくある。

御当地におゐても玉泉寺　天満宮御預に而おなじく月次御祈禱の御連哥　御寄附也尤　御連歌料も附られ今ニ御会絶る御事なし　上様御発句にて御作代也御脇句ハ玉泉方丈間勤む御第三よりハ御連中かはる〳〵相勤る御事に而重キ御会也

玉泉寺での月次連歌が「重キ御会」、すなわち重要な儀式と位置づけられていたことがうかがわれる。
玉泉寺は前称を浄禅寺といい、時宗寺院で、後で述べる富山藩の連歌とも関わりのある寺である。その沿革について、日置が以下のごとくまとめている（前掲書、二〇四頁）。

玉泉寺は、加賀・能登に於ける唯一の時宗寺院で、金沢三間道に在る。藩政時代には、今の寺院のある所にその奉祀する天満宮が鎮座し、伽藍が裏の方に在つた。明治元年神仏混交の令に依つて、一旦天満宮の神體を卯辰山なる卯辰神社に合祀し、旧社殿は之を玉泉寺に与へられたが、四年三月廿三日附近六斗林から出火して建造物悉く類焼の難に罹つたので、社殿の遺址に庵室めきたものを興し、それを玉泉寺に当てることにした。然るに翌五年に至つて、天満宮の旧氏子等の請願に基づいて、再び神霊を卯辰山から奉還せしめ、新玉泉寺の西隣に社殿を構へて、これを泉野菅原神社と号することにした。

なお石田文一は「新板手擲清水参幷白山詣双六」（石川県立歴史博物館蔵）に「玉泉寺天満宮」の齣があることについて「前田利長正室玉泉院（織田信長五女永）が菅原道真を祀る越中高岡の浄禅寺を移し寺号を改めたもので、現在は時宗の玉泉寺と泉野菅原神社となっており、鶴来街道に面した藩主家所縁の大寺を尊重したものと見受けられよう」とする（『石川県史だより第五十八号』二〇一八年九月）。

玉泉寺の連歌としては、まず『連歌叢書』（国立国会図書館蔵）の「諸州連歌集」に収録された、寛政九年（一七九七）興行「夕何百韻」がある。

寛政九年九月十三日／追善／金沢会

夕何

入は月光や三世の阿弥陀仏　　直興
袖の露散この手向草　　其阿
いつとなく野は秋風の通来て　　温通

（中略・作者名無記）

右百韻

越前岩本提恵上人追善

賀州金沢玉泉寺主吟

右の其阿は、玉泉寺の其阿であろう。こうした連歌は他に知られず、また月次連歌の資料は乏しいが、『連歌問答記』には、天保九年（一八三八）、同十年のものが書き留められている。天保九年は二十句が引かれ、一巡は以下のごとくである。

玉泉寺御連歌御月次

天保九年戊戌正月十六日御会始

何人

松梅は神代忘れぬいろ香かな　御願主　宰相殿御作代

東風ふき送る瑞籬の内　玉泉寺　其阿

ふるとしの雪の白露日は添て　安田龍山　政代

仰くみとりの空は高しも　玉泉　僧　祖山

声はいさ田鶴やむら〳〵遊ふらん　同　僧　了貞

塩干晴たる海つらのするゑ　安田健斎　寛

よる浪のそなたに月の入残り　太田清九郎　正純
秋とはしるき今朝の初風　富山　瀧川　東海
をのつから色も移ふ草むらに　安見方六　政房
分ゆく袖は萩の花摺　山川　惟光
旅まくらゆふへになれる途中（みちのそら）　小堀半右衛門　頼之
人の情をかりそめの宿　佐々木宗景　守継
うさつらさ忍ふ戸口に問よりて　熊谷河五郎　慎淳
語りあふ間はなみた顔なる　伊藤内膳　惟純
いはけなき程は心の浅はかに　川越右衛門　宗之
何れかいつれめのとうしろ見　佐々木宗玄　守貞
右左おとしぬ囲碁の果はなき　石塚辰士郎　培之
深山の月にくたす斧の柄　小塚半□郎　頼繁
露霜を戴く身こそうかるらめ　中村十大夫　教包
御階を守る袖は冷し　執筆

発句の「御願主　宰相殿」は十三代藩主斉泰である。
天保十年は六十四句が引かれる。第三までは以下のごとくある。

天保十年亥正月十六日御会始

青何

照星にひかり天満神の梅　　御願主

かすまぬ月を御社の前　　其阿

東風ふけは結ふ氷は先解て　　政代

以下、連衆は、了貞、頼繁、寛、易貞、培之、慎淳、頼之、正純、惟光、守継、宗之、宗玄、教包である。この連歌の発句も斉泰であろう。

また右の月次連歌をみるに、金沢市立近世史料館に所蔵される『月次連歌手扣　一』『月次連歌手扣　二』も、それである可能性がある。後補の表紙には左肩に打ち付け書で「月次連歌手扣　一」「月次連歌手扣　二」とあるが、収録作品は文久二年（一八六二）一月から文久三年十二月までの月次連歌のみではなく、嘉永五年（一八五二）二月の千句を含む。文久二年は戌年、文久三年は亥年なので、収録月次連歌に注目すれば、書名の「一」「二」の順は逆である。

『月次連歌手扣　二』は、扉（もとの仮表紙）の右肩に「嘉永三年」、中央に「月次御連哥手扣」、左下に「清貞／清直」とある。清貞、清直[14]の手になる写本と考えられる。

『月次連歌手扣　一』に収録される作品は以下の通りである。

1　嘉永五年二月（千句）

第一何路　緑立かけ弥高し神の松　御願主
連衆　御願主　其阿　守公　慎憲　光氏　宗之　清貞　太恩　清直　政英　執筆
第二唐何　雲よりも花を高根の桜かな　慎淳
連衆　慎淳　守公　慎憲　宗之　清貞　太恩　清直　其阿　政英　登寿　執筆
第三何人　雉子の声かすむやいつこ山もなし　光氏
連衆　光氏　其阿　清貞　政英　守公　登寿　清直　太恩　宗之　慎憲　執筆
第四朝何　楡の花や空焼神の庭　登寿
連衆　登寿　宗之　清直　太恩　清貞　光氏　守公　政英　慎憲　其阿　執筆
第五薄何　時分ぬ峯や涼しき冨士の雪　宗之
連衆　宗之　清貞　太恩　登寿　慎憲　清直　其阿　守公　光氏　政英　執筆
第六何舟　糸竹もしらへあふ夜や天の河　清貞
連衆　清貞　慎憲　登寿　清直　宗之　政英　其阿　光氏　太恩　守公　執筆
第七御何　月寒し門田守夜や更ぬらむ　守公
連衆　守公　登寿　政英　其阿　清貞　慎憲　宗之　清直　太恩　光氏　執筆
第八二字反音　霧籠て鹿の音遠き花野哉　太恩
連衆　太恩　清直　光氏　清貞　登寿　政英　其阿　守公　慎憲　宗之　執筆
第九何屋　月白し時雨や葉風霜の竹　清直
連衆　清直　光氏　宗之　慎憲　政英　其阿　守公　太恩　登寿　清貞　執筆

第十何心　世々を経る宿の梅か香冬もなし　政英
連衆　政英　太恩　其阿　守公　清貞　清直　愼憲　登寿　宗之　光氏　執筆

2
嘉永五年子二月　太宰府奉納　四十四之連歌　花之何
御恵みや梅栄ふこの神の春　能正（小松天満宮別当カ）
連衆　能正　政英　一穂　光氏　登寿　愼憲　太恩　清貞　清直　道済　正通　宗之　守公

3
文久三年正月十六日御会　山何
幾千春守る御末や国つ神　御
連衆　御　其阿　成命　祐道　清直　頼方　宗之　昌成　守公　執筆

4
文久三年二月十六日御会　何路
花衣みなきさらきや神祭　御
連衆　御　其阿　守公　成命　祐道　清直　頼方　宗之　昌成　執筆

5
三月十六日御会　何人
花の世を思へは長しおそ桜　御
連衆　御　其阿　昌成　守公　成命　祐道　清直　頼方　宗之　執筆

6
四月十六日御会　何路
見し花の梢やいつこ若葉山　御
連衆　御　其阿　宗之　昌成　守公　成命　祐道　清直　頼方　執筆

7
五月十六日御会　何風

若竹やみとり涼しき神の庭　御
連衆　御　其阿　清直　宗之　昌成　守公　成命　頼方

8
六月
夕風も浮雲払ふ御祓かな　御
連衆　御　其阿　成命　清直　宗之　昌成　守公

9
文久三年七月十六日御会　山何
豊かなる秋やなへての小田の露　御
連衆　御　其阿　頼方　成命　清直　宗之　昌成　守公　祐道　執筆

10
八月十六日御会　何人
逢坂や月の名に行駒迎え　御
連衆　御　其阿　守公　頼方　成命　清直　宗之　昌成

11
亥九月十六日御会　何路
幾千秋葉替ぬ松や神の庭　御
連衆　御　其阿　祐道　守公　頼方　成命　清直　宗之　昌成　執筆

12
十月十六日御会　夕何
冬知ぬ木々の紅葉や初時雨　御
連衆　御　其阿　昌成　祐道　守公　頼方　成命　清直　執筆

13
十一月十六日　三字中略

月の影みかくや池の氷面鏡
連衆　御　其阿　清直　昌成　祐道　守公　頼方　成命　成之　執筆

14
亥十二月十六日御納会　玉何
松風も諷ふ千とせや里神楽　御
連衆　御　其阿　成之　清直　昌成　祐道　守公　頼方　成命　執筆

『月次連歌手扣　二』に収録される作品は以下の通りである。

1
戌正月十六日御会　何舟
咲やこの花の時めく国の春　御
連衆　御　其阿　政英　宗之　太恩　光氏　清直　清貞　守公　執筆

2
戌二月十六日御会　＊賦物記載無し
風による糸はみとりの柳かな　御
連衆　御　其阿　守公　太恩　政英　光氏　清直　宗之　清貞　執筆

3
戌三月十六日御会　何人
色に香に八重山吹に八重さくら　御
連衆　御　其阿　清貞　光氏　守公　太恩　政英　宗之　清直　執筆

4
戌四月十六日御会　薄何

花や実豊なる世の名取草　御
連衆　御　其阿　清直　太恩　清貞　光氏　守公　政英　宗之　執筆

5
五月十六日　＊賦物記載無し
声匂ふ菖蒲の軒や郭公　御
連衆　御　其阿　宗之　清直　太恩　清貞　光氏　守公　政英　執筆

6
戌六月十六日御会　花之何
秋かせは袖にまつたつ扇かな　御
連衆　御　其阿　政英　清直　太恩　清貞　宗之　光氏　守公　執筆

7
「賦物伝受聞書」一紙

8
青何　＊作者名記載無、独吟か。7と共に料紙が異なるので、後で綴じられたか。
咲やこれ花は神代の匂ひかな

9
七月十六日御会　山何
秋立と一葉に見せて風もなし　御
連衆　御　其阿　守公　政英　清直　太恩　清貞　宗之　光氏　執筆

10
戌八月十六日御会　＊賦物記載無し
影や匂ふ紅葉一しほ峯の月　御
連衆　御　其阿　光氏　太恩　守公　政英　清直　清貞　宗之　執筆

11
九月　御何

豊なる世は長月の光りかな　御
連衆　御　其阿　宗之　光氏　太恩　守公　政英　清直　清貞　執筆

12　十月　＊賦物記載無し
山窓の時雨やまつの小夜嵐　御
連衆　御　其阿　清貞　太恩　宗之　清直　光氏　政英　守公　執筆

13　亥正月　＊賦物記載無し
ふしの根も霞はかすや越の海　御
連衆　御　其阿　政英　宗之　光氏　清直　太恩　執筆

『月次連歌手扣　一』の3から14、『月次連歌手扣　二』の7と8を除いたものが玉泉寺で興行された月次連歌であると思われる。

また石川県立歴史博物館に所蔵される『(連歌集)』(目録番号2-18-85)は、前掲『月次連歌手扣』に引き続くものと考えられ、文久四年(一八六四・元治に改元)一月から元治二年(一八六五・慶応に改元)十二月までの月次連歌が収められている。

なお、元治元年十二月と元治二年正月の間に「元治二年丑正月改之／御祈禱御連歌手扣／寛」とある。書名は「御祈禱御連歌手扣」とすべきか。また「寛」については、巻末に「金沢の茶人／野村寛氏の手扣なり／昭和四十五年三月　石井久二郎」とある。

収録される作品は以下の通りである。

1
文久四年正月十六日　御発会　何木
打揃ふ百よろこひや国の春（無記）
連衆（無記）其阿　守公　成之　清直　昌成　祐道　頼方　成命　執筆

2
文久四年二月十六日　御会　山何
松梅の栄ゆく春を宮ゐ哉（無記）
連衆　御　其阿　成命　守公　成之　清直　昌成　祐道　頼方　執筆

3
文久四年三月十六日　何人
時つ風花の香ならぬ里もなし　御
連衆　御　其阿　頼方　成命　守方　成之　清直　昌成　祐道　執筆

4
元治元年四月十六日　御会　山何
榊取袖やすゝしき神の庭　御
連衆　御　其阿　祐道　頼方　成命　守方　成之　清直　昌成　執筆

5
元治元年五月十六日　御会　＊賦物無記
めてすやは露のなてゝき唐錦　御
連衆　御　其阿　昌成　祐道　頼方　成方（ママ）　守公（ママ）　成之　清直　執筆

6
（年号無記）六月十六日　御会　何人
影涼し上なき月を御講水　御

7
連衆　御　其阿　従直（ママ）　昌成　祐道　頼方　成命　守公　成之　執筆
（年号無記）七月十六日　御会　何垣
みかけ猶露の玉萩月の影　御
連衆　御　其阿　成之　清直　昌成　祐道　頼方　成命　守公　執筆

8
元治元年八月（日付無記）何草
いつはあれと月の名にあふ今宵哉　御
連衆　御　其阿　（以下連衆名無記）

9
元治元年十月十六日　御会　一字露顕
窓白し残る庭ふかき竹の霜　御
連衆　御　其阿　成命　守公　成之　清直　昌成　祐道　頼方

10
子十一月十六日　御会　夕何
松陰や千世呼交す浦千鳥　御
連衆　御　其阿　頼方　成命　守公　成之　清直　昌成　祐道　執筆

11
元治元年十二月十六日　御納会　＊賦物無記
梅一木薫る軒端は冬もなし　御
連衆　御　其阿　清直　頼方　成命　成之　守方　（以下無記）

12
元治二年正月十六日　御会　何人
梅咲て世の豊さを宮ゐ哉　御

連衆　御　其阿　守公　清直　頼方　寛　成命　成之　（以下無記）

13
丑二月十六日　御会　＊賦物無記
長閑なり恵みあまねき雨の音　御
＊連衆名無記

14
元治二年三月十六日　＊賦物無記
御代の春千年やかけし糸桜　御
連衆　御　其阿　（以下無記）

15
丑四月十六日　何心
色に香にかくてや花の名取草　御
＊連衆名無記、ただし九句めに「寛」とあり。

16
丑五月十六日　御何
豊かなる秋を手にしる植女哉　御
連衆　御　其阿　清直　祐道　成命　成之　守公　頼方　寛　執筆

17
慶応元年閏五月十六日　御会　何心
世はなへて潤ふ雨の五月哉　御
連衆　御　其阿　守公　清直　祐道　成命　成之　寛　執筆

18
慶応元年六月十六日　御会　何人
結ふ手の月いと涼し瀧の本　御

連衆　御　其阿　成之　守公　清直　祐道　成命　慎憲　執筆

19
慶応元年七月十六日　御会　山何
霧の海とく漕出よ月の船　御
連衆　御　其阿　慎憲　成之　守公　清直　祐道　寛　成命

20
慶応元年八月十六日　何船
見し花も紅葉も梅の初かな　御
連衆　御　其阿　昌成　慎憲　成之　守公　清直　祐道　寛　成命　頼方　執筆

21
慶応元年九月十六日　御会　千船
御代久し花も齢をませの菊　御
連衆　御　其阿　成命　昌成　慎憲　成之　守公　清直　祐道　寛　頼方　執筆

22
慶応元年十月十六日　御会　何人
袖寒み出るひを待網代哉　御
連衆　御　其阿　祐道　成命　昌成　慎憲　成之　守公　寛　頼方　清直　執筆

23
慶応元年十一月十六日　御会　何人
影待る月の夜深し竹の霜　御
連衆　御　其阿　清直　祐道　昌命（ママ）　寛　頼方　守公　成之　執筆

24
慶応元年十二月十六日　御会　何路
春を待袖や往来の年の市　御

連衆　御　其阿　成之　清直　祐道　昌成　慎憲　寛　頼方　守公　執筆

以上が、玉泉寺の月次連歌の連衆であった者の手控であったとすると、清書の懐紙があったと考えられるが、幕末から明治にかけての社会体制の変化の中で散逸してしまったのだろうか、その存在は報告されていないようである。しかし、手控とはいえ、ほぼ四年間分が知れることにより、天保期から引き続き毎月十六日に興行され、それが最後であったかは不明だが、慶応元年（一八六五）十二月までなされたことが知られる。また発句は御（藩主）、脇句を其阿が詠じ、残りはほぼ固定した連衆十名ほどが、月ごとに詠句の順番をずらすなどして詠んでいたことがわかる。固定した連衆の中には、何らかの事情で一座していないこともあるが、その代わりとして新しい連衆が加わり代わりをつとめることはなかったようである。

内容はほぼ定型的なものではあるが、例えば文久四年（一八六四）三月のものには

霧分て辛くも通ふ忍ひ妻
何冷しく大やとかむる
終夜月もさし入る倉町に
絶ず貢を運ふ湊江

とある。近世的な内容を詠んだ連歌と思われる。

また安田政代『連歌伝書』（金沢市立近世史料館蔵）に以下の奥書がある。

右連歌伝書者祇公宗長肖柏等之／相伝幷能順筆蹟校合之壹帖を以／能慮師より伝授其ヶ條凡七十五條／也尤家蔵ニ候得共御執心不残殊ニ／御作代茂有之御寺之儀ニ候得者／無御承知而不叶分少々抜出し／聊及愚意之儀茂相記シ今般相伝／仕畢必不執心之輩ニハ他見等／御無用之者也

弘化四年丁未正月　龍山霞門

宗丹斎政代

（印）（印）

玉泉精舎

［　］

［　］の箇所が削られて、誰に伝授したかは不明だが、「御作代茂有之御寺」とあることから、「玉泉精舎」は、月次連歌の興行されていた玉泉寺のことであり、その僧の一人に相伝されたものと考えられる。安田政代以前は不明だが、政代のときに小松天満宮に伝えられた連歌学が相伝されたことが知られる。

最後に玉泉寺に関しては、快全（元故・元胡・二代目喜多村屋彦左衛門）のことを記しておきたい。『三州奇談』に以下の話が載る。

恵乗坊快全又名石良　最も連歌巧にして、浅井政忠・法橋能順と名を等うし、其頃此三子を以て達人とす。然るに快全元禄十五壬午春、不思議の夢想を蒙りける。幸今年二月下の五日、聖廟八百年御忌に当るを以て、其の法楽をして、此夢想事を巻頭として、独吟一千句を思ひ立つといへども、余縁にさへられ、聊本意を遂げざりしかば、快全密に思へらく、速に跡を隠し参籠せんにはしかじと、忽ち在邑を出奔し、此玉泉寺の廟社に籠り、七ヶ日を期とし全く此事をなす。

巻頭は夢想の発句

そが中に梅が香うれし神の松

久しき年も立帰る空　　快全

朝鏡けふ若水の顔見えて

（中略）

終に其志願を遂げ、神の徳君の徳を感じて、第十に至りて

梅が香や今より世々の松の風

と吟じ上て、望み足りぬ。此軸は今に存在せり。此外此神の霊徳、近くは百五十年御忌にも数々の霊異、悉く述るに辞たらず。

八百年御忌のおりに、奉納する千句を詠ずるため玉泉寺の廟に籠もった話である。この千句連歌は写本として伝わるだけでなく、版行もなされており、どちらも小松天満宮に所蔵されている。(15) その前書によると、春の夜の夢に「ことが中に梅がゝ嬉し神の春」の句を得て、小松天満宮初代別当能順に申したところ、これを巻頭にして千句連歌を成しなさい、と度々勧められたことによるものとする。版本巻末には以下のごとくある。

右之千句快全手跡板行也

追加連中

南桂　玉泉寺閑居／其阿　同当住／正勝　阿部新五兵衛／定連　高畑半七郎／真景　板津久七卜水／

政安　多田紋兵衛／丹瑞　玉泉寺弟子／

快全者加州薬店堤町北村彦左衛門元流男也／天台之釈門ニ入遁世西養寺山内庵結／後勢州妙典寺住ス天台法門ニ明也。連歌者／能順学後ハ師ニ立並タル連歌ト云

玉泉院の廟に籠もったとされるだけに、追加にはその関係者の名が見られる。なお庵を結んだ西養寺とは、現在も金沢市東山にある西養寺のことであろう。

（五）小松天満宮の連歌

明暦三年（一六五七）二月二十三日、創建の「棟札」が掲げられ、掛橋の川端に天神社が造営された。藩政期には「小松天神」「梯天神」ともよばれた。護物『梅菊余情』（一八三〇年刊）には「梅林菅家御宮」と記されている。明治維新以後は「梯神社」と改称する。現在は「小松天満宮」と称される（以下、資料の引用等を除き、便宜上「小松天満宮」で統一する）。

小松天満宮は、天神（菅原道真）をまつる北野天満宮を摸して創建された。建立の棟札に拠れば、大工棟梁は名工とされる山上善右衛門嘉広である。創建の理由については、棟札に「松氏守宮」とあり、「前田家は徳川家一門共々に松平姓を許されていたので、当社（小松天満宮）はこれら松平氏の守り宮として建立されたことを示し

ている」とされる（『小松天満宮だより第二十二号』二〇〇六年八月）。天神を祀ったのは、前田家が自らを菅原道真の後裔としたからである（「寛永諸家系図伝」）。例えば、天神九百五十年御忌のおりに、十四代藩主前田慶寧が以下の歌を詠じている。

天満てる神のながれを汲し身のいかでか梅をよそに詠めん

「天満てる神」すなわち天神の子孫の自分が、どうして天神が愛する梅を他人事のように無関心にながめることがあろうか、という意味である。また、前田は菅原の子孫と認識されていたため、祖先神として菅原道真（天神）を尊崇した。前田育徳会蔵「束帯天神像」は、「その時、利常と深い関係にあった後水尾院から贈られたものである。以後前田家の神像として大切に保存されてきた」ものである（高岡市立博物館『企画展郷土の天神信仰』二〇〇一年。五頁）。

また城の丑寅の方角に社寺を設け、鬼門を守るという城下街作りの一方法があるが、小松天満宮の場合、利常の居城「小松城」の鬼門につくられている。

北野天満宮を模して創建されたためか、初代宮司は北野天満宮から招かれた能順である。(16) 歴代の宮司（別当）は、北畠能房宮司御教示に拠れば、以下の通りである。

1能順　　在職　一六五六～八九年

2瑞順　　在職　一六八九～一七三四年(17)

3能俊（舜）　在職　一七三四～七三年
4由順　在職　一七七三～八六年
5能慮　在職　一七八六～一八二一年
6能正　在職　一八二一～五三年
7順承　在職　一八五三～六六年
8能智　在職　一八六六～九九年
9秀順　在職　一八九九～一九五二年
10能実　在職　一九五二～七七年
11直順　在職　一九七七～九八年
12能房　在職　一九九八～現在

加賀藩でおきた諸事を聞き書きしたものである。それに以下の記述がある。

『三壺聞書』（『三壺聞書』一九三一年、石川県図書館協会）は、藩政初期に宰領足軽をつとめた山田四郎右衛門が、

　京都北野に於て歌道の宗匠といはれし能観・能順・能説とて父子三人被召寄、御移徙に連歌百韻相済み、則ち能順沙門を被召置、別当に被仰付、掛橋村にて百石の社領をつけ、月次の連歌料に三十石被宛行

『三壺聞書』は一次資料ではなく、「聞き書き」であるため、存疑なところもある。右の記述に関しては、まず

「能観・能順・能説とて父子三人」とある箇所である。能順の父は「能舜」であって、能観ではない。能観は北野天満宮の宮仕である。『北野天満宮年預記録』の貞享三年（一六八六）六月十二日条に「土佐常昭へ為見回、能貨、能順、能観被参也。能貨、能順両人ハ駕籠、能観ハ歩行也」とあり、能貨、能順、能観という順番で記録され、移動手段が駕籠か歩行かの違いがあることから、能順より格下の存在であることがわかる。後掲の明暦三年八月二十五日興行の連歌で執筆をつとめたことから誤伝が生じたものか。また、能順の弟は「能説」ではなく「能拝」である。能順より先に亡くなった（一六九一年十二月六日没）。『能順自筆発句書留』（小松天満宮蔵）には以下のようにある。

能拝大徳懐旧廿三回忌（元禄十六年）二月六日
したへども老はをくれつ雪の道

このように『三壺聞書』の記述には存疑な点はあるが、「月次連歌料」が与えられたことは事実であり、小松天満宮に所蔵される文書(18)に「御社領知百石幷御月次為連歌料毎月米穀壱石」とある。

小松天満宮に関係する、前田利常、綱利、利次、利治の四人が一座した連歌が三巻知られる。綱利（後「綱紀」）は加賀藩主、利次は富山藩主、利治は大聖寺藩主であり、利常とその男子である。以下に、まず資料に記載された年次順にあげることにする。

第一は、前掲『連歌問答記』に記載されたもので、以下のごとくある。

御三代

中納言様御連哥　百韻

明暦二年二月廿五日　天満宮御建立　御迁宮ノ時

賦何路

うつし植て花もはしめの宮ゐ哉　中納言利常卿

千世経む松のみとり立庭　綱利卿

真木の戸の軒端の山の雪とけて　利次卿

あくるあしたのひかり長閑し　利治卿

薄霞棚引ぬらし空の月　御惣代

見渡す末の遠き海つら　能順

釣舟や数もしられす浮ふらん　孝治

音せぬはかり寄るさゝ波　清元

雨晴て岩の雫の露別れ　方勝

あらしをふくむ松さたか也　賞山

明るまて鐘ひゝき来る梺寺　重政

ゐを安からぬ野への片敷　重俊

見よとてや月はすむらん草枕　重幸

妹思ひやる露の玉章　友心

身にしむは浅からさりし恋路にて　元智
あふにしかへは立名いとはし　直賢
難面さをつれなくいひや寄ぬらん　章珍
又事問や中川の宿　執筆
右御一巡也　下畧ス

唯一知られる資料で、「右一巡也　下畧ス」とあるごとく、全巻は伝わらない。

次は小松天満宮に所蔵される「賦玉何連歌」[19]で、これは百韻が現存する。発句から第八までと句上げは以下のごとくある。

明暦二年九月廿五日
賦玉何連歌
松に菊千年かさなる家居哉　利常
見はやす紅葉いろくの庭　綱利
野も山も霧の籬のかこひこめて　利次
しづかなりけり月の朝風　利治
漕いづる浦半の舟の数くに　御惣代
むらや入江のすゑもあるらん　能順

はるかにもゆふへをつくる鐘なりて　　孝治
雪の晴まの道いそく人　　清人
（句上）
利常一　綱利一　利次一　利治一　御惣代一　能順十五　孝治十六　清元十四　方勝十　賞山十　重政十
　重　俊十　重幸九　政勝一

三巻めは『松雲公採集遺編類纂』（金沢市立近世史料館）に所載されるもので、はじめに

明暦三年八月廿五日於社頭始興行
小松梯天神連歌
　　　　執筆北野能観

とあり、その一巡（十六句）のみが載る。[20]初折表八句は以下の通りである。

　　賦何田連歌
千世の秋神や告けん松の声　　利常
天満月のすめる瑞籬　　綱利
水清き御池に浮ぶ霧晴て　　利次

砌に羽吹鶴あまた也　利治
ひかりさす真砂の上や広からん　惣代
そゝきし雪の朝け静し　能順
雨の後軒端の竹の風過て　孝治
釣簾巻上る袖の涼しさ　直賢

右のうち、興行年に疑問があるのが最初の「何路連歌」である。先にあげたように「棟札」は明暦三年二月二十三日である。棟上が二月二十三日で、二日後に遷宮の連歌興行がなされたのではないか。堀麦水（一七一八～八三）の『三州奇談』（『三州奇談』一九三三年、石川県図書館協会）に「菅原利常卿は、正しく菅丞相の苗裔（中略）、遠く祖神の威を輝し、明暦三年小松の城北に一基の社頭を造立し、天満神の真像を勧請あり」とある。前掲『三壺聞書』に「御移徙に連歌百韻相済み」とあるのは、この時に興行された連歌でなかろうか。とすれば「移徙」は「転居」のことであるが、ここでは「勧請」の意味で用いることになる。先の「明暦二年」とあった連歌は明暦三年のおりのものではないかと考えられる。とすれば、天満宮が建てられるにあたって興行された明暦二年九月二十五日の賦玉何連歌、天神を勧請した折に興行された明暦三年二月二十五日の賦何路連歌、月次連歌が始まった明暦三年八月二十五日に興行された賦何田連歌は、利常が重視した出来事なので親子で一座したものと考えられる。いずれの連歌も第四は「御惣代」すなわち天神の句なので、親子四人が願主となり天神に祈禱した連歌と考えられる。これらは能順の代作であったと考えられる。先に天徳院の発句の連歌二巻をみたが、女子が一座しないものの、ほぼ同じ形式で祈禱・奉納連歌が興行されており、こうした連歌の型が固定化していることがうかがえる。

明暦二年九月二十五日の連歌の発句に詠まれた「松」は神霊が憑依する植物である。『東海道中膝栗毛　初編』（一八〇二年）に「富貴自在冥加あれとや、営みたてし門の松風」とあるが、新年の門松も「松」に歳徳神が寄るからとされる。さらにいえば、天神伝説などにおいて「松」は重要な役割を果たす。例えば、能順と親しかった快全の「忍ぶ世やかゝれとてしも老の春」を発句とする独吟「懐旧連歌」(21)の中には

筑紫も今は遙なる跡　　＊築紫…太宰府天満宮
昔日や北野の社定むらん　　＊北野の社…北野天満宮
生そふまゝに松ぞ木高き　　＊松…一夜松

とあり、「一夜松」の伝説をふまえている。また『三州奇談』には、夢にあらわれた「異相の老人」が告げたことを、「聖廟の神の教なり、老松の明神をして告げ知らしめ給ふにぞ」としている。「聖廟の神」とは天神のことで、「老松」という表現を用いているのである。さらにいえば、先にもふれたように「棟札」に「松氏守宮」とある。右の「賦玉何連歌」の発句が詠まれるにあたって、詠者がどこまで考慮したかの資料はないが、「松」にはこうした背景がある可能性があることは指摘しておきたい。

さて、松は常緑樹で長寿をあらわし、秋（九月）の季節の言葉「菊」は「幾久」に通じる。何が幾久しく続くかといえば「家居」である。「家居」は新築の小松天満宮の社であり、それが千年を重ねるということは、松平家・前田家も千年を重ねることになる。「千」は実数ではなく、「千年」で「永久」をあらわしている。つまり小

松天満宮ひいては松平家・前田家が永久に続くことを天神に願った発句ということになる。

明暦三年二月二十五日の連歌は、発句の「宮ゐ」は小松天満宮のことで、「うつし植て」は天神が小松天満宮に勧請されたことを詠み、「花」が咲くと言祝いでいる。「花」は桜花を意味することが多いが、ここでは天神を表す「梅花」であろう。「花も」と「も」があり、「花」も「宮ゐ」もはじまったとする発句を受けて、脇句で「千世経む」と詠み、松平家・前田家、小松天満宮が永久に続くことを天神に願っている。

明暦三年八月二十五日に張行された連歌は、発句に詠まれた「千秋」によって、永久に続く事を願っている。なお全巻が残っていない二巻の連歌だが、利常、綱利、利次、利治の句数は、残りの一巻と同様に一句ずつであったと考えられる。またそれは先に述べたごとく能順の代作の可能性が高いと考えられる。

『三壺聞書』にある「月次の連歌料」に関して述べると、前田家にとって「連歌」は天神とコミュニケーションをとるための手段の一つであった。「願い」等を「連歌」を通じて天神に伝え（祈禱）、天神がその「連歌」を楽しんだとき（法楽）、天神はその願い等をかなえる。毎月連歌を成して（月次連歌）をするのは、天神に楽しんでいただき、前田家の武運長久、諸願成就などを願うためである。その行為（祈禱）に対して、小松天満宮に連歌料が下されたのである。「注（18）」であげた「永原左京他宛文書」に「能順申上候ハ御月次連歌之儀ハ専一御祈禱之儀ニ御座候」とある。また「御作代之御発句相勤、毎月二十五日連歌致興行候、其節ハ小松御隠居附御人持方を初、頭衆御馬廻幷町人迄連中ニ罷成候。町人共御月次相勤申」とあり、毎月二十五日、月次連歌が催されていたらしい。

しかし残念ながら、その月次連歌がどのようなものであったかを示す連歌資料は少ない。まず二代瑞順の享保十六年（一七三一）の「発句書留」（小松天満宮蔵）に以下のようにある。

正月廿五日之
御月次御願主発句
御
松梅は幾代久しき神の春
霞む朝に靡く白木綿　瑞順

前掲「永原左京他宛文書」と齟齬はなく、二十五日は式日、発句の「御」は六代藩主吉徳の代作、脇句を宮司の瑞順が詠じたことは確認できるが、発句と脇句しか記されていないので連衆についてはわからない。表紙に「天明六年午十一月廿五日／御月次」とある冊子と、「未正月廿五日／御月並連歌詠草」とある冊子が、小松天満宮に所蔵されている。前者ははじめに以下のようにある。

天明六年丙午十一月廿五日
御作代
柳葉の声も澄けり神の庭
松のうへにも積るしら雪
見渡せは麓の東冬枯てて(ママ)
(後略)

脇句作者以下、名を記していない。「御月次」とあり、二十五日に行われており、発句が「御作代」とあるので、小松天満宮での月次連歌であると考えられる。とすると発句は十一代治脩、脇句は能慮であろう。

今一つの一巡は以下のようにある。

梅か香に嵐も□（消るカ）宮井哉
松はみとりの雪間そふ陰　能慮
雉子鳴山の朝鷹狩出て　政風
伝ふ岨路そまた寒き袖　清一
幽にも落る堤の水の月　一寧
ころも夜こめのかり田隙なから　恒固
色〳〵に露も乱るゝ萩薄　孝親
雨より□や立なひくらん　顕行
分捨し遠山の端に雲散て　賢明
斜になりぬうつる日の影　大輔
うら波にちかき苫屋の暮かゝり　方風
所〳〵の霜の松垣　維行
かれ渡る冬野の鹿の通路に　維純

似たるむかしの妹の棲か　勝用
余所にしもうたひなまめく声聞て　秀峰
月にうかるゝ心しるしも　安仍
身ひとつの秋とは誰かおもふらん　朝真
風冷しき山陰の庵　太兵衛
はるかなる尾上の鐘の響来て　松丸
□も高砂の浦の夕波　海安
一片に雲井も花の春なれや　往易
つらねてかへる雁の幾つら　安道
去年立しいつを限ぞ旅衣　常丸
月も暮れけりいさ舎せん　執筆
（後略）

「御月並」とあり、二十五日に興行されており、発句作者名が記されず、さらに脇句が能慮であるので、これも小松天満宮での月次連歌であると考えられる。先の連歌が「丙午」とあり、この連歌には「未」とあることからすると、天明七年の興行か。藩主は同じく治脩と考えられる。先の連歌では、連衆名が記されていなかったが、この連歌から二十名をこえた連衆がいたことが知られる。

この他に『連歌問答記』所載の一巡が知られる。以下に『連歌問答記』所載のものをあげる。

小松月次御奉納御連歌
天保十年正月廿五日
何木

御作代

松梅や栄えも知や神の春　梅林院　能正
風も長閑に渡る広前　牧五郎右衛門　忠次
鳥の尾とも霞む朝気の日は出て　中村昌平　正則
一むら見ゆる郷のくれ竹　中村彦左衛門　正之
棚橋を渡す流れの末遠み　不破七兵衛　有済
山は仄めく月の夕景　前田将監　恒風
またるにも秋の時雨の過けらし　前田外記　孝備
かこふ籬の露は深しも　由比陸太夫　清茂
ウ白菊の色香えならす咲出て　山本多助　惟信
あるし儲の時めける宿　川越七右衛門　家之
しらへあふ糸井の音も美しみ　往易
したひよらはや此夕間暮　松丸
尽せるも斯まて深き恋心

さもあらはあれ人の嘲り　　　　　　長吏ノ息　澄栄
一向に仏の道を仰きてよ　　　　　　白山長吏　澄固
みな分登る名も高野山　　　　　　　　　　　執筆　九
遅くとき盛久敷春の花　　　　　　　　　　　　　　十
をしむ弥生も残り少き　　　　　　　　　　　　　　一
蛙なく田顔の霞絶〳〵に　　　　　　　　　　　　　二
濺くあまりの閑なる空　　　　　　　　　　　　　　三
待にしも月は今□出やらて
身に入物に軒の下風　　　　　　　　　　　　　　　四

なお「二十五日」は菅原道真（天神）が没した日で、天神信仰において重要な日である。例えば、江戸時代の庶民の学習機関、いわゆる寺子屋では、学問の神様として天神を信仰し、書の上達などを願うために二十五日は天神をまつる神社に参拝した。連歌も二十五日（もしくはその前夜）に興行されることが多い。先にあげた前田利常親子が一座した連歌がいずれも二十五日に張行されたのは、それに拠るものと考えられる。

また祈禱連歌は、「天神の御影」を床の間に掛け、供物、燈明などを備えて清浄に行うものであった。小松天満宮では、前田利常より能順に渡されたという「菅相丞御自筆の御影」をご神体とした。「注（18）」の文書には「玉泉寺祈禱所ニテ無御座候得共　玉泉院様御守本尊之天神ヲ　御籠被為遊候故　御月次連歌料附居申」とあり、加賀藩の連歌において「天神の御影」が重要な位置を占めていたことがわかる。

なおこの他に小松天満宮に所蔵される「渡唐天神像」は、享保二年（一七一七）、加賀藩士堀主膳秀満が金沢で求め、私邸で催した連歌会に用い、その後、天満宮に奉納したと、箱書きにある。天神像に関しては、三代能俊（秀葉軒）の紀行『旅まくら』（小松天満宮蔵）の冒頭に以下のようにある。

菅神の御像京へ供奉いたし、御表具営むるべきとの蒙仰、やよひの初首途せしは、誠に愛度、御祈禱の本意なる物ならし

能俊が、藩命を、何年の三月はじめに受けたかは記されていないが、『開帳旧記』（金沢市立近世史料館蔵）に拠れば、天明七年（一七六八）七月に、梅林院から寺社奉行宛に神具類修復願が出されており、それに「今年三十三年の開帳にあたるから、表具のことを仰せつけられた」といったことが記されており、『旅まくら』はそのおりのものではないかと思われる。開張などの祭礼に用いられた「天満宮霊像」は小松天満宮に所蔵されており、享保十一年（一七一六）の年代が記されている（高岡市立博物館『企画展 郷土の天神信仰』）。

文化十四年（一八一七）六月、五代能慮が團之・庸之に相伝したものには「哀腸（ママ・「傷」か）の句惣而不吉なることばを忌べし。祈禱の連哥、新宅都而祝言の連哥同前と心得べし」とある（金沢市立近世史料館蔵『連歌之伝書』）。

また真偽のほどはともかく、『加越能地誌』（金沢市立近世史料館蔵）には、前田吉徳が瘧をわずらったおりに、能順に連歌せよとの命が下り、

露おちて松の葉かろき朝日哉　＊「露」は病気、「松」は吉徳を暗喩。
雲のおこりを払ふあき風　＊おこりを払ふ…瘧をなおすことを暗喩。
有明の日ませになりて影もなし　＊影もなし…快復を暗喩。

の三ツ物（発句・脇句・第三）を神前にささげて快復した話が載る。これも病気平癒の祈禱連歌である。

能順のもとめに応じて加賀藩重臣本多政長が著した『小松天満宮縁起』（小松天満宮蔵）にも病気平癒に関係する次の話が載る。

前田利常近臣佐藤良成が妻の病気平癒を小松天満宮に祈願したところ、妻が能順が与える御符に

菅原や松の木陰に月さして

の句が書いてあるので、夢想の御句と思い連歌を興行したという夢を見た。妻は目が覚めて胸が壮快なった。それを良成が能順に語ると、能順は御符をすすめ、その後、妻が全快すると百韻連歌をした。

御符と連歌のありがたさが伝わる霊験話となっている。夢の中で得た御符に句が書いてあり、目覚めた後にその句を発句に連歌をするならば、それは夢想連歌である。しかし、御符にある句を天神の句と受け取り夢想連歌

を行った、という夢を見て壮快になったから、現実に御符を求めて、それで全快したので（天神に病気平癒の御礼として）連歌をしたというのは、少々複雑な展開である。

(六) まとめ

小松天満宮五代宮仕能慮は、文化四年（一八〇七）十月十二日、前田利常百五十回忌の百韻連歌を興行している（小松天満宮蔵「微妙院殿百五十回御忌」）。発句は

ふるは世をあらはす松の時雨哉　　能慮

である。以下連衆は恒固ほか二十五名である。天満宮創建に深くかかわった利常は、小松天満宮にとって特別な存在であったと考えられる。

また利常がかかわる小松天満宮は、小松において特別な存在であった。加賀藩士竹田五郎左衛門の家臣白沢友右衛門良許（狂歌名「流聞軒其方」）は、安永二年（一七七三）に

小松かけ橋石にて四十四間あり。向に牧村見へければ
かけ橋や四十四の牧を見渡せは表も裏もかたひ石かな

の狂歌も詠じている（石川県立歴史博物館蔵『流聞軒其方狂歌絵日記』）。百韻の二・三の折を略した四十四句から成る

連歌形式の「世吉」と「巻」を詠み込んでいる。「表」「裏」は懐紙の表裏で、狂歌や俳諧に比較して、内容が「軟らかくない」すなわち「堅い」ということであろう。実際の橋は「四十四間」ではないことから、小松天満宮で連歌が詠まれることをふまえて〈創作〉したものと考えられる。

なお其方が仕えた竹田五郎左衛門の祖先竹田忠張は、連歌を好み（『燕台風雅』）、能順の友であった。忠張が関東から帰宅したときには

待来しや言葉つもる雪の友

と能順は詠み、忠張の妻が亡くなったときと、その忌中には

春の夜の夢にみなせるうき世哉（悼）
四方の色や霞にこもる宿の春　（忌中）

と詠んだ。また宝永二年（一七〇五）、忠張が亡くなるおりに「世に匂へ我ならでだに窓の梅」と詠んだことを受けて、

消えにけり梅を残して春の雪　　＊「梅」は能順を、「雪」は忠張を暗喩。

と追悼句を詠じている（小松天満宮蔵『能順自筆発句書留』）。

注

（1）金沢市立近世史料館蔵。本書では三本あるうちの目録番号090.0.3を用いる。天保十一年（一八四〇）に安田政代（龍山）が著したもので、加賀藩の連歌の重要資料。以下の自筆奥書がある。
右壹帖はさきに小幡（多聞）信道うしと問答せし／事有てが即チ此道に入給ひ執心浅から／さりし也此度／天満宮江三七日参詣中二たひ是を書キ記し／かつ道すからの日発句幷独吟連哥弐百韻／相添奉納し奉り畢于時／天保十一年庚子七月二日／龍山隠士安田文卿敬白
（2）「何衣百韻」については、鶴崎裕雄が『和歌山県史（中世　第四章）』（一九九四年）及び「秀吉と木食応其」（『津田秀夫先生古稀記念　封建社会と近代』一九八九年、同朋舎）で論じている。『白山万句 資料と研究』（一九八五年、白山比咩神社）に大阪天満宮御文庫蔵本の翻刻が、「秀吉と木食応其」には天理大学蔵本の翻刻が載る。なお「東照宮御実紀附録巻二十二」に「この時大徳院にて菅神の像を画かしめ」とあり、連歌と天神の関係をうかがわせる。
（3）「初期加賀藩主の学芸をめぐって」（『白山万句 資料と研究』）。
（4）陶智子「芳春院の連歌」（『富山短期大学紀要 第三七号』二〇〇二年三月）に翻刻が載る。
（5）『白山万句──資料と研究──』に翻刻が載る。
（6）『白山万句──資料と研究──』に翻刻が載る。
（7）小松天満宮所蔵『連歌集』には、次の五巻の光高追善連歌を収録する。
1「光高追善百韻」・連衆──直頼・発句「短夜の夢のかたみや今朝の雲」
2「陽光院殿御追善」・連中──孝治・発句「郭公うき世かたらふ啼ね哉」
3「光高追善百韻」・発句「世におしむ人によするや夏の月」
4「光高追善百韻」・発句「五月雨はおもなかりけり袖の露」
5「光高追善百韻」・正保三年二月二十一日・発句「消し世の記念やそれも夕霞」

3〜5は、作者名がないが、配列からすると孝治の独吟か。

（8）『松雲公採集遺編類纂　一八一連歌』（金沢市立近世史料館蔵）に収録。『白山万句——資料と研究——』に翻刻が載る。

（9）注（3）に同じ。

（10）智忠親王は前田光高が正保三年（一六四五）に没した際、冥福を祈り、『妙法蓮華経如来寿量品第十六』（天徳院蔵）を写し、巻末に次の和歌を添える。

いさきよき衣の玉を光にて法のをしへのみちはまよはし

＊衣の玉…「衣の玉とは法華の事」（連集良材）

（11）注（5）に同じ。

（12）注（3）に同じ。

（13）注（3）に同じ。

（14）金沢市立近世史料館には清直の連歌作品を収めた『連歌百韻』が所蔵される。原表紙に「弘化三九月ヨリ／連歌百韻／独吟等／清直」とあり、次の作品を収録する。

①午九月・「秋や来ん風に先立一葉哉」・清直独吟・点龍山
②午九月・「秋深き色香や霜に増り草」・点龍山
③未正月・「豊年や恵を三つの初日影」
④（年月なし）・「霜に今朝月吹冴る端山かな」・二十二句のみ
⑤嘉永五年十一月・「春や来る冬の中垣梅の花」・清直、清貞両吟
⑥嘉永六年十一月・「木枯しの月吹出す夕部哉」・清貞、清直両吟
⑦嘉永七年二月十九日・「雨晴て霞む片野や雉子の声」・心阿、清直両吟

この後に清直の「文久三年亥正月ゟ詠哥控」が載る。

（15）棚町知弥「加能連歌壇史藁草・その二（後）能順伝資料・その十」（『国文学研究資料館紀要 第十五号』一九八九年三月）に翻刻が載る。

（16）能順に関しては、棚町知弥の次の論考に、その関連資料がほぼ紹介されている。

①「北野学堂連歌史資料集（貞享年間）能順伝資料・その一」（『近世文芸 資料と考証 第九号』一九七四年二月）
②「能順伝資料・その二（預坊時代・前）」（『有明高専紀要 第十一号』一九七五年一月）
③「能順伝資料・その三（預坊時代・後）」（『有明高専紀要 第十二号』一九七六年一月）
④「能順伝資料・その四　宗因点『延宝五年仲秋　北野三吟連歌』」（『近世文芸 資料と考証 第十号』一九七八年二月）
⑤「加能連歌壇史藁草・その一」（『白山万句――資料と研究』一九八五年五月、白山比咩神社）
⑥「加能連歌壇史藁草・その二（前）能順伝資料・その五」（『国文学研究資料館紀要 第十一号』一九八五年三月）
⑦「能順時代人の連歌史観・参考資料　能順伝資料・その六」（『連歌研究の展開』一九八五年八月、勉誠社）
⑧「翻刻・聯玉集（乾・坤）」（『国文学研究資料館紀要 第十二号』一九八六年三月）
⑨「加能連歌壇史藁草・その二（中）能順伝資料・その八」（『国文学研究資料館紀要 第十三号』一九八七年三月）
⑩「霊元院と能順」（『小松天満宮だより 第四号』一九八八年八月）
⑪「加能連歌壇史藁草・その二（後）能順伝資料・その十」（『国文学研究資料館紀要 第十五号』一九八九年三月）

(17) 瑞順が元文四年（一七三九）五月七日に亡くなったことは知られているが、享年については未詳である。ただし、瑞順の享保十六年（一七三一）の「発句書留」（小松天満宮蔵）には「歳旦」として

身は老て世に古せぬや今日の春
身の老はさもあらはあれ今日の春
老か身は是にそかゝる今日の春
（以下略）

と「老いの句」を七句も詠じている。能順から職を引き継いだのが元禄二年（一六八九）であったことを考えるとこの正月に六十歳を迎えたのではなかろうか。

(18) 小松梅林院より永原左京他宛の文書で『加賀 小松天満宮と梯川――小松天満宮等専門調査報告書――』（一九八六年、小松天満宮等専門委員会）九六頁に紹介されている。

(19) 棚町「加能連歌壇史藁草・その二（前）能順伝資料・その五」に翻刻が載る。

(20) 金沢市立近世史料館蔵。棚町「加能連歌壇史藁草・その二（前）能順伝資料・その五」に翻刻が載る。

（21）小松天満宮蔵。棚町「加能連歌壇史藁草・その二（後）能順伝資料・その十」に翻刻が載る。

二　富山藩の連歌

（一）はじめに

江戸時代に儀礼的に行われたものとして、富山藩の連歌がある。かつて山田孝雄が、その著『連歌概説』（一九三七年、岩波書店）に以下のように記している（一八一頁）。

私の郷里は越中富山ですが、旧富山藩に二百年来伝つた連歌がありまして、藩の事業としてやつて居つたのでありますが、藩士の中から宗匠を出し伝へて来たのでありまして、最後に私の父がやつて居りました。父が亡くなる前に日本の連歌は俺が死ねば亡びるといはれたので私は連歌を稽古する事になりました。本当に連歌に熟達するには二十年位稽古しなければ出来ないといはれてゐるのであります。(1)

連歌の研究をする者にとって『連歌概説』は基礎図書であり、富山藩で連歌が行われていたことは連歌研究者には周知のことであったと考えられる。富山藩の連歌について、稿者はふれたことがある。(2) かつて福井久蔵は山田孝雄所蔵の富山藩の連歌を『連歌の史的研究』に載せた（六九一頁）。その後、山田家の蔵書が富山市立図書館の所蔵するところとなり、整理されて山田文庫として公開されることになった。山田文庫には富山藩の連歌に関する資料も含まれている。そこで、その資料をふまえて、富山藩の連歌についてあらためて述べることにする。

（二）起源

富山藩は、前田利常の子である利次を藩祖とし、越中国の多くを領地とし、他国に所替えされることなく、また取りつぶされることなく、明治維新を迎える。富山藩の連歌史については、明治に成立した「連歌之原由」（富山県立図書館蔵）が基礎資料となる。[3]その冒頭には以下のようにある。

旧藩ニテ、北神明国玉社々頭ニ於テ連歌御興行之儀者、小松中納言利常公思召ヲ以テ、小松掛橋天満宮社頭へ城州北野之連歌宗匠能観、能順、能賀父子三人被召寄。能順儀者、此掛橋天満宮別当ニ被仰付、連歌料トシテ従利常公永世三拾石御寄附。明暦三丁酉八月廿五日天満宮御移徙ニ付百韻之御連歌御献備。此時　何々左ニ

千世の龝初や告けん松の声　　利常公
天満月のすめるみかつき　　綱利公
水清き御池に浮ふ霧はれて　　利次公

ト三壺聞書ニ有之。寛文三癸卯年八月初而千句御興行。懐紙社頭江御奉納。夫ヨリ引続月次御興行有之。

右冒頭の「旧藩」とは富山藩のことである。右は省略的な文章のため、私なりに解釈すると、北神明国玉社で社頭で連歌が興行されるようになったのは、加賀藩が興行する小松掛橋天満宮の連歌にならったものであり、寛

文三年（一六六三）八月に初めて千句連歌を興行し、その懐紙を北神明国玉社の社頭に奉納し、それから引き続き月次連歌が興行された、という意である。なお、北神明国玉社は、文化七年（一八一〇）に九代富山藩主前田利幸が藩祖利次をまつり、神明社と合祀したもので、寛文三年の時点ではまだ神明社であった。

北神明国玉社に奉納されたという「千句」の連歌作品そのものは知られていない。そのため、現存すれば、発句などからうかがわれること、連衆からうかがわれることがあるかもしれないが、今の時点では、不明としかいいようがない。また富山藩では何故北神明国玉社であったのかの理由も不明である。(4) なお利次が浄禅寺境内に天神の宮居を設けたのは寛文五年もしくは寛文十年とされる。後掲の安田龍山『連歌家之抄』にみられる浄禅寺は、この寺のことである。

千句連歌は、いうまでもなく規模が大きく、特別なことに対しての祈禱、祈願といった目的で興行されることが多く、廣木一人は「法楽など公的な性格をもって行われることが多い」とする（『連歌辞典』東京堂出版、二〇一〇年。「千句」の項）。この場合、富山藩で最初に興行される連歌であり、これに引き続いて今後月次連歌が興行されるということで、特別な連歌と位置づけ、あえて千句連歌が催されたと考えられる。「百韻」ではなく「千句」というところに、富山藩の連歌に対しての意気込みを汲み取るべきであろう。

先にも記したように、この千句連歌や当時の月次連歌について記した資料は伝わらない。しかし時代が下るが、安田龍山『連歌家之抄』（金沢市立近世史料館蔵）に以下のようにある。

越中　富山様ニてハ社頭の御連哥とて浄禅寺　天満宮御月次御連哥有之也。承候処、御家老役又ハ頭衆の内連哥達者の方江宗匠兼役被仰付上候て(5)私ならず厳重の由也。当時ハ佐脇数馬宗匠也。此趣ゆへ御家中おのづから懈怠も成がたくと承候。御会始ニハ例年　御直詠御発句にてたとへ江戸御在府ニても御飛脚を以　御発句御近習頭迄被下候よし。其節登城候て披露これ有。御一順も定り候のよし。常ハ御作代にて宗匠役相勤候よしニて御第三よりハ御連中かはる〳〵勤務る也

富山様御連哥

天保十二年丑正月廿一日御会

御何

雪に猶広前清し今朝の春　御
袂のとかに通ふ神風　冨田筑後　直俦
佐世保の霞の衣引はへて　近藤甲斐　光則
から輪によする浪は泙たり　近藤丹後　光亨
声〳〵によふは友舟友千鳥　村佐兵衛　一諸
暮んとしつゝ月は仄めく　和田少左衛門　重喬
音はるゝまに〳〵峯の重りて　入江権兵衛　師之
ぬるゝ裾野ゝ露の叢　瀧川三郎兵衛　栄春
ゥ乗駒に競てそなく轡虫　小塚主殿　貞之
更てゆく夜のもの静也　当彰
さと入し板間の風に夢覚て　高間伝助　種徳
人来ぬ閨に残る薫物　瀧川図書　一観

いと丶猶胸の思ひの消やらす　山本五兵衛　吉寛
差出て見る薄墨の跡　入江　尚業
かしこき功は世々に伝ふらし　瀧伴蔵　延詮
た丶束の間もあたに過さす　瀧川東海　一忠
花といふ花は弥生を限りにて　佐脇嘉凌治　良房
老ても声をのこせ鴬　瀧川　一善
我身にも重ねし春のいかはかり　小塚宇兵衛　舎敷
うらふれきぬる旅の衣手　佐々半兵衛　高行
磯屋今宵もおなし月に寝て　大井十蔵　成良
夢驚かす浪の露けさ　村善左衛門　一実
二なきもせぬ別れに秋の　そうき　岡崎弥一右門　良次
おもふか程はいつもかたらす　不破織摩　重亮
郭公今一声の聞まほし　松田広房　茂郷
二上山の朝明のそら　吉川安右衛門　栄寿
君か代は砺波の里の跡ふりて　成田次郎兵衛　千尋
けに豊けしと雲にしらる丶　大竹又八　観水
かしましく音立てふく風もなし　半井弥右衛門　尚右
竹の林に住人やたれ　和田順碩　芳之

靡かぬは心の下にふし有て　　浄禅寺　其阿
宇治と思はて通ふ度〱　　吉尾伊勢　茂実
柴舟のしはしも棹の暇なみ　　宗匠　佐脇数馬　良世
入かと見しかはや出る月　　執筆
（以下略。三の折裏二句めまでが記される）

「私ならず厳重」の連歌で、それは、先に引用した山田孝雄『連歌概説』にあるように、富山藩の連歌は「藩の事業」として行われたからと考えられる。右にあげられた天保十二年（一八四二）の連歌では、一巡が三十三名と多いが、これもそのためかと考えられる。
山田方雄稿・孝雄輯、忠雄校『舊事回顧録』（一九六三年。私家版）には運営の仕方が載る（九七頁）。

連歌毎月一会此下屋敷ニアリ　昼飯出サル　酒共ニシテ味ヨシ　夕方ハ茶ト菓子　但シ連歌百韻満吟ノ後ナリ夫ヨリ本日ノ面白カリシナト言合ヒ暇申シテ帰ル例トス
（座席ノ図・略）
中書前以宗匠ニテ発句ヲ記シ回状ニテ数日前ニ廻ス　一週ニテ返　会日ハ二句目ヨリ百句ニ満ル迄トス
但シ発句ヨリ始メラルルコトモアリ

何時に集合するかは不明だが、昼食が出されるからには、それなりに早い時間に集合で、終わりは夕方であるから、今の六時間程度は連歌をしていたのではあるまいか。発句は前もって詠まれていることがあるものの、幕末期に百韻を一日で詠むというのは、確かに厳重なものといえよう。

（三）月次連歌

富山藩で行われたものと考えられる、次の連歌が富山市立図書館山田文庫に所蔵されている。（一巡の連衆名と句上げがあるものはそれによる句数を記す）

1「有間百韻」（No.5448　w911.2-ア-6084）所載「寅正月二十五日ｔ賦御何連歌」

御一　御惣代一　良世六　光則五　直俦一　一修一　光亨一　重喬□　直晴一　師之一　重光四　貞元四
一観一　当影一　種徳一　尚業一　直光一　一忠四　栄春一　延詮一　吉寛一　良房五　舎敷四　高行一
成良一　一実四　良次一　重亮四　一好一　顕眉四　清英五　栄寿四　義行一　光武一　観水一　光貞一
政張四　尚右三　経忠一　房大一　茂承一　芳之三　其阿三　紹教一　茂実四　執筆二

2「天保十五年辰正月廿五日　柳町天満宮江御奉納　賦何船連歌」（No.5559　w911.2-テ-3947）

発句・打ひらく春の岩戸や梅花
御一　御惣代一　良世九　直俦一　光則一　一脩一　光亨一　重喬一　直晴一　師之一　重光一　種徳□
尚業一　貞元一　直光一　栄春一　延詮一　吉寛一　良房八　舎敷七　成良一　一実一　良次一　重亮七
一好一　栄寿一　顕眉一　観水一　清英六　政張六　光武七　経忠一　頼由一　茂承一　房大一　芳之六
其阿六　紹教一　茂実七　執筆二

3 「安政比之連歌」（No.5449　w911.2-ア-1895）所載

①「安政五年九月十日賦何船連歌」
発句・月ならぬきぬたもさやに澄む夜かな
河尻尚志一(6)　瀧川一淑八　方雄七　近藤光則十二　二木守約九　杳有近八　岡崎良邦八　近藤光範一　山崎茂樹九　浅野光武八　吉尾赤人茂実九　同茂枝七　和田重美一　入江尚業一　信安一　和田重喬（句上に句数なし）　佐脇良昆六　顕眉一　不破重亮一　吉川叙胤栄寿一

②「朝何」
発句・涼しさの袖にあふちの風もかな
一淑、方雄、有近、茂実、守約、良邦、茂樹、茂枝、光武、尚志、良昆、顕眉、其阿

③「午六月二十五日社頭　何人」
発句・五月雨に舩待里に小川哉
光武、尚志、万愚、光則、茂実、茂樹、有近、守約、方雄、一淑、光範、良次、良昆、茂枝、重美、信安、重喬、顕眉、重亮、栄寿

＊『舊事回顧録』に拠れば「万愚」は浄禅寺の僧、維新後は還俗し、於保多神社の祠掌（六七頁）。

④「社頭　何心」
発句・人にきく初音も嬉しほとゝきす
茂樹、光武、守約、方雄、光範、有近、尚志、万愚、良次、茂美、良昆、茂枝、光則、一淑、簡之

⑤「午六月二十二日浄禅寺ニテ　何路」

発句・糸すゝきけふより初る鳥狩かな
光武、一淑、光範、有近、方雄、茂枝、茂樹、光則、尚志、守約、茂美、良次、万愚、尚之
⑥「三月七日社頭月並 北神明宮社務所吉尾宅」
発句・大空もいかにゑふらん花の雲
守約、茂美、良邦、茂樹、光武、方雄、尚志、茂枝、一淑
⑦「万延二丙年正月廿一日　北神明御別殿御奉納　唐何」
発句・梅の花千世のいろかやます鏡
利保公、御惣代、親信、純照、重義、光伊、尚業、重喬、良昆、重亮、光武、顕眉、守約、尚志、栄寿、一淑、方雄、良邦、光範、義行、秀之、辰次、其阿、茂実

右を見るに、連衆が多いものが多く、しかも一句しか詠じてない連衆が多い。すぐれた連歌作品をなすよりも、藩士の多くが一座することが重視されたのではあるまいか。だからこそ「藩の事業」といえよう。

後で述べるように富山藩では連歌堂が建てられ、月次連歌会が行われるのだが、その月次連歌に関して、「連歌之原由」に

佐脇大彦在命中該連社中永続之為メ協議シテ、年々各手許ヨリ幾分カ出金シ貯蓄之方法相建置、会費曁ヒ諸器械等之修繕ニ可充予備金相企置候処、豈計ランヤ天保度ノ大火災ニ罹リ不残瓦解シテ、一時廃会ニ立到リ候

とあるごとく、運営資金を拠出してまで存続させようという藩士もおり、「儀礼的に尊重」されていたと思われる。なお兼子心御教示に拠れば、富山県某家に「安政五午年正月廿一日北神明御別殿天満宮御奉納　賦何世連歌」が所蔵される。前掲⑦「万延二丙年正月廿一日　北神明御別殿御奉納　唐何」と同じ形式のものと思われる。すなわち正月十一日に、発句を藩主、脇句を御惣代（天神）が詠じた連歌をなし、北神明社御別殿天満宮に奉納するというものである。年頭儀礼の連歌といってよいだろう。

（四）九百五十年忌連歌

「連歌之原由」には、次に寛延四年（一七五一）秋に、北神明社社頭に連歌堂を建設する仰せが下されたことが記される。翌宝暦二年（一七五二）が菅原道真の八百五十年忌にあたり、連歌を奉納するためである。この折に天神の掛幅、神具、文台、料紙箱などが下されたとある。連歌堂で連歌会が催されにあたり、必要なものが備えられたということである。嘉永五年（一八五二）、九百五十年忌のさいの連歌について、「連歌之原由」には「先格之通御奉納千句連歌被仰付」（傍線稿者）とある。八百五十年忌の富山藩の奉納連歌は伝わらないが、わざわざ連歌堂を建設したことからして、千句連歌がなされたと考えてよいだろう。

とすれば、八百五十年忌に加賀藩では万句連歌が行われていることが注目される。加賀藩が万句連歌だから富山藩では千句連歌を行ったと考えられる。また万句連歌全巻が伝わらないので確かではないが、富山藩での千句連歌はその一部の可能性はありうると考えている。

さて、この後、連歌堂は吉尾伊勢に下され、吉尾宅に移築される。八百七十五年忌、九百年忌、九百二十五年忌、九百五十年忌の奉納連歌は、吉尾宅の連歌堂を修繕して行われたとある。「連歌之原由」には、八百七十五年忌の折は、浅野呉山、山田小兵衛等、九百年忌の折は小塚源左衛門、庭田伝助、九百二十五年忌の折は小塚暁夢が勤めたとあるが、作品そのものは現存せず、連衆の名も知られない。ただし九百五十年忌に関しては、

宗匠佐脇数馬、御連歌方執筆佐々半兵衛、御餝方吉尾伊勢、御連衆佐脇良世、同良朋、滝川一忠、佐々高行、岡崎良外、中村清英、松田義行、大竹観水、吉尾茂実、和田芳之等也。伊勢宅修履被仰付、諸道具出来、会日十会前後、二会者昼本膳、終而吸物外ニ取肴二種頂戴、残リ八会昼食常膳ノ上ニ而中酒肴一品ナリ。懐紙認上ル宗匠ハ御紋服、執筆へ銀子被下。惣連衆江者太儀之趣被出候。

と記載が詳しい。これによって、十回の連歌会が行われ、そのうちの八回の連歌会と二回の連歌会は提供される昼食等が異なったことが知られる。千句連歌会は三日間で行われることが多いのだが、百韻の連歌会が十回行われ、千句連歌を完成したということになる。一ヶ月に一度ずつ十回行われたのか、一ヶ月に複数回行われたのかは不明だが、二回は昼食に本膳等が、八回は常膳等が出されているとあるからは、一日に複数回行われることはなかったと考えられる。新しい関連資料が発見されるまでは、月次会として十回行われたとしておくべきか。なお本膳が出された二回は、第一百韻と、第十百韻が行われた折の連歌会、すなわち最初と最後の会と考えるが妥当であろう。

くりかえしになるが富山藩の天神年忌の奉納連歌作品そのものは今日知られていないが、九百五十年忌に関しては、その可能性がある百韻連歌二巻が富山市立図書館山田文庫に伝わる。「第七賦何路連歌」（整理番号 w911.2-タ-3948）「第九賦玉何連歌」（整理番号 w911.2-タ-39489）である。一座した連衆は「連歌之原由」にあげられた連衆と

重複する者が多い。それぞれ巻頭に「第七賦何路連歌」、「第九賦玉何連歌」とあり、発句と連衆、及びに句上に記された句数は、以下の通りである。

第七賦何路連歌
発句・野はなへてひとつみとりの千草哉
連衆・重光一　良世十五　重喬七　師之一　高行一　光則十四　舎敷一　一観一　尚業一　茂正八　良朋一
茂実十三　重亮六　芳之七　守約九　良次一　辰次一　義行一　光武二　茂承一　直信九
第九賦玉何連歌
発句・常盤木にかゝるやゆかり藤かつら
連衆・良世十三　茂実十二　茂承一　一観八　守約一　重光一　重喬二　光則九　高行四　良朋十一　良次
八　辰次一　茂正九　重亮十一　芳之四　舎敷一　義行一　尚業一　光武一　直信一

例えば右の第七百韻で一句しか詠じていない一観が、第九百韻では八句を詠じるなどしており、身分・禄高によって詠じる句数がほぼ決まっているわけではない。またある句数を多く詠む作者は限られているが、連歌の技量が優れる者が常に多く、劣る者が常に少ないということではなさそうである。例えば連歌会に最初から最後まで一座すればそれなりの句数を詠む者が、その月は一座できる時間に制限があるため句数が少なくなったとか、一座した者は少なくとも一句は採用するといったことを想像することはできるが、確かなことは不明である。

（五）明治以後

最後に明治以後のことについてふれたい。

「連歌之原由」は最後に明治維新以後のことについて以下のように記す。

月次会等ハ連続シ来レトモ、維新之際ニ到リテハ又一層有志輩モ殆ント不席ヲ醸シ候得共、御内家ヨリハ年々別段連中之内不破重亮、岡崎乙彦─良次ノコト、両人之内ヘ、御内々入費御下金有之、早春ノ初御会之御代句御備被仰付。其後年々連続シケリ。現今該掛リ岡崎乙彦ヨリ承リ候。

富山藩で行われていた月次連歌は、明治維新以後も、参加人数は減少したものの、前田家より、不破重亮、岡崎乙彦（良次）[(7)]に、金額は不明なものの、運営資金が下され、早春の初連歌会では、前田家当主の代句をして連続していたことがわかる。

月次連歌に関しては、富山県立図書館山田文庫に所蔵される次の連歌がそれにあたるのではないかと考えられる。

①「明治三十八年四月廿三日　於保多神社御奉納　賦何人連歌」（No.5598　w911.2-メ-3952）

発句・神風やかをりあまねき梅の春

御一　御惣代一　方雄二十四　寅房二十一　孝雄二　重常二　尚泰二十　一興十四　秀貞十三　千代鶴一　亀丸一

②「大正六年春　於保多神社奉納　賦世吉連歌」（No.5543　w911.2-タ-3953）

発句・香にしるき神の恵みや梅の春
御一　御惣代一　秀定六　方雄九　健太郎五　寅房一　有方六　尚泰七　執筆一　一興六　千代鶴一

①の連歌の挙句前は、「今もなほ太田郷は豊けしな　尚泰」を見せ消しにして「益人の数とみやまは豊けしな」とし、挙句は「しなぬ薬を売や広むる　亀丸」である。奉納先の於保多神社は柳町天満宮ともいわれ、石榴天神像を御神体とする。神社名の「於保多」は、神社のある地「太田」を万葉仮名にしたものである。「とみやま」すなわち「富山」は売薬業で知られる。ともに越中富山にかかわる表現である。

現存資料に拠る限りでは、大正六年（一九一七）をもって、富山藩の流れを汲む富山での連歌は終わったといえる。しかし、山田方雄の子息孝雄は、『連歌概説』（一九三七年、岩波書店）『連歌法式綱要』（星加宗一と共編。一九三六年、岩波書店）を著し、赴任地の仙台で連歌を行い、富山市立図書館山田文庫蔵『花月連歌』は昭和二十六年（一九五一）六月から昭和三十三年七月までに行われた連歌を書き留めたものである。富山藩の連歌の流れは、少なくとも昭和半ばまで引き続いたという見方もできよう。

注

（1）明治元年は西暦一八六八年、その二百年前は一六六八年、和暦で言えば寛文八年である。山田の言う「二百年」は、「連歌之原由」（富山県立図書館蔵）に記された、富山藩にとっての史実を踏まえてのものと考えられる。山田は「おおよそ」の意を含む「二百年」という切りの良い表現を使用したと考えられる。

（2）『越中の連歌』（一九九二年、桂書房）、『近世越中　和歌・連歌作者とその周辺』（一九九八年、桂書房）。

（3）『近世越中　和歌・連歌作者とその周辺』に翻刻を載せたので、参照されたい。

（4）神明社の祭神は天照大神であり、同じく天照大神を祭神とする伊勢神宮の内宮では、内宮の神事としての連歌が興行されている。それについては、はやくに奥野純一『伊勢神宮神官連歌の研究』（一九七五年、日本学術振興会）がそなわる。また近年では伊勢神宮の連歌にかかわった荒木田麗女について雲岡梓『荒木田麗女の研究』（二〇一七年、和泉書院）がそなわる。

（5）富山県立図書館に「富山連歌師伝系」なる文書が所蔵される。連歌研究者は、「連歌師」を連歌を生業にしている者の意味で使用するが、右の文書では、富山藩で行われる連歌で宗匠を勤める者（富山藩士）といった意味で用いられている。それには、はじめに赤尾清範、佐脇定勝、柴垣守秋があげられ、次に「宗匠代」として以下の者があげられている。

不破光雄、佐脇定好、浅野光林、富田尚明、浅野滞高、佐脇良純、入江尚孝、佐脇良輔、小塚家敦、加藤可永、岡田重昭、吉尾茂平、佐脇良房、斎藤一信

（6）山田文庫蔵『連歌神式産衣等抜書』（No.5640 w911.2-レ-3149）は河尻遙尚志筆とされる。

（7）岡崎乙彦がいつまで連歌を行っていたかは不明だが、富山市立図書館山田文庫に所蔵される「明治十七年四月奉納賦何木連歌」（No.5599）に一座している。発句と連衆、句上による句数は以下の通りである。

発句　かへるさを忘れてよるの花見かな

連衆　方雄二十二　乙彦三　光範二十一　重亮二十一　尚尹十三　秀延十　之賁四　清雄（句数欠）　良毘一　茂樹一　秀雄一　執筆二

なお岡崎乙彦より、富山藩に伝わった連歌に関する伝授を受けたのが山田方雄である。富山市立図書館山田文庫に所蔵される「連謌奥儀賦物極秘」（No.5614）「連歌伝授之覚」（No.5659）の奥書は以下のようにある。

「連謌奥儀賦物極秘」

文政十二年丑五月北野宮当職宗匠　林静坊法眼　岱山（花押写）

門弟　佐脇良世君

右前書之通可被相心得者也（中略）

天保九年四月　佐脇良世（花押写）

　　岡崎良次殿
右前書之通（中略）
明治廿八年三月　岡崎乙彦（朱印）（花押）
　　山田方雄君
右前書之通可被相心得候也
明治三十三年三月二十七日紀方雄（朱印）（花押）
　　紀孝雄殿

「連歌伝授之覚」
一右品々御相伝申上候必麁末ニ不被成致而御数寄
御深切之方へ者御伝可被遊候以上
　　浅尾卜山／行年八十二／元昌（印形）
宝暦五年亥三月／富田氏（中略）
右近藤光則師ヨリ相伝之侭御伝へ申候／先師之遺誡可有御守候也
明治廿八年三月　岡崎乙彦（朱印）（花押）
　　山田方雄殿
貴殿斯道執心ニ付相伝之随相伝／之候也
明治三十三年三月二十七日紀方雄（朱印）（花押）
　　紀孝雄殿

二　前田家と北野天満宮

一　奉納連歌

先に述べたように、前田一門の連歌が北野天満宮でなされ、北野天満宮に模した社殿を持つ小松天満宮が建てられたり、北野天満宮から能順を招くなど、前田家と北野天満宮は関係が深いが、天神御忌は特にその関係性がよくみられる。

北野天満宮の宝物館には、加賀藩前田家が奉納した名刀が複数所蔵されることは周知のことであろうか。(1) 一般向けに刊行された『週刊神社紀行4北野天満宮』(二〇〇二年十二月、学習研究社)にもそのことが取り上げられている(二八頁)。ただし、前田家が奉納したのは名刀だけではない。連歌も奉納した。『北野天満宮和漢書籍目録』(一九九〇年)には載っていないが、福井久蔵『連歌の史的研究』(六五四頁)には、「宝暦三年北野社奉納連歌一万句(写)100巻　原本北野社の所蔵である」といった記述がみられる。

小松天満宮の別当の重要な役目の一つが、五十年ごとに行われる天神御忌の連歌関連事であった。江戸時代、小松天満宮が創建されてからの後の御忌は以下の通りである。

元禄十五年（一七〇二）　八百年御忌
宝暦二年（一七五二）　八百五十年御忌
享和二年（一八〇二）　九百年御忌
嘉永五年（一八五二）　九百五十年御忌

いずれも、前田家は北野天満宮に奉納などをしているので、ここで『加賀藩史料』からの関連箇所から引用した上で、連歌事項について述べたい。

①八百年御忌（元禄十五年）

二月廿五日。前田綱紀菅公八百年祭なるを以て北野天満宮に宝剣を上つる。

〔前田家雑録〕
一、元禄十五年壬午二月北野聖廟江従相公様御太刀被献、是年八百御年忌也。御使者前田修理知頼、箱の書付山本源右衛門基庸調之。
天満宮　宝剣青江恒次作　一鞘
右箱の裏に書付
元禄十五年歳次壬午春二月二十五日
参議正四位下行左近衛権中将兼加賀守　菅原朝臣綱紀
上箱の書付

天満宮　宝剣

〔加藩諸事雑記〕

一、元禄十五年二月二十五日八百年祭、御代拝人前田修理、御太刀御奉納青江恒次代金十枚、神馬代白銀二千両。

旧伝に言、元禄十五年御奉納太刀裁許仁岸惣右衛門、暨修竹庵能順等有合申候。承応二年七百五十年祭之時、御代拝人御太刀奉納之時雷鳴震動奇瑞有之、今度は如何有之哉与申処、間も之雷鳴震動致し、何茂不堪不審与云々。

小松天満宮とのかかわりでいえば、八百年御忌に関しては能順が深くかかわっている。歴代加賀藩主は天神御忌のおりに名刀を北野天満宮に奉納している。八百年御忌には「天満宮宝剣青江恒次作　壱鞘」（国指定重要文化財）を元禄十五年（一七〇二）二月二十五日に御社殿内陣に奉納している。これについては『北野天満宮史料宮仕記録続三』に「松平加賀守寄進太刀青江内陣へ奉納の節　松梅院能順内陣へ入り」とある。明治以前の北野天満宮の社務は、祠官松梅院と宮仕（七十人ほどの定員制）が担当し、能順は当時宮仕筆頭職の地位にあったが、天神御忌といった大祭に御内陣に入ることができるのは松梅院のみであった。加賀侯の委嘱を受けた能順は自ら御内陣に奉納することを願い、その結果、「今度内陣へ能順御入候事重而必然之例ニハ難成事也」と特例として認められ、松梅院共々御内陣へ入っての奉納を勤めをはたしている。この八百年御忌には北野天満宮において、「万句連歌」が興行され、各百韻の発句・脇句・第三句のみを記した「三つ物」が『元禄十五年北野天満宮八百年御忌御手向万句□（虫損）第三迄幷ニ小松御宮江御寄進之千句発句共』（小松天満宮蔵）に記される。参考までに第一と第百の三つ物をあげる。

「巻頭　梅
此神の守に手向や梅の花　　御願主
実を仰ぐ春の言の葉　　預法橋能順
天地の色あら玉の年立て　松梅院禅覚」

「百　松雪
いや高く仰ぐや幾世雪の松　　御願主
春風ちかく梅匂ふ里　　能吟
うづみ火の残る夜床に月見えて　能東」

同書には右の他に「元録十五年八百年御忌従御上御手向之千句発句」として、以下の発句が記されている。『寄藻草』(2)より補い（　）で示す。

梅　第一　仰け世にうめかゝ深き神慮　　御作代（御願主）
子日　第二　引袖もひかれん松の千とせ哉　　尚蓮（大隅守）
苗代　第三　苗代に栄へ見えけり民の門　　政敏（主殿）
柳　第四　吹風も豊になひく柳哉　　直堅（主税）

若草　第五　若草に契も深し野への露　英盛（左衛門）
山吹　第六　山吹の水を色とる岸根哉　孝行（美作）
藤　第七　たくひ又あらしにかゝる松の藤　悳輝（壱岐）
菫　第八　行袖やとむる春野つほ菫　親長（出雲）
桃　第九　みるめにもゑめる色有桃花　有輝（伊予）
桜　第十　咲つゝく陰や常盤の家桜　政長（安房守）
（花）追加　一木より枝さす花の林哉　貞親（備前）

加賀藩には「八家」と称される重臣の家があり、御忌の奉納千句連歌では、第一百韻の発句を藩主、第二から九までの発句を「八家」当主が詠むというきまりごとが以下踏襲されていく。

なお『寄藻草』には、能順が関係した八百年御忌の連歌を収録するので、一巡と句上を以下にあげる。

元禄十三九月六日於北野
天満宮八百年御忌万句巻頭之百韻
梅か香や代〳〵の松風神の庭　願主
仰ても猶みつかきの春　能順
空高く月は霞にあらわれて　禾
かねの声する岑閑か也　才

船とめし江の波しらむ曙に　綱
しほひ塩みち折はしるしも　能来
誘われて嵐のうへに鳴ちとり　常久
夕景さむみ霜や置らむ　能什
分帰る袖かすかなる小笹原　能作
松一村の木かくれの里　能通
絶〳〵に真柴の煙ほのめきて　常能
末おほつかな薄夕の道　能二
忍ひてもとかめられなはいかゝせん　随信

願主一　能来十一　常能八　能順十二
常久八　能二六　風早黄門禾十一　能什八
西洞院三木才十一　能作七　随信一
風早中将綱八　能通八

また『連歌の史的研究』に、元禄十五年二月十五日興行の「北野天満宮八百年忌一巡」をあげ、仙洞の詔によりて興行したとし、能順の「広前の千句は花の千枝かな」をあげる（六三九頁）。

②八百五十年御忌（宝暦二年）

二月廿五日。菅公八百五十年祭を京都北野に行ふを以て刀剣・白銀等を献納す。

〔加藩諸事雑記〕

一、宝暦二年二月二十五日八百五十年祭、御代拝人前田左門、御奉納太刀備前師光代金二十枚、白銀二百枚。北野松梅院能作を以、百味弁に一万燈被献。右御奉納之太刀、御在江戸に付於江戸太刀之飾等被仰付、上箱銘等書付細工奉行久田清左衛門書之。御献納之白銀者銀子一枚宛封紙を以包之、上書者京都在住之御家人平田内匠書之。台四つに銀子五十枚宛積之云々。

〔大野木克寛日記〕

三月十一日、今日かね屋清四郎京師より之書立の由にて、為見候に付左に写之。

覚

一、北野社頭真御太刀一腰備前師光
　御馬代黄金二十匁
　御目録
　外御寄進料白銀、二百枚、附台
一、白銀十枚宛、附台、各御目録　預玄院様・浄珠院様
一、御太刀金馬代、御目録　上総介様
一、白銀五枚宛、附台、御目録　楊姫様
　斐姫様

建次郎殿
出雲守様奥方様
神田御前様
松平備後守様

一、白銀五枚宛、附台、御目録
　御目録
一、御太刀金馬代

右之通に御座候。真御太刀は、江戸より当十七日到来、御徒横目山田甚兵衛宰領、足軽二人、持人小者六人に而到着。御認木地篗箱、しめ縄はり、其内木地箱に入、唐木綿白袷服紗包、内栗色御箱浅貴打緒。前田兵部殿封。於御用所両奉行・御徒横目立合、上認取払、左門殿江御渡。右栗色御筥之内白羽二重袷服紗包、内黒塗御筥、金粉に而献納之御書付有之。右者廿五日卯下刻、木地篗箱之侭木地わく台に載之、御徒相添、北野に而御宿坊能作方において、左門布衣着用、熊谷半左衛門長上下に而社頭江同道御献納御飾相済候と、左門殿御名代拝有之候。
一、当十九日一万燈明御執行、大々百味御飾、御祈念有之候。此外之儀追而可申上候。有増之儀別紙調入御覧申候、以上。
　　二月廿五日

〔政隣記〕
二月聖廟八百五十年御忌に付、京都北野江御代拝人持組前田左門被仰渡。今月七日金沢立、三月五日帰。小松天神にも万句之連歌執行に付、御内々御代参御持筒頭御近習竹田金右衛門被遣、二月廿五日相勤之。
八百五十年御忌については、『連歌の略記』に以下のごとくある。

右万句之内此千句ハ各御発句ニテ、余ハ小松定連中ニテ千句出来也。残リ九千句ハ金沢ニテ興行也。尤梅林院出府。〆一万句全ク出来ノ上　御覧ニ入則御奉納也。北野へ梅林院能俊上京

加賀藩では三代能俊がつとめたことが知られる。後の写しであるが、七代順承が記した次の発句留が小松天満宮に伝わる。

御当官　　　権大僧都法眼順承

八百五拾歳

万句春部

第一　御作代

松梅

松梅や神のかざしの世々の風

第二　前田土佐守殿／野を広み行袖分る若菜哉

第三　前田対馬守殿／朝附日唯うぐひすの野山哉

第四　奥村丹後守殿／春雨の色は隠れぬ霞かな

第五　本多安房守殿／春の日の河音残す氷かな

第六　村井主膳殿／囀るや八百五十年の鳥の声

第七　長九郎左衛門殿／うす色や又初雪の春の山

第八　横山求馬殿／下萌やこゝろを野べの若緑
第九　奥村左京殿／月出て高根や四方の夕霞
第十　大音喜六郎殿／枝毎や露の故つく玉柳
二之巻
第一　前田大炊殿／庭広し春のあつまる花盛
（以下欠）

また、三代能俊、四代由順が一座した「千句連歌」が現存している（個人蔵）。第一百韻の一巡は以下の通りである。

聖廟八百五十年　御忌法楽万句之内巻頭之千句
第一　賦何船連歌　松梅
御願主
松梅を神のかざしや世々の風
御惣代
実や恵も広前の春
能俊
久堅の天の戸仰ぐ年立て
由順
月の秋をも猶おもふらし
通久
時うとて鳫鳴渡る此夕

たな引霧も波の色なる　記政
時雨めく浦半伝ひの雨の日に　尚道
帰るなるらし舟遠き跡　正尚
ゥ一むらの木隠頼む里有て　教営
雲ゐる方の山ぞ涼しき　貞温
行〳〵も光うすつく野辺の道　正慶
やどり尋る鳥のこゑ〳〵　安成
陰深き小笹も草も生添て　右知
濁れる水は汲としもなき　正則
いづ方に里をば遷替ぬらん　正生
待侘ぬるぞ只哀なる　奉計

「第二百韻」以後の発句は以下の通りである。

第二　賦何木連歌　若菜　埜を広み行袖わかぬ若菜哉　直躬
第三　賦何人連歌　鴬　朝附日唯鴬の野山哉　孝資
第四　賦何田連歌　春雨　春雨の色はかくれぬ霞かな　修古
第五　一字露顕　解氷　春の日の川音残す氷かな　政行

第六　賦朝何連歌　囀鳥　　囀るや八百五十年の鳥の声　　長堅
第七　賦何馬連歌　残雪　　薄色や又初雪の春の山　　善連
第八　賦御何連歌　野辺の下萌　　下萌や心を野辺の若みどり　　隆達
第九　三字中略　春月　　月出て高根や四方の夕霞　　隆振
第十　賦千何連歌　柳　　枝毎や露の故づく玉柳　　孝親

なお関連して『寄藻草』に以下の記述があるので付しておく。

宝暦二申年二月廿五日
聖廟八百五拾回御忌法楽
　　何船
けふ咲やそのかみの世の春の花　　敬一
（後略）

③九百年御忌（享和二年）
二月廿五日。前田治脩北野天満宮に太刀等を献納す。
〔続漸得雑記〕
一、享和二年二月二十五日天満宮九百回御忌に付、京都北野江相公様より前々之通拵御太刀御献納被遊に付、

備前国清則一鞘御国に而御拵出来之上、前年十二月二十九日金沢より江戸表江被遣候。相公様御覧之上、二月四日江戸表より東海道通り京都へ被遣候。且又金沢より江戸表へ指添には、割場附小頭一人・裁領足軽二人、持参人割場附小者雪中故四十人に而罷越候。江戸表より京都迄指添人御歩一人・足軽二人・小者八人・宿人足十六人、京都北野へ御名代前田橘三二千五百石・人持組・京都御買手会所奉行岡田又右衛門、京御屋敷より北野迄、御太刀・御献納金銀入御長持七棹行列相立、跡より御用聞町人三十四人、布上下着用に而御供仕候。北野御先詰に而御太刀等之御指図は、高辻大納言殿御父子御三人御装束にて御詰被成候。前田橘三は烏帽子直垂にて馬上、先乗りは岡田又右衛門長袴にて馬上也。御献納之品々左に記。

御太刀一腰、金御拵備前国清則、但御袋は唐にしき、御箱蠟色、内金平目梨子、上箱とも三重に入、其上篗入にしてしめ縄張、箱之蓋之裏に金の盛上にて左之通り有之。

享和二年歳次壬戌春二月二十五日奉納

参議正四位下行左近衛権中将兼加賀守菅原朝臣治脩

箱之蓋表に左之通有之。

備前国清則

天満宮宝剣　一鞘

御献納左之通。

相公様より　御同人様より

一、五枚　判金　一、三百枚　白銀

筑前守様より　寿光院様より

一、百枚　　同断　　　　一、五十枚　　白銀
　正姫さまより　　　　　　松寿院様より
一、五十枚　　白銀　　　一、五十枚　　同断
　大聖寺飛驒守様より
一、五十枚　　白銀
　但、淡路守様御家督被遊候へ共、御服中に候故御献納無之候事。

九百年御忌については『享和貳年二月廿五日聖廟九百年御忌就御神会小松於梅林院御連歌御献上之草案写千句』（小松天満宮蔵）が伝わる。第一百韻の一巡は以下の通りである。

何路第一
梅がゝに吹や神風国津風　　御作代
松は幾世の春契る陰　　今枝内記易直
鶴遊ぶ雲井長閑に日は出て　　梅林院能慮
月も残れる浪のすゑ〳〵　　前田権佐恒固
指舟は涼敷秋の川づらに　　前田内蔵太孝親
露にやなびく竹の一むら　　前田𥼶三孝第
雨晴て分行里の明離れ　　前田主殿助季方

先だつ袖や遠くみゆらん　岡崎市郎兵衛一寧
野を広みいはへる駒の声はして　藤島典膳清一
みどり深むる草の色〳〵　牧昌左衛門忠輔
認なから瀧津白川夏もなし　田辺又平方風
夕日をそゝぐ岸の岩浪　清昆
引方の塩路に鳥の打群て　政風
時雨る空の嵐烈しき　就将
憂業もなるれば馴る真柴人　安井半左衛門顕行
恋ゆへにしも身を捨るやま　雅純
今は只なけの情も頼れて　惟貞
永〳〵し夜もあかで更しつ　長田助三武睦
月になを酌盃を取〳〵に　成明
秋をめでつゝよむ大和哥　成瀬多仲雅基
おとらぬは花や艳の色ならん　土野惣蔵忠良
うへてや松の栄をぞ見る　季久
なべて世は豊也ける春なれや　惟克
朝あけしるき鴬のこゑ　勝周
分出る末も霞の深き野に　秀峰

おぼつかなきを旅の心か　豊恭
渡るべき浅瀬白浪風荒て　朝真
ふり来る雨は止としもいさ　有度
其あたり詠やらるゝ夕暮に　澄固
まつに類ひか山郭公　執筆

また能慮は、このおり藩の許可を得て、上京し、発句を中心とする紀行文を著している。(3)

④九百五十年年御忌（嘉永五年）

二月廿五日。菅公九百五十年祭なるを以て北野天満宮に太刀等を寄進す。

〔加藩諸事雑記〕

一、嘉永五年二月二十五日九百五十年祭相当に付、北野御代拝人知行高三千石人持組前田監物、御奉納太刀備前助守外白銀等、前々之依旧例御献納有之也。

〔続漸得雑記〕

京都北野江、御名代前田監物孝連人持組三千石二月六日発足、二十五日御代参相勤、途中行粧等享和二年御献納之通、同二十八日彼表発足、閏二月五日帰着也。右御遠忌に付少将慶寧公御詠歌。

天満てる神のなかれを汲し身のいかてか梅をよそに詠めん

九百五十年御忌については不明であるが、『月次連歌手扣　一』所載の千句が奉納連歌にあたるのではないかと考えている。なぜなら第一百韻の何路連歌の発句は「緑立かけ弥高し神の松　御願主」、第十百韻の何心連歌の発句が「世々を経る宿の梅か香冬もなし　政英」とあり、この連歌の発句だけでは「神の松」を天神とは限定できないが、第十百韻は「梅か香」とあるので天神奉納と考えられる。

二　裏白連歌

大阪天満宮、太宰府天満宮の連歌史を明らかにした島津忠夫は北野天満宮について「『北野天神縁起』のこと、「北野連歌会所」「北野連歌会所奉行」「松梅院」のこと、北野の連歌師とくに能札・能順のこと、『北野藁草』のことなど、書くべきことは多い」とする（『島津忠夫著作集 第六巻 天満宮連歌史』二〇〇五年、和泉書院。二八八頁）。島津があげたことは、連歌研究の重要課題であり、さらには能順が北野天満宮から招かれたことを考えれば、前田家の連歌研究においても重要課題である。そうした視点で、北野天満宮の連歌について述べておきたい。

北野天満宮は[4]、その松梅院の会所で足利将軍家の月次連歌が興行されるなどし、信仰と結びついた中世連歌の重要拠点の一つといっても過言ではない。そのため連歌と関わりの深い神社としてよく知られ、特に連歌始の、いわゆる「裏白連歌」は、俳諧の関係者にとっても関心事であったようで、『増山井』（一六六七年）『便船集』（一六六八年）『滑稽雑談』（一七一三年）といった俳諧関係書にも取り上げられている。

ただし、それらが必ずしも正確な情報を提供したというわけではない。不正確な情報の一つは興行日である。次のように相違がある。

『便船集』→一月二日　『増山井』→一月三日　『滑稽雑談』→一月四日

亀戸天満宮では、二日に裏白之連歌が神前で興行されたとされ（「亀戸宰府天満宮社殿略記」）、そうしたものと混同された可能性は指摘できるが、筑波大学附属中央図書館に所蔵される「裏白連歌」原懐紙の興行日は「三日」である。北野天満宮の裏白連歌興行日に関しては、「二日」と「四日」は誤りとすべきである。

また懐紙の枚数について『増補俳諧歳時記栞草』（岩波文庫『増補俳諧歳時記栞草（上）』二〇〇〇年）には以下のごとくある。

「雍州府志」北野社に、正月四日裏白の連歌あり。凡連歌懐紙四枚なり。中古、執筆謝て片面を脱し、これを記さず。是より流例となりて、片面を白紙にす。故に一枚をそへて五枚とす。依て号するなり。

右に関わることであるが、『大内家古実類書　三十一連歌部』（山口県文書館蔵）所載「裏白の懐紙の事」には、大内義隆（一五〇七～五一）の時代、連歌が名残の折まで進んだ時、枯れた松が青くなった（一説、俄におきあがった天井が自然に閉じた）ので、裏まで進まなかった、そこでそれを「裏白の懐紙」といったことが記されている。それに関連して「年中重宝記」によって北野天満宮の裏白連歌のことが付記される。その内容は前掲『増補俳諧歳時記栞草』と同じであり、懐紙を五枚とする。

このように「懐紙五枚説」も伝えられたが、筑波大学附属中央図書館蔵本は、各折の裏に何も記されていない八枚の懐紙からなり、百韻が完備するもので五枚のものではない。「裏白」とは懐紙の表は使用するが、裏は使用しないで白いままの状態であることをいい、五枚というのは誤伝といえよう。

こうした誤伝はあるものの、先にも述べたように俳書に取り上げられたためか、裏白連歌のことは俳人たちに広く知れ渡っており、秋田の俳人五明は『雪の軒』（一七八四年）で

万歳はやす袖長閑也

という前句に対して

裏白の連歌のあとは膝ゆるめ

と付けている。裏白連歌を年頭のものと考え、「万歳」に付けたものと考えられる。「膝ゆるめ」とあることから、裏白連歌があらたまって興行されるものと認識していたことが知られる（ただし、秋田は次章で述べる桧山の霧山天神奉納連歌で北野天満宮とかかわりがあるので、その関係者からの情報かもしれない）。

加賀藩との関連で特に注目されるのが、加賀国金沢の俳人友琴がそれを詠み込んだ次の句が延宝八年（一六八〇）に刊行された『白根草』（大西紀夫蔵）に載ることである。

うら白や時に無尽蔵初連歌

「うら白」は裏白連歌のことで、「初連歌」とは「裏白連歌」が連歌始の連歌のことであることを意味している。

「無尽蔵」は、「無尽経」を踏まえていると考えられる。連歌俳諧関係の辞典にとどまらず、国語辞書の類にも立項されていない言葉だが「連歌」のことを意味する。加賀藩玉泉寺での月次連歌の連衆であった安田龍山の『連歌問答記』には以下のごとくある（私に句読点を付す）。

天満宮は此無尽経を殊さらに好ませたまひ、何の祈禱もこれに過ぬは又さる事になん侍る、誠に連歌は無尽経にして書る限りもなきの経文也。よつて此連歌を無尽経とはいふ也。

（中略）

天満宮神詠に

大般若法華涅槃も何ならず
無尽経こそ聞まほしけれ

無尽経とは即連歌也。法華経も涅槃経も何にかせん。只此無尽経なる連歌の経文こそ聞まほしけれ、との給ふ神詠也。

こうしたことが述べられる背景には、例えば百韻連歌の二の折の二十八句を「法華二十八品」になぞらえたりする、連歌の宗教的意味付けがあったと考えられる。小松天満宮には、右の神詠を記した能順自筆の掛軸が所蔵されており、能順を通じて加賀地方に広まった知識の一つではないかと考えられる。(5) 龍山には、その師であった小松天満宮の能慮より伝えられたと考えられる。

なお、江戸時代になると、北野天満宮には、「学堂」と称される学校が設けられる。元禄四年（一六九一）七月

六日、その学堂に以下の掲示がなされている。(6)

抑連歌は神道の根本ならずや　且又是を楽しめば　若輩には勤と成　老人には性を養ふ　しからば奚是をすつべけんや　此段々熟得あられて　懈怠なかれ　嗚　懈怠なかれ

このように北野天満宮は「連歌」を「神道の根本」とするところであった。

裏白連歌の起源は、前掲『増補俳諧歳時記栞草』の他、『嬉遊笑覧』『寒川入道筆記』など、執筆が誤って片面を除いて記したことによるとする記述が見られるが、これに対して両角倉一は「その起源についての叙述はにわかに信じがたい」とする（「裏白連歌など」『定稿　八号』一九六一年）。また『国史大辞典』（一九八〇年、吉川弘文館）には「正月の飾り物の裏白にちなんだというが起源不詳」とする。いつから裏白連歌が興行されるようになったかを示す資料が発見されるまで起源不詳とせざるをえまい。

裏白連歌が興行される連歌会所は、室町幕府ないし将軍の会所の一つとして公的なものであるから、その興行目的は、幕府の存続・繁栄を天神に祈禱することであったと考えられる。室町幕府がなくなった後は、そうした興行目的は失われることになるが、それにもかかわらず興行されたのは、年頭に行われる「神事」として定着したからと考えられる。

第一章、第二章でみたように、将軍家の御城連歌は発句に「松」が詠み込まれ、伊達家の七種連歌は発句に「七種」関連の語が詠み込まれる。では、裏白連歌の場合はどうなのか。裏白連歌の発句と脇句五年分を新しい順に筑波大学附属図書館所蔵の原懐紙によって以下に示す。なお『筑波大学附属図書館蔵 北野社関係連歌懐紙目録』（一九八八年、筑波大学附属図書館）を参考とした。

寛永十二年（一六三五）　神のます恵を梅の色香哉　禅意
はる日かゝやく玉かきのうち　己
寛永十四年（一六三七）　千々の春もみとりにたつや宿の松　禅珍
雪間長閑にあけそむる庭　槙
寛永十九年（一六四二）　松にこ松千年やならふ春の色　禅珍
長閑に田鶴のこゑかはす庭　昌俔
寛永二十年（一六四三）　豊年の春やたちそふ宮柱　禅珍
千枝に梅さくあけの玉墻　昌俔
寛永二十一年（一六四四）　雪なから春やことはる松の声　禅珍
明ほのかすむ軒の山窓　昌俔

裏白連歌の発句には、「松」が詠み込まれることが多いが、必ず詠み込まれる語はない。それにかわって、先にも述べたように懐紙そのものが「裏白」という特異な形式をとっている。

「裏白」とは、物理的には懐紙の裏を使用しないということである。しかし、これが一般的な連歌懐紙の使用法ではない、となれば、やはりその行為には何らかの意味があったと考えるべきであろう。それは、すでに『俳諧大辞典』（一九九五年、角川書店）で指摘されているように「裏白」という異名のある「歯朶」に通じているからと考えられる。

　歯朶は、正月の嘉祝の物に飾られる。小笠原流の礼法書の一つで、広く用いられた『四季法礼』に拠れば、歯朶の「歯」は年齢、「朶」は枝で、長く伸びるもの、つまり長寿を願って飾られるものである。裏白連歌には、こうした意味、すなわち幕府の存続・繁栄の願いをこめていたのではないかと考えられる。

　とすると、徳川将軍家が「松」、伊達家が「七草」、北野天満宮が「裏白」と、年頭に興行される連歌が縁起のよい植物で象徴されているところに、この時代の連歌の雰囲気が読み取れると考えられる。

　また懐紙の枚数も注目される。『嬉遊笑覧　巻三』に「おもふに正月は物祝ふ月なれば四の音を忌てかくせしが例となりたるならん」とある。つまり「四」が「死」と同音、もしくは「四枚」が「しまい」(終)に通ずるなど、縁起が悪いので五枚にしたのではないか、とする。

　確かに、年初に死ぬに通じることが避けられたということは考えられる。このような視点で懐紙の枚数に着目すると、先に述べたごとく裏白連歌の懐紙は五枚ではなく八枚である。「八」は「末広がり」を意味することがある。このように縁起のよい数字「八」になるということに意味があったということではないか。もちろんこれも繁栄を意味するということはいうまでもあるまい。

　先に五年間の裏白連歌の発句・脇句をあげた。これ以前のものでは、発句は松梅院主が必ず詠み、脇句は紹巴などの連歌師が詠んだりした。いつの時点か不明だが、脇句、第三句の詠者の担当がかわり、脇句を連歌師などが詠むことがなくなっている。

　安永六年(一七七七)一月三日、松梅院で興行されたと考えられる連歌の写しを所蔵する。その発句、脇句、第三・四句及び句上は以下のごとくある。

玉何

松の葉や数にとらなん世々の春　権大僧都禅章
羽をのす鶴のかすむ山の端　御代句
朝附日移らふ影の長閑にて　惣御代句
風の連てや雪の散らん　禅秦

章九　暦十一　桂九　重一
御代句二　和十二　泰八　山一
秦一　悦十　円八
探十一　楽九　盛八

写しなので懐紙の枚数で確認ができないが、興行年月日・場所等から裏白連歌と考えられる。とすれば、脇句・第三句に「御代句」「惣御代句」をおくことは、寛永二十一年以前にはみられない。信仰の連歌として形式が整えられていったと思われる。なお筑波大学附属中央図書館蔵『天満宮連歌』は、北野天満宮の連歌をおさめるが、その一巻は以下のごとくある。

安永六年十二月二日興行
公方様御除厄御祈禱

山何
神の守例や千世の松の春　　御代句
風も豊に梅匂ふ時　　惣御代句
日の光洩ぬ恵に雪解て　　法橋能探
（以下略）

将軍（徳川家治）の厄除けの祈禱連歌である。「御代句」は家治、「惣御代句」は天神で、この連歌の制作者筆頭が能探であったと考えられる。こうした、いわば北野天満宮方式が前田家の連歌に導入されていったと考えられる。

注

（1）太刀奉納に関しては塩崎久代「加賀前田家による京都北野社への太刀奉納」（『石川県立歴史博物館紀要』第二十八号』二〇一九年）がそなわる。
（2）石川県立図書館森田文庫蔵本は森田良雲の自筆本。
（3）小松天満宮蔵。拙著『近世越中　和歌・連歌作者とその周辺』（一九九八年、桂書房）に翻刻を載せる。
（4）北野天満宮（松梅院）については、はやくに竹内秀雄『天満宮』（一九六八年、吉川弘文館）があり、連歌に関しての記述も少なからずある。近年に瀬田勝哉編『変貌する北野天満宮　中世後期の神仏の世界』（二〇一五年、平凡社）がそなわり、松梅院についても述べる。
（5）『連歌集書』（某家蔵）に以下のごとくあり、神詠が類似している（私に句読点を付す）。

木葉連歌の事は、蒙古集来の時、宰府にて大般若執行の折から、あたりの子供木の葉に歌をかきて遊ひゐけるを、あらまし追けれは、神人につきて
　大般若それも功徳は有なれと木葉連歌にしくものそなき
との給ひけるよしいひ伝ふ。宰府にてはこの説を用るよし也。

（6）棚町知弥「北野学堂連歌史資料集（貞享年間）能順伝資料・その一」（『近世文芸 資料と考証 第九号』一九七四年二月）。

第四章　近世連歌の周辺

一　結　論

第一章から第三章まで、主に信仰と結びついた連歌の諸相をみてきた。短くまとめれば、近世の武家が儀礼として興行した連歌は、創作の面白さといったものを追うものではなく、自らの願いを神仏に伝えるものであり、時に自ら詠ずるものでもなく、外部に発注し制作委託するものであった。例えるなら、僧侶にお経を唱えていただく行為に等しい。その行為が継続的に行われたところに、武家の信仰文化の一端がみられる。

具体的なところは、すでにみてきたが、あらためて、そのことについて例をあげてみることにする。人が何を面白いと思うかは、個人的なことなので、信仰と結びついた儀礼としての連歌を面白いと思う者もいたかもしれない。しかし、それは「八句連歌」「連歌盗人」といった狂言などにみられる庶民的な連歌とは異なる面白さであろう(1)。松浦静山は、以下のごとく書き残している（『甲子夜話続編6』一九八〇年、平凡社）。

『北窓瑣談』と云浪華人の著書を見る中に、曰。古昔は連哥にて興ぜしこと多し。和州の僧、飛香味噌を大臣殿に奉るとて、

きのふ出てけふもて参るあすか味噌

と申せしに、大臣殿とりあへず、

　みかの原をや過て来つらむ
西行、津の国に行脚の時、尼の手づから板屋根をさし居けるを見て、
　賤が仮屋をふきぞ煩ふ
と云ひけるに、其尼、
　月は洩れ雨はとまれと思ふにぞ
と付たる。宗祇の伊勢行脚の時、小児の木に登るを見て、
　つる〳〵と猿より軽く木に登り
と云しに、小児見かへりて、
　犬のやうなる法師来れば
と付たる。又近世万治の禁裏炎上の時、公卿皆逃迷ひ給ひし中に、清水谷殿、風早殿を呼かけて
　風早と聞くも恐ろしけふの火に
との給ひしに
　清水谷とて焼も残らず
と付給ひし。又郡山侯、今より二三代以前の侯にや。近衛殿の御歌の御門人なりければ、或時上京の次に参られけるに、折ふし雨降ければ、
　五月雨にやうこそきたれ美濃守
と遊ばしけるに、取あへず、
　あの江この江を探る鵜づかひ

と付られけると。逸興、面白きことならずや。

もし「逸興」であり「面白」いものは、右のような短連歌であったとすれば、本質的に異なる「儀礼」の長連歌が多くの人に「逸興」「面白」と思われていたとは考えがたく、ごく限られた世界のものであったと思われる。第一～三章で述べたごとく、徳川家、伊達家、前田家の興行した年頭儀礼の連歌は、かなり形式的なものである。むろん江戸時代にはこの三家のみが連歌を興行していたわけではない。それらと同様、あるいはそれ以上に形式的な連歌が興行されていた。かつて島津忠夫は以下のごとく述べている（『島津忠夫著作集　第十五巻』六一～二頁）。

白沢の北原天神祠（北原天満宮）蔵の連歌十巻については、天神宮と連歌の関係が考えられる。この白沢の北原天神祠の奉納連歌も、その願主宮津の新海淳武が、元禄三年（一六九〇）正月十四日、造営遷宮に当たって、北野の連歌師に委託して連歌千句をよんでもらい、奉納したものであった。

（中略）

連歌が本来持っていた法楽の精神が込められ、千句をよみ終えるという、神に捧げる敬虔な気持ちが基調になっている。従って、この奉納千句には、取り立てて文学的な意義は認められないが、ことさら権威のある北野の連歌師に求めて、それを当地の天神宮造営遷宮に当たって奉納し、神慮をなぐさめようとした文化史的意義が大きいといえよう。

島津がとりあげた連歌のみが「取り立てて文学的な意義は認められない」わけではなく、江戸時代の北野天満宮の連歌師に委託された連歌がそうであると考える。しかし、以下に二つの例をあげるが、島津のいうように「文化史的意義」は大きいと考える。

まず、一例めは「秋田藩桧山の連歌」である。『連歌辞典』（二〇一〇年、東京堂出版）「秋田藩桧山の連歌」の項は、伊藤裕『桧山の祈禱連歌懐帋』（一九六五年、秋田県文化財保護協会）に拠ってか、以下のようにある。

近世に行われた秋田県能代市桧山の連歌。桧山城代、多賀谷家は藩主佐竹氏の連歌愛好もあって、年頭に祈禱連歌として、発句を城代、脇を奥方、第三を重臣が詠み、その三句を北野天満宮に送り、そこで満尾後、桧山に戻してもらい正月十一日にそれを披露する「連歌開き」を行った。万治二年（一六五九）以来、明治五年（一八七二）まで綿々と続けられたもので、その懐紙は多賀谷家の尊崇の厚かった霧山天神（多賀谷天神）に七十七巻が現存する。正月十一日の「連歌開き」は柳営連歌に倣ったものと思われる。

ただし『秋田市史 第十四巻　文芸・芸能編』（一九九八年）に以下のごとくある（六九頁）。

能代市檜山の霧山天神に、万治二年（一六五九）から明治二十年（一八八七）まで二百二十八年間の連歌懐紙が残る。発句は檜山城代多賀谷氏、脇を城代婦人か天神社総代が詠み、京北野天神松椿坊へ送った。坊で残りを付して檜山へ送り返し、正月十一日の連歌開きで披露させた。

明治五年までか、明治二十年までかの違いがあるが、原本未見であるので不明である。

「連歌開き」という儀礼を面白いと思う者はいたかもしれないが、創作物としての面白さがあったかは疑問であり、発句・脇句・第三の詠者も、さらには依頼されて詠む北野天満宮の連歌師も、常套表現の多いこの連歌を楽しみながら詠んだとは思えない。追い求めるところが「逸興」「面白」ではなく、「信仰」であり、いわば仕事だからこそ継続したものと考える。

さて、今一つの例は富山市立図書館山田文庫に所蔵されている「松平安芸守様興行法楽連歌」である。表紙中央に「月次連歌」とあり、扉の表に「天明二年寅正月／月次／御連謌写」、扉の裏に「安永九年子九月始テ之御連哥より／去丑十二月迄之写別ニ有之／松平安芸守様御興行／法楽」とある。

「松平安芸守様」とは安芸広島藩第七代藩主浅野重晟(しげあきら)であろう。宝暦十三年(一七六三)に家督を相続して、「安芸守」を称し、寛政十一年(一七九九)に隠居するまでそれを用いた。「安永九年子九月始テ之御連哥より／去丑十二月迄之写別ニ有之」とあるものについては所在不明である。

最初にあげられた連歌の一巡は以下のごとくある。

寅正月御会

御何

楽しきをつむや年〳〵初若菜　　御代句

心をのへに絶ぬ鴬　　御代句

窓近く向ふ霞の打はへて　　惣御代句

上にそ山の高きをも知る　　法橋能悦

歩み来て労れとするや覚らん　　能桂

以後、寅年の天明二年（一七八二）二月から寛政五年（一七九二）十二月までの月次連歌が収録されている。百韻が記されている月もあれば、三つ物しか記されていない月もある。

連衆の能悦と能桂は北野天満宮連歌師と考えられ、この月次法楽連歌は北野天満宮でなされたものと考えられる。発句にしても、天明二年正月の連歌の挙句「浪しつかなる此御代の春」にしても、めでたい句であり、藩主及び藩の安泰を祈願したものと思われる。

秋田藩桧山の連歌のごとく、発句、脇句は、藩主とその家族、第三句は天神のものと考えられ、「代句」とあるように本人が詠じたものではなく、能悦もしくは能桂の代作であったと考えられる。

なお安芸国一宮嚴島神社では江戸時代にも月次連歌が行われており、松井輝昭は次のごとく述べる（「厳島神社における月次連歌の成立とその史的意義」『県立広島大学人間文化学部紀要 第九号』二〇一四年）。

天保八年（一八三七）に成った『厳島図絵』の巻之五に、月次連歌の光景を描いた絵が挿入されている。この挿絵によると江戸時代末期の月次連歌では、連衆は宗匠を含め九名を数えることが分かる。その外に、執筆が一人描かれている。

浅野重晟の法楽連歌が、距離的に近い嚴島神社にも奉納されていたかは不明である。

浅野家の連歌も、法楽としてなされることが目的で、天神が楽しむものであっても、詠者が楽しむ連歌ではない。こうした信仰と結びついた儀礼の連歌の形式が固定化していくのが近世であった。

ひとまずまとめると、第一章から第三章で取り上げた連歌から考えて、発句に詠み込まれる言葉は定型的なものであり、発句及び句を続けて行く連衆には順番などに規則性がある。特に「北野天満宮流」ともいうべき法楽連歌では「惣代」として神の句が詠まれ、本人が詠んだこととして代作がなされる。ここには問題を解決(祈願成就等)するための手続きを重ねることによって形成された連歌法式がある。

さて、こうした法楽連歌等で収入を得ていたと考えられる北野天満宮であるが、明治維新は大きな変化をもたらしたようで、大正十六年(一九二七)の天神千二十五年御忌のおりの献詠を編纂した『天満宮千二十五年祭献詠集』(一九二八年、北野会)には以下のようにある。

> 連歌は当神社に因縁極めて深く連歌所(今の一夜松の辺一帯)は全国連歌の中心たりしも維新後は建物取崩され世上の流行も古の如くならず、されども古来当社の万灯祭と離るべからざるものなるを以て芭蕉堂第十二世岩井藍水氏に委嘱して連歌式を催すことゝせり

北野天満宮は、近代になって、天神に関する行事「万灯祭」の折の連歌を、天満宮の神官等だけで興行ができず、俳人の岩井藍水にしてもらったということである。

明治維新以後に大きく変わることになったのは、北野天満宮だけではなく、将軍家のために祈禱連歌をした筑波の知足院は廃され、伊達家七種連歌会で上座を占めた龍宝寺は残るものの、定禅寺は、今日、通りの名前として残っているばかりである。武家の保護によって、その経済を支えていた寺社の多くは明治維新以後衰退し、現

在連歌は行われていない。

一方、中世以来、連綿と連歌をなすものがいたのが時宗で、時宗総本山清浄光寺では現在も連歌が続けられている。近世における時宗関係者が連歌をなした例を『連歌叢書』「当代連歌集」（国会図書館蔵）からあげておきたい。

東京都東村山市に、元弘三年（一三三三）五月、新田義貞の鎌倉攻めのおりに戦死した斎藤一族三名を弔うために建てられた板碑がある。戦没日や場所まで記しており、『太平記 巻十』に記された五月十五日の分倍河原合戦他の傍証資料として用いられることがある。これに関係する連歌が「当代連歌集」に載る。以下のものである。

文化七年午四月十九日

武州久米村長久寺より元弘三／年五月戦死せし斎藤三士の碑を／写し四百七十八年忌を弔施主は日／本橋

吉田呂斎浅草日輪寺ニ而張行

追善

名のみ只其俤や夏さくら　其阿

汝も跡とふ山ほとゝきす　呂斎

以下、秀岸、恵岳、及文、存達、逸堂、執筆である。五十句しか記されていないが、最後の二句は以下の通りである。

はる〳〵と分越し野辺は打霞　　堂

ふる跡よりそ雪は消ける　　　達

巻軸として問題ないと思われる。五十韻連歌と考えてよいだろう。

長久寺（埼玉県所沢市）は、時宗の寺で、元弘元年（一三三一）、玖阿弥陀仏が開山とされる。先の碑は下方に「勧進　玖阿弥陀仏　執筆　遍阿弥陀仏」とあり、すなわち長久寺を開山した僧によって建てられた。同じ時宗ということで日輪寺に追善連歌の依頼があったものと思われる。

「当代連歌集」には享和四年（一八〇四）二月に常陸国太田の時宗寺院浄光寺で興行された連歌が収められる。呑海上人の開山といわれ、かつて佐竹義篤、佐竹義昭らの墓所があったことで知られる。発句と脇句は以下のごとくある。

享和四年子二月二日　太田浄光寺祝会
賦山何連謌
寺浄き光りや添し春の庭　　法眼昌逸
むすふ袂にぬるむ閼伽水　　弁中

この他の連衆は、玄碩、昌寅、昌惇、昌永、通経、清方、清龍、信遵、其阿、昌成、玄川、省斎、満□（難読）、信興、忠通、美始、嘉言である。「浄光寺」の名に因んで「寺浄き光り」と発句に詠み込んだところが昌逸の技巧である。浄光寺に関しては文化十三年（一八一六）五月に興行された連歌も「当代連歌集」に収められている。五十韻連歌であり、一巡は以下のごとくある。

文化十三年子五月廿三日　太田浄光寺会

御何

橘をたつぬる去年の枝折哉　脩融
声きゝなれし山郭公　弁中
五月雨のふるき軒端に休らひて　弁道
ほしあへぬ袖に風通ふなり　湛英
岸遠く小舟や棹に任すらん　智全
続きつゝかぬ竹の下道　始興
雲晴る月の光りの黄昏に　執筆

享和四年及び文化十三年興行の連歌に共に一座している弁中は『柳営連衆次第』（静嘉堂文庫蔵）に「文化元子弁中　時衆太田浄光寺住一箇年正月二日願済」とあり、後に日輪寺三十二世其阿として、柳営連歌にも一座した。次は同じ太田の時宗寺院遍照寺の連歌である。発句、脇句は以下のごとくある。

文化八年未三月四日　太田遍照寺都師へ問会

唐何

巣を出て嬉しき声や郭公　玄碩
白ひかすまぬ花の一本　智全

智全は、先の文化十三年の連歌にも一座している智全であろう。浄光寺と遍照寺は距離的に近い。智全は玄碩の弟子でもあった。この他の連衆は、玄川、房之、綱基である。智全は、右の五十韻連歌の三日後に興行された次の連歌にも一座している。

文化八年子(ママ)三月七日
山何
土産待や杖をつくしの国の花　玄碩
柳にちきる都路の春　玄川

この他の連衆は、綱基、教文、□(難読)之、直員、智全、光賢、賢了、了珪、執筆である。豊前国宇佐の出身の玄川が筑紫(九州)に行くにあたって開かれた会と考えられる。なお玄川の父は豊前国宇佐の修験者、玄川の養子玄碩は豊前国渡辺家の出である。

時宗の連歌例はここまでとするが、時宗僧は広域で連歌とかかわっていた。

一　結論

『時宗の美術と文芸　遊行聖の世界』(一九九五年、東京美術)には、時衆教団では当初から連歌が、娯楽としての文学ではなく、宗教の法儀として行われていたとし(一五六頁)、現在行われている「御連歌の式」について解説がある（一五六、七頁）。「御連歌の式」についてはすでに高野修が述べているが（「時衆文芸と遊行僧」橘俊道・圭室文雄『庶民信仰の源流――時宗と遊行僧――』一九八二年、名著出版）、引用が長くなるので、ここでは『時宗の美術と文芸　遊行聖の世界』より以下に引用する。

いま時宗総本山清浄光寺で毎年十一月下旬に行なわれる歳末別時念仏の最初の行事「御連歌の式」は、花のもと連歌の変形と考えてよい。遊行上人以下役僧が集まり、宗門鎮守熊野権現を祀った床の間の前に報土（浄土）役と後灯（穢土）役とに別れてすわり、次の連歌を朗詠する。

報土

石の火の光にいづれ年のくれ　　他阿
仏の御名をとなふむろの戸　　報土

（以下略）

後灯

月雪も加ふる法の光かな　　他阿
ひらけば寒きふる寺のかど　　後灯

（以下略）

これを発句にちなんで「お光りの連歌」ともいうが、各句を朗詠することにより、列席の僧のひとりひとりが各句を作ったことになぞらえるわけである。他阿は遊行上人であり、南無阿弥陀仏であるから、他阿の発句は熊野権現の神託そのものである。歳末別時を始めるにあたり、まず熊野権現の神託を聞き、列席の時衆僧がそれに和して別時念仏に熊野神の加護を祈るのが「お光りの連歌」の意味づけである。

かつて小西甚一は、連歌について「十六世紀は、むしろ完成期と考えなくてはならぬ」と述べたが（『日本文学史』一九五三年、弘文堂）、信仰として詠まれる連歌の完成したものが浄光寺の連歌ではあるまいか。『天満宮連歌』（筑波大学附属中央図書館蔵）に、天保十二年（一八四一）に興行された次の連歌が収められている。

天保十二年九月十三日
吉祥院法楽
白何
花を摘水を汲はや菊の渕　法眼能儀
（以下略）

全三十七名の連衆名が記されている。ところが注記に「但シ慶音独吟」とある。慶音の句を連衆「ひとりひとりが各句を作ったことになぞらえるわけである」。

先に、詠み込む言葉と連衆の規則性等にふれたが、目に見えぬ天神に情報（繁栄の願い等）を伝達するために、一定の手順によって「連衆と言語」という信号を処理していく過程を懐紙に記し、目に見えるものにしていったのが「信仰と結びついた近世連歌」と結論付けられる。

一　結論

そうした近世連歌には柔軟性があり、頗る類型的な表現が多いにしても、過去に成された連歌と百韻すべての句がまったく同じになることはない。それが「お光りの連歌」ではまったく同じ連歌が毎年読み上げられる。かつて久松潜一は連歌が「固定化」するという言い回しをしたが（『日本文学評論史』一九五〇年、至文堂）、「お光りの連歌」は「究極」に固定された連歌である。これこそが真に完成した連歌の姿であろう。信仰としての近世連歌は、こうして現代連歌に至ったのである。

注

（1）狂言と連歌に関しては、大谷節子「狂言「八句連歌」の「をかし」――狂言と俳諧連歌――」（『国語と国文学通巻一一三八号』二〇一八年九月）がそなわり、狂言と俳諧連歌に関する先行研究もあげられている。

二　今後の研究課題

一　幕臣の連歌

本書で取り上げた連歌は、連歌興行の場所が主に城や寺社であったが、興行場所は興行目的や発句の意味などを考える上で重要事である。『連歌叢書』「当代連歌集」に次の連歌が載る。

文政四年巳五月十一日　花下種心斎会始
　唐何
けふ晴て軒端にかほれ梅の雨　　玄昱

この他の連衆は、仙台連歌師石井了珪他四十一名である。京都で興行されたと考えられ、会始めとはいえ、これだけの数の連衆が集まっていた。全員が一座となれば、それなりの空間が必要とされる。廣木一人は以下のごとく述べる。(1)

近世の大名の交流を考察する時、無視してはならないのが、そのほとんどが江戸屋敷滞在中でのものであったことである。そうであれば、現実的な交流には江戸屋敷の位置関係が重要な要素を占めていたとも考えられないであろうか。つまり江戸での地域的な繋がりである。

例えば『連歌叢書』に次の五十韻連歌が載る。

寛政十一年六月廿八日
　何　　白川侯亭会
結ふ手に夏を忘るゝ清水哉　　其阿
蛍飛かふ木々の下陰　　白川公定信
短夜は端居なからに明そめて　水野右衛門為長

こうした大名の屋敷で興行された連歌があり、廣木の述べるところは首肯できるが、武士は大名ばかりではない。幕臣の交流を考察するのに無視できないのが赴任地である。幕府が統治する佐渡では連歌が盛んであり、連歌師玄川が訪れもしている。

天明三年（一七八三）に没した幕臣に青山幸亶（よしひろ）がいる。文学史上、特に注目されることはなく、あえて取り上げるとすれば、三田村鳶魚校訂『未刊随筆百種　十』（一九六九年、臨川書店）に「武州熊谷駅本陣追放の事」が載り（三四八頁）、それに「青山備前守」として登場することであろうか。

青山幸覃は、享保元年（一七一六）、徳川吉宗に初めて拝謁、寛保二年（一七四二）九月から大番頭になり、延享四年（一七四七）十二月には御留守居になっている。延享二年に二条城での勤務があり上京している。この時の京での連歌が『連歌叢書』に収録されている。それに以下のごとくある。

延享二年八月廿九日
青山備前守幸覃於京都在／番之砌両吟之連歌信恕於京都／披覧之時令写之者也

右の「信恕」については不明だが、『連歌叢書』の編者石井脩融と同時代の人であろうから、書き残された連歌であったことが知られる。右の連歌は昌迪との両吟なので、里村家にあったものか。第三句まであげると以下のごとくある。

何木
玉篠のひかりみたるゝ葉月哉　　幸覃
めつる真萩の露深き庭　　昌迪
撰ひとる虫屋に数多飼なれて　　同

第三句は、中世ならば虫は庭に鳴くとし、選んで飼うとはしないと思われる。脇句から短句・長句の二句ずつを各自詠んで連ね、挙句は執筆が詠じている。

右の連歌に続き次の連歌が収録されている。

1延享二年十二月十九日　世喜之連歌　唐何

声かわす松を友とや夕時雨　　昌迪
重ん雪も鶴の毛衣　　幸覃
（後略）

＊一巡は、昌迪、幸覃、忠幡、元陳、邦傑、直郷、昌桂、執筆の順番であるが、句上は以下のごとくある。
昌迪七　直郷六　幸覃六
昌桂六　忠幡六　執筆一
元陳六　邦傑六
順番が異なっていることに意味があるかないかは不明。

2延享二年閏十二月三日　歌仙之連歌

初雪に軽く開くや窓の梅　　昌桂
埋火おこす袖の朝風　　昌迪
うくひすの声はいつかと春待て　　幸覃
（後略）

連衆　昌桂五　昌迪五　幸覃五　忠幡五　邦傑五　元陳五　直郷五　執筆一

＊句上による句数。

3延享三年九月廿四日　唐何
着せ綿や戴く星の菊の露　　　幸覃
（後略）
連衆　幸覃九　昌和四　宗賢七　昌恭七　玄台十一　忠省三　貞隆七　氏留三　以専八　通輔八　昌説十
　昌迪十二　親門一　昌桂八　通故二
＊句上による句数。本文は「玄台」を「玄苔」とする。

1、2は京都での興行、幸覃は延享三年五月に京都の勤務を終えて江戸に帰っているので、3は江戸での興行と考えられる。とすれば連衆の「通故」は烏森稲荷の神職で、柳営連歌の連衆でもある山田通故であろう。
青山幸覃が、あるいは一対一の指導のために行われたものかもしれないが、「両吟」をなす力量があり、京の勤務期間に、歌仙、世吉ではあるが連歌を興行したことなどは、幕臣たちの連歌資料の整理と分析がなされ、その結果をふまえて連歌史に書き留められてもよいと思われる。

二　富商の連歌

かつて日野龍夫『徂徠学派』（一九七五年、筑摩書房）に拠って、拙著『越中の連歌』（一九九二年、桂書房）で以下のごとく述べた。

前田利長に尾張から召し出された御用商人に服部連久がおり、その長男正知は上京し、次男正則（長男は夭折）が越中高岡の服部家を継ぎ、正知四男方盛、六男元矩は京都に住み、連歌を愛好した。元矩の妻は山本春正女、この二人の子が服部南郭である。

服部匡延「服部南郭資料」（『近世中期文学の研究』一九七一年、笠間書院）には、連歌に関するものはなく、子孫は注目しなかったようだが、京に出た服部家は、里村南家の連歌師を招いて連歌を興行しており、『越中の連歌』でも向島秀一蔵「連歌集」に所載されたものを翻刻紹介した。

その後、二〇一五年度江東区芭蕉記念館特別展「連歌・俳諧から近代俳句へ――宗祇・宗鑑・芭蕉・蕪村…子規、その時代の継承者たち――」に、元禄七年（一六九四）に越中高岡の服部家を継いだ正則が興行したと考えられる連歌が展示された。その「展示資料目録【抄】」から以下に転載する。

元禄七年五月十八日

　賦何路連歌

籬をも卯花山とゆふべかな　　昌純
先この宿をとへ不如帰　　正則
行末はおもふもとをき旅ねして　　昌億
野原の月に秋や立らし　　由純
萩の露いかにこぼるゝ風の音　　昌築

なびくすゝきのほのかなる陰　方盛
人かへる田中のみちは暮けらし　元矩
水のけぶりやわたる棚橋　正方
呉竹にこもりてせはき門の前　昌陸
軒にあつまるむら鳥の声　元親
（省略）
昌純　十三　方盛　十
正則　十　元矩　九
昌億　十二　正方　九
由純　十一　昌陸　十四
昌築　十一　元親　一

脇句を詠んでいる正則が主催者で、方盛、元矩はその兄弟、京都で興行されたものと思われる。こうした町人からの謝金が里村家の経済を支えていたと考えられる。

また右の連衆の一人昌陸は、岸得蔵が紹介した「柴屋寺奉納発句」の序文を書いている（「柴屋寺奉納発句——解説と翻刻——」『静岡女子短期大学国文』一九六五年五月）。岸は以下のごとく解説する。

奉納願主は摂津国住吉郡平野庄（現在大阪市東住吉区平野）の住人土橋九郎右衛門宗静で、元禄八年正月、宗静

東行の際、宗長の旧跡を丸子泉ヶ谷に訪ねて感慨浅からず、帰国の後同志を語らい、集まった短冊に自作の発句一を加えて都合百二十七枚を、翌々元禄十年柴屋寺に奉納したのであった。

土橋家は、近世連歌史上看過できず、また昭和時代に再び連歌が興行されることになった杭全神社の宮座衆「七名家」の一つで、宗静（一六九八年没、六三歳）は

平野郷惣年寄を勤め、連歌や俳諧を京の里村家、天満の西山家の指導の下に早くから末吉宗久らと各地の連歌会に出席

彼の晩年の元禄年間に平野の連歌は、ますます々(ママ)盛んとなり、同十三年の連歌記録は実に十七回分が残存する

とされる。(2) その宗静の同志であったためか、柴屋寺に奉納された短冊に方盛のものがある。

同住（京住）　服部半六／言の葉の花そむかしの春の庭　方盛

岸は、右の短冊の作者について、京都の里村、大坂の西山という職業連歌師、神官・僧侶・医師・富商・大坂在住の武士がおもなメンバーとし、長門一之宮の蔵する元禄五年（一六九二）九月の昌陸の序を持つ奉納短冊と併せて「元禄の連歌壇を構成していた人物をわれわれに教えてくれる」とする。服部家は当時の連歌壇の構成す

る富商であったと考えてよかろう。なお、母利司郎『俳諧史の曙』（二〇〇七年、清文堂出版）は、昌陸ら連歌師が一座する百韻連歌十三巻、昌穏『西行谷法楽千句自注』の翻刻をおさめる。このころの連歌資料として貴重である。
こうした富商らが何故連歌を嗜んだか、また他に嗜んだ文芸とのかかわりについての解明は重要課題と考えられる。

三　家族の連歌

鶴崎裕雄は、「家康の現存する連歌懐紙は、右の文禄三年三月「何衣百韻」の他に京都大学文学部図書館所蔵の「漢和雑懐紙」（国文学Gm1）に載る慶長四年二月の「夢想連歌」一つだけである」とする。[3]「何衣百韻」については先にふれた。「夢想連歌」については、鶴崎の論考から最初の四句を引用すると以下のごとくである。

慶長四年二月廿五日
　夢想連歌
朝日かなさかゆる松のほこりけり　ねゝ女
四方の霞をはらふ松風　内大臣家康
春の海残らす波も治りて　中納言秀忠
釣にくらせる船そ長閑き

この他、連衆には家康四男忠吉、異父弟松平康元、次男結城秀康、異父弟松平定勝、五男万千代が一座しており、鶴崎はこの連歌について以下のごとく述べる。(4)

史料批判は充分になされなければならないが、緊張した時期が時期だけに、関ヶ原合戦に関しても注目すべき史料といえよう。緊張した時期が想像される。

二月二十五日に興行されたということは、月日から推して天神への奉納連歌と考えられる。二十四日以前に天神の発句を「ねね」が得たということであろう。なお、先にも述べたが、家康生誕にまつわる伝承の一つは松平忠広が二月二十六日夜に天神より夢想句を得て、夢想連歌を興行したというものである。

発句は、夢想句として解釈すると、「さかゆる松」は「松平(徳川)家」を意味し、朝日がのぼるかのように徳川家が上向いていることを意味しよう。この発句を受けて、脇句は、松平(徳川)家の勢いで、障害を取り除く、と解釈され、第三では、そして世の中は治まると解釈される。夢合わせとしてはよくできていよう。

発句に「松」があるにもかかわらず、脇句で「松風」と「松」を詠み込むのを、言葉が重なっているので下手とみるか、重ねることによって強調されていて良いとみるかは、評価が分かれるところであろうか。鶴崎がいうように「史料批判」をした場合、連歌の偽文書を作成するとしたら、他ではなくわざわざ連歌とする以上、その作者は連歌に通じた者かと思われる。とすれば「松」を発句と脇句で重ねるといったことはせず、「四方の霞を吹きはらふ風」とでもしておくように思われる。したがって「松」を重ねていることは、偽文書でないことを示しているように思われる。ただし連衆となった家康とその縁者すべてが実際に句を詠じたかは別問題である。代作の可能性は視野に入れておくべきであろう。もしその場合、可能性のあるのは、この連衆の中では三益であろうか。

なお、大坪直美は、ねね、お亀、はあ、おさいといった女性も一座しており、この点に注目している（「女性と連歌」女性史総合研究会『（二〇一二年年報）女性史学　二二』二〇一二年七月）。女性が一座する連歌の例は他にもある。その一つは連衆の素性については不明だが、文禄五年（一五九六）三月二十九日に張行された「賦何路連歌」で、『栃木の文学史』（一九八六年、栃木県文化協会）に紹介されている（八〇頁）。それによると発句、脇句、第三、句上げは以下のごとくである。

いのれ猶春のめぐみも神辺　　道則
　松がえたかき宮の藤波　　内女
弥生より山時鳥こゑ待て　　吉久
道則二、内女一、吉久一、千代子一、証吉一、辰房一、藤房一、丹房一、文清二十、明暁十八、綱勝八、霜山九、吉継十一、吉実十三、高直十二

発句に「いのれ」、脇句に「宮」とあることから奉納連歌であろう。詠句数が一句の者が、発句を詠じた道則の縁者で、女性も含む一族の「めぐみ」を祈った連歌と思われる。

今一つは宇和島藩伊達家のものであり、かつてふれたことがある。(5)また加賀国小松の町人鈴木家で興行されたこともかつて紹介したことがある。(6)

また先に紹介した元和七年（一六二一）十一月二十六日張行「賦何人連歌」がある。

こうした、家族の女性も一座する、いわば「家族連歌」といったものが、量的には把握できていないが、近世を通じて興行されていたものと考えている。

金沢市立玉川図書館近世史料館に所蔵される「夢想之連歌」（0960-183）の初折の表八句は以下のごとくある。

天保十四年癸卯五月
夢想之連歌
願主　安田七兵衛

松こそは猶まつにとそあれ
弥高くおりはへ来なけ郭公　淳信
雨さみたるゝ釣簾の外の山　妻しゆん
生添んなれ事なるは直ほにて　嫡米次郎
岸根続きの水の一筋　娘せん
空にみつ光や月の秋ならん　惣代
浅茅をしなと結ふ白露　ひらき龍山主政代
見つゝ行跡もめかれぬ花の野に　前ノ玉泉徳冏

これも安田淳信の「家族連歌」というべきものであろう。なお願主の淳信と夢想を披いた政代は句上げに「淳

信　五」「政代　九句　外ニ初折代句五」とある。初折の、淳信とその家族（妻、嫡子、娘）及び惣代（天神）の句は政代が詠んでいたということである。こうした形式が加賀地方のものであったのか否か、いつごろはじまったかは定かではないが、前掲の文禄五年三月二十九日興行「賦何路連歌」の「道則（発句）、内女、吉久、千代子、証吉、辰房、藤房、丹房」もあるいは代作であったかもしれない。

女性を含む家族の連歌は近世的な展開をするようであり、重要課題ではなかろうか。

四　夢想連歌

「夢想連歌」は中世にも興行され、『俳文学大辞典 普及版』（角川学芸出版）「夢想連歌」の項に「夢に神仏が現れて示現する句を起句にして詠む連歌」と定義され、さらに「中世的な信仰に根ざし、室町時代から江戸時代にかけて多くの作品が現存する」とある。中世の夢想連歌については、鶴崎裕雄が、応仁の乱勃発の応仁元年（一四六七）から大坂夏の陣のあった元和元年（一六一五）までの夢想連歌一覧を作成し、注目すべき作品の解説をしている（「夢想和歌・連歌――学際的研究を目指して――」関西大学国文学会『国文学第一〇一号』二〇一七年三月）。

夢想連歌は、近世連歌においても重要な位置を占めるのではないかと思われる。『俳文学大辞典 普及版』「夢想連歌」の項に「江戸期には夢の字を出してはならないとか、薄墨・かすり筆を嫌うなどのしきたりもあった〈『連歌秘訣抄』〉」とある。こうした細かなしきたりが生み出されていく背景には、夢想連歌がさかんに興行された背景があると考えられる。

徳川家康、家忠の夢想連歌は先にあげたが、家光にも次のものがある（『松の春』）。

寛永廿年
家光公御夢想
松高き枝に小松の生そひて　　家光公
むれゐる鶴もいく千代の春　　竹千代君
天つ日や国長閑にも照すらん
竹千代君は／厳有院様いらせられ候
正保四年二月十九日御夢想
船はたゝ時は今なり鳥の声
松は常盤に鶴遊ふ春　　　　左大臣殿
山つゝく庭の真砂地長閑にて　　忠勝
左大臣殿家光公　忠勝大老境讃岐守／従四位下少将
是皆百韻之御連歌にて此外にも／度々御夢想あらせら候となり

秋田藩家老職をつとめた梅津政景も夢想連歌を興行しており、大日本古記録『梅津政景日記』（岩波書店）にはその記述が多く見られる。それについて『秋田市史　第十四巻　文芸・芸能編』（一九九八年）は、「二十五日に夢想開きが頻出するのは、天神ゆかりの日が意識されているからと思われる」と指摘する（六九頁）。大いに首肯されるところである。

夢想連歌興行を望む人が多くなっていくなかで、必要とされたのが夢想連歌のしきたりを知る連歌師で、その需要に応えていたのが北野天満宮ではなかったかと思われる。元禄五年（一六九二）正月吉日の「夢想連歌」を所蔵する。無地の鳥の子紙の原懐紙を巻子本としたものと思われる。一巡は以下のごとくある。

村時雨はれ行そら
此花の色にひらくや冬の宿　願主
さゆるまかきにうつる月影　惣代
捲あくる釣簾のと山の風落て　常室
絶〳〵なりし半天の雲　能吉
しはしまたそゝくあまりの朝朗　能範
みとりにつゝく竹そよく也　能貨
きし伝ひなかるゝ水の末かけて　常運
里や有らし下す川舟　能山

以下は無記名で、一から十四の数字が折の表裏で記され、夢想句が五・七の短句のため、全部で百一句の連歌である。巻軸は以下のごとくめでたい句である。

花も猶白ゆふかくる三笠山　七
豊なりけり万代の春　八

「夢想句」が北野天満宮に届けられ、願主、惣代（天神の御句）が代作され、常室、能吉ら六人が実際に連歌を作成した。六人の共同作業のため、一巡以後はあえて個人名も出さず、数字で示されたということであろう。

前節に天保十四年（一八四三）の夢想連歌をとりあげたが、脇句は願主であり、それを受けて「（御）惣代」すなわち天神の御句が置かれるという形式は、中世連歌にはみないが、近世連歌では北野天満宮の連歌師が一座する夢想連歌にはみられる形式である。和歌浦東照宮別当寺「天曜寺」住職長海が和歌浦天満宮に奉納した元禄六年五月二十五日興行「夢想連歌」には「惣代」はない（柏原卓「和歌浦天満宮の文芸」『紀州経済史文化史研究所紀要』二〇〇七年）。連歌を楽しむためではなく、夢想連歌興行が頻繁に依頼されていくなかで、「しきたり」という儀礼形式が定まっていったのではないかと思われる。こうした夢想連歌の近世的展開を明らかにすべきと考える。

五　連歌師の旅

宗祇編『竹林抄』（一四七六年成）に「初瀬にますは与喜の神垣」と詠まれた与喜天満宮は、連歌研究者にとって貴重な資料を提供してくれる。その「与喜天満宮祭礼図」（長谷寺蔵）には、九月二十日の大祭の日に、本殿脇の連歌会所・菅明院で法楽連歌が興行されていた様子が描かれており、連歌会がどのように行われていたかの視覚資料としてたびたび用いられている。現在も、長谷寺と与喜天満宮の間を流れる初瀬川には「連歌橋」と称される橋が架けられている。与喜天満宮の連歌会に一座する長谷寺の連衆が渡った事による命名である。

この長谷（初瀬）寺に関係する連歌が「当代連歌集」（『連歌集書』）に載る。以下のものである。

1文化十一年九月十五日　和州初瀬寺会　何人
寺とへは紅葉にましる太山哉
連衆　里村玄碩　能満院本開　教任　秀雄　海成　信恵
＊能満院…正徳三年（一七一三）、常陸国水戸の宥仲、寛海によって建立。
2文化十一年九月十六日　豊山古林寮会　仙兵　青何　世吉
うすく濃染しを山の錦かな
連衆　玄碩　真淳　秀雄　教任　演快　本開　海成　太龍　執筆　誓證
3文化十一年九月十七日　豊山長谷寺寮会　白何　世吉
雲霧を下枝に峯の檜原哉
連衆　玄碩　秀雄　海成　本開　信恵　教任　演快　執筆
4文化十一年九月十八日　初瀬大龍院会　花之何　世吉
水底も黄むや木々の初瀬川
連衆　玄碩　海成　秀雄　本開　信恵　教任　執筆
5文化十一年九月十九日　初瀬山常盤寮会　何人
秋山はうきをも余跡の夕哉
連衆　玄碩　教任　本開　演快　信恵　海成　秀雄　執筆

連日行われていることから考えて、秋の長谷寺を訪れた玄碩をもてなした連歌ではなかろうか。1の連歌も玄碩の発句を受けて、能満院本開の脇句は「閼伽くむ袖に仰く月影」である。「閼伽くむ袖」は長谷寺の僧、「仰く月影」は玄碩を意味し、歓迎していると思われる。また巻軸は以下のごとくある。

きのふより一入まさる花の山　信
うらゝに続く歌の伴ひ　任

これも、玄碩を迎えた長谷寺ははなやかになり、連歌を長閑にしている、と歓迎する気持ちを詠んでいよう。連歌を嗜む者であれば、柳営連歌の連歌宗匠と一座したい気持ちがあって、その気持ちがあらわれているように思われる連歌である。

中世に比較して近世連歌師の旅についての研究は遅れているが、中世との比較の上でその活動実態はより明らかにされるべきと考える。

なお「当代連歌集」には次の連歌も載るので付記しておく。

文化十五年二月三日　初瀬山より護国寺院代下向に付首途を送る連歌
送首途
喜さらきや空もみとりの旅衣　能満院諦観

以下、護国寺院代教任、秀雄、秀卯、海成、浜快、実応、豁善。

六　書き与えられたもの

連歌師の連歌知識は、口伝の他、伝書として伝えられたが、近世は「出版」の時代でもあり、その秘伝の類が出版によって公になっていった。一例として『連歌提要』があげられよう。(7) むろん相伝がなされなくなったわけではなく、現存する伝書の数は少なくない。すなわち弟子に書き与えられていたことを示す。

一方、現存する短冊をみるに、生業として、要望があれば短冊を書き与える連歌師は少なからずいたと考えられる。そうした連歌師の中で、里村家が特別であったのは、柳営連歌で詠じた発句を書き与えることができたことである。第一章でみたごとく、柳営連歌の発句は里村家の者が詠じた。一例をあげると、二〇〇七年、岐阜市歴史博物館特別展図録『道三ゆかりの武将俳諧師斎藤徳元』に以下の短冊が掲載されている（六九頁）。

江戸於御本丸／千枝松の葉数や御世の春　昌琢

寛永十二年（一六三六）の御城連歌の発句であり、昌琢最後の御城連歌発句である。

連歌師が書き与えたのは短冊に限らない。江戸時代、床の間のある建物の増加にともない、連歌作品も床の間に飾られる機会が多くなったと考えられる。中世には多く興行された、武士がスポンサーである万句や千句などの興行が少なくなり、いわば「連歌経済」が縮小される状況の中、「床の間」はあらたな需要をもたらすものとして、連歌師たちは注目したのではないかと思われる。具体的には、一つには過去の有名連歌師の書状、懐紙、短冊、一座した連歌作品の軸装にかかわる行為であり、今一つはあらたなものの製作である。

そうした視点で近世連歌資料をみたとき、平成二十四年三月に黒岩淳が紹介された「掛軸」は注目されるところがある。(8) 黒岩の翻刻によると、その「掛軸」は以下のようにある。

元旦　満七十歳　　　　昌程
まれに我もゝとせあはんけふの春
白川御門跡にて　　　　昌陸
なれ〳〵て見し花もさそ夏木立
遊行上人之会　　　　昌純
すゝしさも始なきかな法の水
東行之刻　　　　　　昌億
風の音や寒さをよそにみほの松

黒岩の解説によれば、「縦二八・五センチ、横四八・五センチ。それぞれ自筆か」とのことである。床の間に飾られる掛軸になされることを前提として作成されたという仮定のもとで、右の作品をみてみる。まず作者については、いずれも江戸幕府のおこなう年頭の連歌会に一座する連歌師で、昌程は昌琢の子、昌程の子の昌陸、昌純、そして昌陸の子の昌億である。昌程、昌陸、昌億は、「里村南家」の当主である。家の存続、繁栄の意がこめられていよう。

最初の句は、「人生七十古来稀なり」といわれた「満七十歳」のときのものであるとともに、「もゝとせあはん」と百歳までの長生きを願う句で、「長寿祈願」のめでたい句である。

また句全体で次のような世界を形成しているのではないか。

人　「我」　　　　↓　里村家
　　「白川御門跡」↓　皇室
　　「遊行上人」↓　僧
　　「東行」　　↓　武士（将軍家）

時　「けふの春」↓　春
　　「夏木立」↓　夏
　　「すゞしさ」↓　秋
　　「寒さ」　↓　冬

なお最後の句の「松」から再び「春」へという巡回を示しているとも思われる。

このようにみることが許されるならば、それなりの「編集知」をうかがうことができよう。

最後に、この掛軸が誰のためになされたかは明らかではないが、一つの可能性を示しておきたい。

里村家の連歌師が書き記し、発句が書かれているのだから、それを貴重に考えるのは、連歌を嗜む者と考えられる。

次に注目したいのが最後の句の「みほの松」である。黒岩が注していているように、「みほ」は現在の静岡市清水区三保であろう。すなわち地名である。発句で地名が詠まれる場合、挨拶の意をこめる場合がある。とすると、「松」は人の隠喩で、「三保のある地域の人」におくられた可能性がある。

また詞書きの「東行」は、関東に行くの意で、江戸城での連歌会に一座するためである。この連歌会は発句に「松」を詠み込むことから「松の連歌」ともいわれ、「松」は縁起の良いものだから詠み込まれるのであろうが、「松平」の「松」をこめているとも考えられる。さらに三句めの詞書きにある「遊行上人」は、徳川家創成の伝承で登場する徳阿弥を連想させる。また最後の句の「寒さをよそに」は、その人の強さを示すものであり、武士としてたたえたものと思われる。とすれば「三保の有る地域の松平姓の武士」と限定できようか。

中世とは異なる生活様式の中で、連歌師たちはどのようなものを提供したのか。またそれは歌人や俳諧師の場合と同じなのか、違うとすればどのように違うのか。それらは近世の連歌師を知る上で重要なだけではなく、連歌師がかかわったさまざまな文化の解明につながるものと思われる。かつて福井久蔵が

国民生活史、文化史の上から見ても研究の価値はあるのではなかろうか。

と述べた（『連歌の史的研究』二五七～八頁）。大いに首肯するところである。

注

（1）廣木一人『連歌という文芸とその周辺――連歌・俳諧・和歌論――』四二〇頁。
（2）村田隆志「平野郷の歴史――坂上と七名家――」杭全神社編『平野法楽連歌　過去と現在』一九九三年、和泉書院）一二六頁。なお右に続き『平野法楽連歌　過去から未来へ』（二〇一二年、和泉書院）が編まれている。
（3）「三河の国人連歌から天下の柳営連歌へ」（『地方史研究　第六十六巻第三号』二〇一六年六月）。なお鶴崎は「天下人の和歌連歌――信長・秀吉・家康――」（中京大学文化科学研究所『文化科学研究　vol. 30』二〇一九年三月）でもこの連歌を取り上げ「一族の男女がこぞって詠む連歌は珍しい」とする。
（4）注（3）「三河の国人連歌から天下の柳営連歌へ」。
（5）『近世前期 猪苗代家の研究』（一九九八年、新典社）二二一～二二四頁。
（6）「小松新保屋鈴木家の連歌について」（『加南地方史研究　第五十一号』二〇〇四年四月）。
（7）『連歌提要』については、長谷川千尋「『連歌提要』に見る里村家の連歌学」（『文学 三巻五号』二〇〇二年九月）がそなわる。
（8）黒岩淳「近世の連歌瞥見（四）――架蔵の連歌資料紹介――」（『北九州国文 第三十九号』二〇一二年三月）。

後記

連歌の嗜みがあった前田慶次郎を主人公とする隆慶一郎『一夢庵風流記』で、奥村助右衛門が敵に「逐電無用。艪櫂の及ぶ限り追う」と言い放つ場面がある。それほどの気概はなかったが、これまで「連歌」を追って来た。特に連歌雑事は面白いと思う。

かつて読んだ本の一つアーネスト・サトウ『一外交官の見た明治維新』（岩波文庫）に

会談が終ってから、一同は洋式の晩餐が用意されている小室へ席を移した。（中略）周囲の壁に、三十六歌仙の絵がかけてあった。ハリー卿がそれをほめると、将軍はその中の一枚を卿に贈った

とあった（上巻、二五四頁）。三十六歌仙のうちの誰の絵を贈ったのだろうと気になったためか、この場面を覚えていたのだが、その後何十年もたった二〇一六年四月十三日の『日本経済新聞』「文化」を読んでいたら、奥山義人「版画いっぱい薫る珈琲愛」に、

彼（徳川慶喜）の資料を集めた松戸市の戸定歴史館に妻と赴き、将軍が大阪城で外国高官をもてなした際の資料を見せてもらった。三十六歌仙の絵が飾られた「連歌の間」で珈琲を飲んだと判明。

とあるではないか。「連歌の間」に歌仙絵が掛けてあったとは知らなかった。そもそも「連歌の間」はどのような位置づけで設けられたのだろうか、また設けられた城はいくつあるのか、など連歌雑事には興味が尽きないが、馬齢を重ねた自分の健康寿命を考えれば、それをまとめる前にすることがあろう、と思った。

定年退職前後にまとめられた先学の著書のあとがき等には、「長年研究してきたが道半ば」云々とあるものが多い。門井慶喜『銀閣の人』に、連歌師宗祇が足利義政に向かって、「わび」と言う場面があるが、侘びの伏屋の物好きで終わらぬために、道半ばにも達していないが、近世連歌というテーマでまとめたのが本書である。含みのある連歌にならって、初折、二の折、三の折、名残の折のつもりで全四章にし、各章を表・裏のつもりで各二節にまとめたのだが、美しくはいかないものである。

本書のもとになった拙稿は次のものである。


「柳営連歌の消長」『国語と国文学　第七一巻五号』一九九四年五月。

「幕府の職制に組み込まれた連歌師」『国文学解釈と鑑賞　第六六巻一一号』二〇〇一年十一月。

「七種連歌会の運営」『市史せんだい vol.18』二〇〇八年九月。

「伊達家「七種御連歌」の起源」鶴﨑裕雄『地域文化の歴史を往く――古代・中世から近世へ――』二〇一二年、和泉書院。

「『七種御次第』について」『紀要（中央大学文学部）第二五四号』二〇一五年三月。

「伊達慶邦一座の七種連歌をめぐって」『紀要（中央大学文学部）第二六四号』二〇一七年三月。

「京都府立山城郷土資料館寄託「七種連歌」資料について」『紀要（中央大学文学部）第二六九号』二〇一八年

二月。
「富山藩の連歌について」『紀要（中央大学文学部）第二七四号』二〇一九年三月。
「御神詠について」『小松天満宮だより　第三十三号』二〇一七年八月。
「北野神社「裏白連歌」について」『連歌俳諧研究　第百十八号』二〇一〇年三月。
「連歌の掛軸」『大阪俳文学研究会会報　第四十六号』二〇一二年十月。

本書にはあらたに書き加えたものも少なからずあり、それにともない右の拙稿も大幅に書き改め、原型をとどめていないものもある。

末尾ながら、ご指導たまわりました先生方、ご教示いただいた方々、資料調査等でご厚情をたまわった関係各機関、勉誠出版株式会社編集部吉田祐輔部長には、厚く御礼申し上げます。

令和のはじめの菊かおる重陽の日

綿抜豊昭

索　引

人名索引

【あ行】

【か行】

【さ行】

【た行】

【な行】

【は行】

【ま行】

【や行】

【ら行】

【わ行】

書名索引

著者略歴

綿抜豊昭（わたぬき・とよあき）

筑波大学図書館情報メディア系教授。専門は短詩型文芸。

中央大学博士後期課程単位取得退学、博士（文学）（中央大学）。

著書に『図書・図書館史』（2014年、学文社）、市民大学叢書89『江戸の「百人一首」』（2016年、富山市教育委員会）、『明智光秀の近世』（2019年、桂新書）などがある。

近世武家社会と連歌

著者　綿抜豊昭
発行者　池嶋洋次
発行所　勉誠出版㈱
〒101-0051 東京都千代田区神田神保町三―一〇―二
電話　〇三―五二一五―九〇二一㈹

二〇一九年十月二十五日　初版発行

印刷　製本　中央精版印刷

ISBN978-4-585-29190-9　C3095

書誌学入門
古典籍を見る・知る・読む

書物はどのように作られ、読まれ、伝えられ、今ここに存在しているのか。「モノ」としての書物に目を向け、人々の織り成してきた豊穣な「知」を世界を探る。

堀川貴司 著・本体一八〇〇円（+税）

紙の日本史
古典と絵巻物が伝える文化遺産

長年の現場での知見を活かし、さまざまな古典作品や絵巻物をひもときながら、文化の源泉としての紙の実像、そして、それに向き合ってきた人びとの営みを探る。

池田寿 著・本体二四〇〇円（+税）

日本の文化財
守り、伝えていくための理念と実践

文化財はいかなる理念と思いのなかで残されてきたのか、また、その実践はいかなるものであったのか。文化国家における文化財保護のあるべき姿を示す。

池田寿 著・本体三二〇〇円（+税）

図書館の日本史

図書館はどのように誕生したのか？　寄贈・貸出・閲覧はいつから行われていたのか？　古代から現代まで、日本の図書館の歴史をやさしく読み解く、初めての概説書！

新藤透 著・本体三六〇〇円（+税）